ALGORITMO·325

Erasmus Cromwell-Smith II

Algoritmo - 325

© 2025 Erasmus Cromwell Smith

© Erasmus Press

ISBN: 979-8-9996225-3-2

Editor: Erasmus Press

Editora: Elisa Arraiz Lucca

Diseño interior: Elisa Arraiz Lucca

Diseño de Portada e Interior: Alfredo Sainz Blanco

www.erasmuscromwellsmith.com

Primera edición

Impreso en EE. UU.

Books written by the author

In English,	En Español,
As Erasmus Cromwell-Smith II:	**Como Erasmus Cromwell-Smith II:**
- The Equilibrist series,	-La serie del Equilibrista,
(Inspirational/Philosophical)	(Inspiracional/Filosófico)
- The Happiness Triangle (Vol. 1)	- El triángulo de la felicidad (Vol. 1)
- Geniality (Vol. 2)	- Genialidad (Vol. 2)
- The Magic in Life (Vol. 3)	- La magia de la vida (Vol. 3)
- Poetry in Equilibrium	- Poesía en equilibrio
- The Equilibrist (Trilogy)	- El Equilibrista (La serie completa)
(Young Adults)	**(Jóvenes Adultos)**
-The Orloj of Prague (Vol. 1)	-El Orloj de Praga (Vol. 1)
-The Orloj of Venice (Vol. 2)	-El Orloj de Venecia (Vol. 2)
-The Orloj of Paris (Vol. 3)	-El Orloj de Paris (Vol. 3)
-The Orloj of London (Vol. 4)	-El Orloj de Londres (Vol. 4)
-The Orloj of Boston (Vol. 5)	-El Orloj de Boston (Vol. 5).
-Poetry in Balance	-Poesía en Balance
As Erasmus Cromwell-Smith II	**Como Erasmus Cromwell-Smith II**
The South Beach Conversational Method	**El Método Conversacional South Beach**
(Educational)	(Educacional)
-Spanish	-Inglés
-German	-Alemán
-French	-Francés
-Italian	-Italiano
-Portuguese	-Portugués
The Nicolas Tosh Series,	**La serie de Nicolás Tosh,**
(Sci-fi)	(Ciencia ficción)
- Algorithm-323	- Algoritmo -323
- Algorithm-325	- Algoritmo-325
- Algorithm-326	- Algoritmo-326
As Nelson Hamel (*)	**Como Nelsón Hamel (*)**
The Paradise Island Series,	**La serie de la isla paraíso**
(Action Thriller)	(Acción Suspenso)
-Miami Beach, Dangerous Liaisons	-Miami Beach, Relaciones peligrosas
The Rebel Hackers Series,	**La Serie de los Hackers Rebeldes,**
(Sci-fi)	(Ciencia Ficción)
-The Rebel Hackers of Point Breeze	-Los Hackers Rebeldes de Point Breeze
-The Rebel Hackers of the Glacial Dawn	-Los Hackers rebeldes del amanecer glacial
-Threshold of Embodiment	- Umbral de la encarnación

(*) in collaboration with Charles Sibley.
All titles are or will be available in audio book

Cuando concebí por primera vez Algorithm-323, la posibilidad de una tecnología capaz de descifrar y registrar la totalidad de la mente humana me parecía casi demasiado audaz: una mezcla de ficción especulativa y thriller ambientado en un futuro cercano. Sin embargo, en los pocos años transcurridos desde entonces, empresas como Neuralink han logrado avances notables en las interfaces cerebro-ordenador y han acrecentado la posibilidad de que las señales mentales e ideas pronto puedan ser captadas, interpretadas e incluso transmitidas entre personas. A medida que la ciencia real se aproxima a esas fronteras antaño reservadas a la fantasía, el reto de crear una secuela digna se ha vuelto aún más evidente: Algorithm-325 debe no solo hacer avanzar la historia de Nicolás Tosh, sino también reflejar el ritmo vertiginoso de la investigación actual.

Ha pasado un año desde que los sucesos clandestinos en el Centro de Datos de Zermatt alteraron el equilibrio de poder, sometieron a conspiradores corruptos y catapultaron a un reservado profesor de matemáticas a la prominencia mundial. En ese breve periodo han cristalizado cuatro fuerzas clave:

1. El doble papel de Tosh.

Públicamente, la imponente figura de **Artemis Wang** sigue presidiendo el imperio de **Lingtao**   sus redes sociales, mercados y fundaciones filantrópicas—. **En privado,** sin embargo, Tosh ejerce el control real a través de la **Fundación Experta**, marcando el rumbo de este vasto conglomerado global. Esa situación delicada le obliga a conciliar sus ideales filantrópicos con el peso de una tecnología capaz de leer la mente.

2. Ambiciones en la Casa Blanca. Entretanto, la administración estadounidense —en los compases finales de su mandato— acelera en silencio para formalizar, o incluso ampliar, el uso de la tecnología **CDA** por motivos de «seguridad nacional». Abundan los rumores de que el próximo presidente, deseoso de imponer su propia agenda, exigirá un control sin precedentes —o incluso su explotación— de estas capacidades neuronales.

3. Rumores globales. Las especulaciones sobre la influencia de la «tecnología cerebral» en destacadas figuras mundiales no dejan de circular en el periodismo de investigación y en las conversaciones en línea. Aunque el papel exacto del Centro de Datos de Zermatt continúa rodeado de secretismo, basta la mera insinuación de semejante poder para sembrar inquietud: según se mire, Zermatt es un titiritero oculto o un baluarte esencial contra amenazas sombrías.

4. Choque de motivos. Así como las interfaces cerebro-ordenador prometen avances médicos revolucionarios —o potenciales herramientas de vigilancia—, *Algorithm-325* exacerba este dilema. Los nobles sueños de seguridad internacional y progreso social chocan de frente con la tentación desnuda de manipular mentes para beneficio económico, político o personal.

Proseguir la narrativa iniciada en *Algorithm-323* exige un delicado ejercicio de equilibrio: ampliar el alcance —profundizando en geopolítica, sacrificios personales y dilemas éticos— sin perder de vista lo que está realmente en juego a escala humana. En esencia, la serie sigue marcada por una pregunta fundamental: si la tecnología puede penetrar la última frontera de la privacidad —la mente—, ¿puede siquiera la mejor de las intenciones resistir el abuso tarde o temprano?

A medida que *Algorithm-325* extiende su lienzo por el mundo, la conciencia de Tosh y las alianzas incómodas que ha forjado serán puestas a prueba como nunca antes. Los avances tangibles en interfaces neuronales —antes considerados mera especulación— confieren ahora una urgencia ineludible a este universo ficticio.

Mientras recorremos de nuevo los pasillos encubiertos de Zermatt y las reuniones a puerta cerrada de la Casa Blanca, te invito a reflexionar: ¿cuánto falta para que los titulares cotidianos recojan lo que hoy solo vemos en un *thriller*? Y si semejante poder irrumpe en nuestra realidad, ¿quién se atreverá a fijar sus límites morales?

Con estas preguntas resonando, te doy de nuevo la bienvenida para acompañar a **Nicolás Tosh**, **Artemis Wang** y su improbable coalición de actores políticos y tecnológicos mientras se enfrentan a las consecuencias —y a las nuevas fronteras— de *Algorithm-323*.

GLOSARIO DE PERSONAJES

- **Nicolás Tosh.** Matemático y arquitecto renuente de la tecnología CDA (Algoritmos Cognitivos Discretos), inicialmente colocado en el centro de atención durante los eventos de *Algorithm-323*. Actualmente líder de facto tanto del Centro de Datos de Zermatt como una figura clave en el giro filantrópico de Lingtao bajo la Fundación Experta.

- **Alejandra Tosh.** Esposa de Nicolás y su ancla moral, lucha con la creciente distancia entre la vida familiar y las responsabilidades clandestinas que asume su esposo. Cuestiona con frecuencia los límites éticos de la tecnología y su impacto en la familia.

- **Rainer Sábato.** El aliado más cercano de Tosh en el Centro de Datos de Zermatt. Experto en logística y operador técnico, supervisa las operaciones cotidianas del uso de CDA, protocolos de cifrado y defensa contra infiltraciones. Dividido entre la lealtad hacia Tosh y la inquietud por la expansión de la tecnología mental.

- **Artemis Wang.** Antiguo líder carismático e indiscutido de Lingtao, magnate global de la tecnología. Después de ceder gran parte de su control a la Fundación Experta (y evitar por poco la cárcel), sigue siendo una figura pública mientras lidia discretamente con la culpa y un rol reducido.

- **Presidente O'Sullivan.** Presidente de los Estados Unidos que se acerca al fin de su mandato, anteriormente aliado con Tosh para contener conspiraciones, pero cada vez más presionado para expandir el uso de CDA por motivos de seguridad nacional. Su salida prepara el ascenso al poder de Redwood.

- **Presidente Redwood (o Senador Redwood antes de la inauguración)**. El rival político y sucesor de O'Sullivan, Redwood defiende la "transparencia total" impulsando el máximo control gubernamental sobre la tecnología de escaneo mental. Principal antagonista que impulsa la adopción global—y posible mal uso—de la suite CDA.

- **Maggie Wu**. Reportera investigativa de tecnología cuya implacable curiosidad la coloca repetidamente al borde de exponer la verdadera historia detrás de Zermatt, la tecnología CDA y la crisis secreta de Lingtao. Figura clave en contraste con el secreto que une a los jugadores principales.

- **Dra. Miriam Faber**. Especialista en cifrado cuántico del Centro de Datos de Zermatt. Esencial para desarrollar o perfeccionar los algoritmos CDA, advierte con frecuencia sobre las implicaciones éticas y vulnerabilidades potenciales del sistema.

- **Enlaces del G-7 (por ejemplo, Embajadora Celine Dubois, Ministro Walter Lindholm)**. Representantes de las principales potencias mundiales que supervisan conjuntamente el uso de la tecnología CDA, intentando mantener un equilibrio precario entre privacidad y seguridad mientras sospechan de un abuso por parte de EE.UU.

- **Extremistas de NeuraTech**. Facción clandestina de ex inteligencia que emerge durante *Algorithm-325*. Motivados por la creencia de que pueden "arreglar" forzosamente la corrupción mediante Overwrite, representan un enfoque amoral respecto a la tecnología de control mental.

GLOSARIO DE TÉRMINOS

- **CDA (Algoritmos Cognitivos Discretos)**. Un conjunto de herramientas avanzadas matemáticas/cuánticas originalmente diseñadas para mapear y leer la memoria humana. Abarca múltiples versiones (CDA-319, -320, -321, etc.) que interactúan o extraen datos de la mente humana.

- **Overwrite (Sobreescritura)**. La inquietante extensión de la tecnología CDA que va más allá de la lectura de memorias. Overwrite permite alterar o implantar pensamientos y recuerdos a la fuerza dentro del cerebro de un objetivo. Punto central de conflicto ético en *Algorithm-325*.

- **CDA-325**. La más reciente y controvertida versión de CDA— capaz de "vacunar" o "inocular" a los usuarios contra intentos de Overwrite, pero también peligrosamente cercana a la manipulación mental universal si se usa indebidamente.

- **Centro de Datos de Zermatt**. Complejo subterráneo fuertemente fortificado en los Alpes suizos que alberga los servidores cuánticos que impulsan CDA. Inicialmente manejado en secreto, se convierte en epicentro de espionaje global, infiltración y decisiones cargadas de implicaciones morales.

- **Fundación Experta**. Organización filantrópica encabezada por Tosh que nominalmente gestiona Lingtao y canaliza recursos hacia causas humanitarias globales. Sirve en secreto como escudo legal y financiero para las operaciones clandestinas de Zermatt.

- **Lingtao**. Gigante tecnológico global previamente controlado por Artemis Wang. Aparentemente centrado en "soluciones éticas de datos", sigue siendo un frente para esfuerzos filantrópicos mientras interactúa discretamente con las redes globales de datos de Zermatt.

• **NeuraTech**. Una tecnología rival o clandestina desarrollada por facciones extremistas. Carece de salvaguardias éticas, permitiendo la sobreescritura forzada de mentes sin protocolos limitantes.

• **Búnker de la Casa Blanca / Sala de Guerra.** Se refiere al centro seguro y secreto del aparato de decisiones del gobierno de EE.UU., donde los presidentes O'Sullivan y posteriormente Redwood se reúnen con asesores clave. Fundamental para moldear y extender el alcance de CDA en nombre de la seguridad nacional.

• **G-7 / Consejo Mundial de Transparencia**. Inicialmente los poderes del G-7 que supervisan secretamente el uso de la tecnología CDA, evoluciona hacia un consejo más amplio involucrando a otros actores globales. Las tensiones surgen frecuentemente sobre quién controla o se beneficia realmente de la tecnología.

• **Vacuna Overwrite**. El despliegue clandestino de CDA-325 en grandes sectores de la población como medio para proteger a los individuos de Overwrite externo. La ambigüedad moral radica en que frecuentemente se administra sin conocimiento ni consentimiento del individuo.

PREFACIO

Lo llamaron un final silencioso, pero en realidad no hubo nada de silencio en ello. No hubo acusaciones dramáticas, ni titulares llamativos, ni espectaculares juicios televisados. En cambio, el asunto concluyó con acuerdos susurrados, documentos judiciales confidenciales y puertas que se cerraron suavemente; un desenlace anticlimático para una de las operaciones más sensibles en la memoria reciente. Pero para todos aquellos que vivieron las horas finales de Algorithm-323, describir esta conclusión como «silenciosa» resultaba profundamente insuficiente; era como calificar la inquietante calma posterior a un terremoto devastador simplemente como silencio, mientras en las profundidades aún vibraban réplicas.

Todo se desmoronó rápidamente, en apenas unas horas:

Un matemático, antes desacreditado, encarcelado injustamente y casi olvidado, se convirtió en la figura clave al desarrollar una tecnología lo suficientemente poderosa como para escanear y preservar la conciencia humana.

Un presidente asediado, previamente atrapado por poderosos conspiradores, logró negociaciones secretas de última hora que desmantelaron su oposición y ocultaron verdades incómodas de la mirada pública.

Un magnate tecnológico de aparentemente ilimitada influencia entregó silenciosamente su imperio, intercambiando voluntariamente su vasto poder por evitar la cárcel en la penitenciaría más severa del país.

El día final de Algorithm-323

En ese último y decisivo día de Algorithm-323, la vida doble y meticulosamente oculta de Nicolás Tosh se desmoronó dramáticamente ante los atentos ojos de la Casa Blanca, la judicatura y un mundo desesperado por recuperar la normalidad. Mientras los últimos conspiradores eran discretamente detenidos —algunos en el extranjero, otros en suelo estadounidense, y aún otros dentro de las más altas esferas del poder— quedó claro que los formidables algoritmos que operaban dentro del Centro de Datos de Zermatt de Tosh habían transformado radicalmente la arquitectura del gobierno moderno. En negociaciones reservadas y secretas, tras puertas firmemente cerradas, estos conspiradores prefirieron unánimemente el silencio a la desgracia pública. La mayoría capituló voluntariamente, sujetos a estrictos acuerdos de confidencialidad. Otros, como el influyente magnate corporativo Leroy Sinclair y el expresidente Thomas, se retiraron discretamente al exilio. Sus destinos quedaron reducidos a crípticos expedientes judiciales sellados que referían vagamente a «altos crímenes contra el Estado», documentos destinados a nunca ser escrutados públicamente.

El destino de cada protagonista

El viaje de Nicolás Tosh, desde la injusticia del encarcelamiento hasta la redención, culminó no en alivio, sino en una inquietante elevación al poder. Con su inocencia restaurada, Tosh ahora se encontraba con la responsabilidad de supervisar una tecnología invasiva sin precedentes capaz de interpretar pensamientos humanos. Simultáneamente heredó el control de Lingtao —el antiguo líder global en redes sociales y comercio electrónico—, transferido por su desacreditado fundador, Artemis Wang. Ahora cargado con esta extraordinaria responsabilidad, Tosh navega por un precario equilibrio entre su imagen filantrópica y las inmensas presiones de gobiernos mundiales, todos cautelosos ante una tecnología que simultáneamente codician y temen.

Artemis Wang, habiendo escapado por poco de prisión, ahora existe como figura ceremonial, con una libertad aparente que oculta una cautividad interna. En público, sigue siendo el rostro carismático de Lingtao, sonriendo y saludando en eventos corporativos cuidadosamente orquestados. En privado, sin embargo, está reducido a un papel subordinado dentro de la Fundación Experta de Tosh, sujeto a supervisión y juicio ajenos. Para Wang, la amarga realidad es clara: su vasto imperio comercial ya no le pertenece, y las poderosas figuras que le evitaron el encarcelamiento poseen la facultad de revocar su cuidadosamente orquestada libertad a su antojo.

Centro de Datos de Zermatt

Oculto profundamente bajo el sereno paisaje de los Alpes suizos, el Centro de Datos de Zermatt evolucionó rápidamente durante las últimas horas caóticas de Algorithm-323. Antes un laboratorio secreto de investigación matemática ahora es un nexo global de operaciones de inteligencia avanzada. Equipos trabajaron febrilmente para asegurar memorias extraídas, desplegar sofisticados algoritmos de identificación en regiones clave del mundo y ajustar servidores cuánticos a niveles sin precedentes. Hoy, Zermatt no responde a la jurisdicción de ningún país concreto; más bien opera discreta pero poderosamente como parte del círculo íntimo de Tosh, expandiendo silenciosamente su capacidad para penetrar cualquier mente humana, volviéndose más potente con cada mes que pasa.

Fundación Experta

Originalmente concebida como la fachada benéfica de Tosh, la Fundación Experta se transformó rápidamente en un instrumento esencial para la estabilidad global. Durante las frenéticas horas finales de Algorithm-323, sus equipos legales realizaron negociaciones delicadas, manteniendo cuidadosamente la negación plausible para todas las partes involucradas. Hoy, la fundación proyecta una imagen benévola mediante contribuciones caritativas globales, financiamiento de investigaciones médicas, inversiones educativas y esfuerzos de ayuda internacional. Debajo de esta superficie filantrópica, sin embargo, Experta actúa como guardián vigilante de una tecnología cuyo mal uso podría comprometer irreparablemente la privacidad y las libertades de cada individuo en el planeta.

El gobierno de EE. UU. considera la «Conspiración de Miami» y el «Caso Thomas» capítulos cerrados. Informalmente, los funcionarios conservan conocimiento parcial del funcionamiento y del enorme potencial de las suites CDA. Existe una alianza precaria con Tosh, marcada por una cuidadosa negociación y una cautelosa dependencia. Durante las etapas finales de Algorithm-323, la administración aprendió lo suficiente como para comprender la delicadeza de su relación con Tosh y su poderosa tecnología. Pueden solicitar, e incluso exigir, el uso del CDA por razones de seguridad nacional, aunque no logran controlar completamente a Tosh. Al aproximarse el fin de la administración actual, los estrategas políticos maniobran con urgencia para consolidar su influencia antes de que un nuevo presidente pueda optar por una transparencia completa, independientemente del coste.

Una calma tensa —y el umbral de otra tormenta—

Por el momento prevalece una calma inquietante: una paz cuidadosamente mantenida, fundada en un entendimiento tácito de mantener oculta la revolucionaria tecnología, utilizarla con moderación y alimentar la reconfortante ilusión de que la resolución de la última conspiración supuso el fin de todas las amenazas. Sin embargo, en las profundidades de los ocultos superordenadores de Zermatt, el poderoso dispositivo capaz de descubrir los secretos más profundos de la humanidad continúa operando de manera silenciosa e implacable. La crisis generada por Algorithm-323 reveló una verdad innegable: la capacidad para acceder y manipular la mente humana no podrá permanecer aislada ni secreta para siempre.

De este frágil equilibrio surge Algorithm-325. Con rumores y especulaciones sobre la «tecnología cerebral» ganando impulso, un significativo cambio político en el horizonte y el creciente dominio global de Lingtao en los mercados mundiales, el próximo conflicto entre la ambición humana, las fronteras éticas y el escurridizo límite del pensamiento se vuelve inevitable. Quienes creían que la conclusión de Algorithm-323 representaba el fin definitivo de las tecnologías mentales invasivas pronto descubrirán que su influencia ha penetrado mucho más profunda y ampliamente de lo imaginado, preparando el escenario para una tormenta sin precedentes.

INTRODUCCIÓN

3:11 A.M.

Una vasta oscuridad sin luna cubría los Alpes suizos, convirtiendo sus escarpadas cumbres en siluetas fantasmales contra un cielo de obsidiana. Los bosques silenciosos en la ladera norte permanecían en filas rígidas y atentas, sin rastro de iluminación artificial. En medio de sombras densas, cuatro figuras avanzaban meticulosamente: fantasmas vestidos completamente con equipo táctico negro, con visores bajados y rostros ocultos. Cada paso era deliberado, sus botas presionando sin sonido contra la gruesa alfombra de agujas húmedas de pino.

Su respiración permanecía controlada, aunque tensa, marcada por comandos susurrados apenas audibles entre ellos. «Tres metros delante. Cuidado al pisar», murmuró el intruso líder, una figura cuyo porte confiado y gestos sutiles lo señalaban claramente como el comandante. Detrás de él iba un técnico enjuto con ojos inquietos, un par de operativos de hombros anchos cuyas acciones revelaban precisión militar, y una persona delgada que parecía estar permanentemente alerta, lanzando miradas hacia la oscuridad como si esperara ser perseguida.

Continuaron ascendiendo constantemente, esquivando pinos retorcidos y agachándose bajo gruesas ramas, sus pulsos acelerándose ante la quietud pesada. Ninguno notó la ligera irregularidad antinatural situada en lo alto: una sofisticada cámara de vigilancia hábilmente camuflada en el nudo retorcido de un abeto anciano. Sus lentes infrarrojos invisibles registraban cada movimiento con cuidado, transmitiendo en silencio el avance de los intrusos, kilómetros más allá, hasta un puesto reforzado de monitoreo.

Una repentina descarga de estática crujió estridentemente en las comunicaciones internas de Zermatt, ahogando instrucciones urgentes. Rainer golpeó el puño contra la consola. «¡Arreglen ese canal ahora!», ordenó con dureza, observando cómo los intrusos se aproximaban peligrosamente a su objetivo.

A seis kilómetros de distancia, en los confines subterráneos de la instalación central de seguridad de Zermatt, una alerta roja comenzó a parpadear ominosamente. Un agotado encargado del turno nocturno se enderezó en su silla, centrando su mirada en el icono de alerta: movimiento detectado en el perímetro restringido, fuera de horario. Posiblemente fauna salvaje, tal vez excursionistas perdidos... pero la historia reciente de la instalación justificaba sospechas inmediatas.

El pulso del encargado se aceleró levemente mientras activaba el protocolo, enviando la alerta hacia arriba. El icono rojo parpadeó con más intensidad, un reconocimiento silencioso de que en instantes autoridades superiores se movilizarían para enfrentar lo que hubiera violado el celosamente custodiado silencio de Zermatt.

Pero los intrusos, concentrados únicamente en su avance encubierto, permanecían ajenos al hecho de que su presencia ya había perturbado la superficie tranquila de una formidable fortaleza tecnológica: una preparada para defender sus secretos a cualquier coste.

Centro de Mando de Zermatt

En el corazón subterráneo del Centro de Datos de Zermatt, el tenue resplandor de las pantallas de monitoreo pintaba tonalidades fantasmagóricas en el rostro del encargado solitario que trabajaba el turno nocturno. De repente, un único icono rojo comenzó a parpadear silenciosa pero insistentemente en la esquina superior de la pantalla más grande: una alerta de proximidad.

Su frente se frunció ligeramente, una pizca de inquietud tensando su mandíbula. Inclinándose hacia delante, rápidamente cotejó la alerta con los sensores de movimiento perimetral, sus dedos moviéndose con agilidad sobre el teclado iluminado. Los primeros datos eran escasos pero inquietantes: movimiento detectado en la zona exterior altamente restringida, bastante después de medianoche. Revisó velozmente: ningún mantenimiento programado, ningún personal autorizado en servicio. Podía no ser más que fauna vagando cerca de los sensores, o quizá excursionistas perdidos fuera del sendero. Sin embargo, la experiencia reciente de Zermatt con Algorithm-323 había instaurado una vigilancia inflexible, una cautela ante la frágil línea entre la seguridad y la intrusión.

Con urgencia entrenada, el encargado activó el protocolo de escalada, presionando un botón seguro que transmitió instantáneamente la alerta hacia niveles superiores en la cadena operativa. En menos de un minuto, la vibración silenciosa de notificaciones por mensaje recorrió discretamente los dispositivos personales del personal superior: Rainer Sábato y otros dos responsables de respuesta ante crisis.

El encargado se reclinó ligeramente, exhalando con lentitud en la silenciosa tensión del cuarto. La inquietud cosquilleaba en los bordes de sus pensamientos. Deseaba con fervor tener información más clara, algo que resolviera esa incertidumbre. Pero en la oscuridad bajo los Alpes, la claridad rara vez llegaba rápido, y la precaución se había convertido en su defensa más sólida.

3:18 A.M.

Los intrusos llegaron a la primera barrera tangible del perímetro restringido de Zermatt: una imponente valla metálica coronada ominosamente por cables invisibles de alarma. El operativo líder, una figura de hombros anchos, mirada acerada y disciplinada, hizo una señal de silencio mientras extraía un dispositivo compacto y sofisticado de su cinturón táctico. Con precisión experta, lo presionó suavemente contra el mecanismo del cerrojo. Un tenue resplandor azul fantasmal iluminó brevemente sus rostros enmascarados, seguido por un leve clic cuando el cerrojo cedió sin esfuerzo.

El vigía, apenas en la veintena, sintió una oleada de arrepentimiento: recuerdos inundándolo sobre las deudas que lo habían llevado a esta decisión desesperada, dejando atrás a su familia con vacías promesas de seguridad.

Al acercarse a la línea de la valla, un repentino destello rojo brilló desde un sensor oculto. «Perímetro infrarrojo activado», susurró urgentemente el vigía. Sin vacilar, el líder hizo una señal para que el equipo se detuviera, ajustando rápidamente un pequeño dispositivo portátil para neutralizar la señal del sensor. Tras un instante tenso y contenido, el indicador del sensor volvió a apagarse. «Estamos limpios, pero revisad que no haya más», ordenó el líder con voz baja, reconociendo en silencio lo cerca que habían estado de ser detectados.

Se detuvo, sus dedos enguantados permaneciendo un momento sobre el frío metal de la valla, inspeccionando metódicamente en busca de cámaras o sensores ocultos. Satisfecho, abrió suavemente la puerta, un movimiento lento y silencioso que apenas perturbó la quietud nocturna.

Los otros tres operativos se deslizaron rápidamente tras él, coordinados, profesionales y casi inaudibles.

Mientras avanzaban sigilosamente por la ladera boscosa, el líder recordó fugazmente su reunión inicial: una habitación tenuemente iluminada en un anodino edificio de oficinas lejos del suelo suizo. «Esto no es simple espionaje corporativo», había subrayado su empleador, con voz cargada de convicción. «Esta tecnología redefine el orden global: o la controlamos, o quedamos sometidos a quienes lo hagan». Esas palabras resonaban en su mente, reforzando la gravedad y los riesgos geopolíticos detrás de su peligrosa misión.

La misión era clara: infiltrarse en las instalaciones remotas de Zermatt, sabotear o extraer tecnología clave que supuestamente almacenaba avanzados códigos matemáticos: interfaces neuronales que habían sido cruciales para destapar una conspiración de alto nivel en la Casa Blanca. Aun así, pese a su planificación meticulosa, el equipo sabía alarmantemente poco sobre la verdadera profundidad operativa de Zermatt. Ignoraban a los silenciosos observadores que ahora se movilizaban rápidamente en respuesta a su intrusión, o a los sutiles hilos cuánticos que susurraban invisibles a través de rutas neuronales, explorando delicadamente los límites de su consciencia.

3:25 A.M.

En una pequeña subestación segura junto al centro de mando central de Zermatt, Rainer Sábato permanecía bajo el pálido resplandor de múltiples monitores, sus ojos alertas pese a haber sido despertado abruptamente hacía menos de diez minutos. La pantalla más grande mostraba siluetas infrarrojas fantasmales: cuatro figuras desconocidas avanzaban cuidadosamente hacia el núcleo del complejo restringido.

Dentro del centro de seguridad de Zermatt, Rainer frunció el ceño con frustración al ver un error inesperado en la consola de monitoreo CDA. «¿Otra falla de calibración?», masculló ásperamente. «Creía que ya habíamos arreglado esto». Tecleó rápidamente comandos de diagnóstico, intentando recuperar la estabilidad mientras los intrusos avanzaban hacia el Almacén C. Segundos preciosos se agotaban mientras forzaba al sistema a reconectarse, intensificando cada segundo la urgencia.

Los dedos de Rainer volaron ágilmente sobre el teclado, ordenando al software de inteligencia realizar una búsqueda de reconocimiento facial y de movimiento. El sistema parpadeó brevemente antes de mostrar cero coincidencias: entidades desconocidas, precisas en sus movimientos, disciplinadas y metódicas.

Con una exhalación tensa, Rainer cambió rápidamente a otra pantalla, activando una transmisión directa al encargado principal del monitoreo. El rostro ansioso del encargado apareció, con sombras acentuando su preocupación.

«Se dirigen al Almacén C», susurró el encargado urgentemente, con voz baja pero firme. «Atravesaron la valla principal sin activar alarmas visibles. Sin armas detectadas, pero su coordinación sugiere entrenamiento militar».

La mandíbula de Rainer se tensó imperceptiblemente. «¿Seguro que no hay mantenimiento programado esta noche ni pruebas encubiertas autorizadas?».

El encargado negó con firmeza. «Negativo, señor. Nada autorizado por nuestra parte».

Una fría urgencia atrapó a Rainer mientras activaba rápidamente los escáneres neuronales CDA-319, realizando un barrido sofisticado del perímetro. En segundos, delicados iconos se materializaron sobre el mapa: cuatro claras firmas neuronales. Un escalofrío recorrió la columna de Rainer; los intrusos estaban peligrosamente cerca del equipo sensible en el Almacén C, sede del avanzado circuito cuántico de Zermatt. Las implicaciones de sabotaje o robo serían catastróficas.

«Estamos recibiendo lecturas fragmentadas», informó Rainer tenso. Las imágenes neuronales parpadeaban intermitentes, revelando solo pensamientos fugaces, temores difusos. Tosh se inclinó adelante, voz firme pero urgente. «Aumenta lentamente la intensidad; demasiado rápido y detectarán la intrusión». Rainer asintió, mejorando gradualmente la resolución neuronal. «Ahora sí, firmas más claras. Están nerviosos. Empiezan a dudar».

Con compostura entrenada, Rainer abrió una línea cifrada directa al dispositivo personal de Nicolás Tosh. Incluso a esas horas tempranas, la implicación inmediata de Tosh era obligatoria.

—Nicolás —la voz de Rainer era calmada pero firme, sin revelar su ansiedad creciente—, tenemos intrusos. Activo inmediatamente todo el protocolo.

3:31 A.M.

El interior del Almacén C estaba envuelto en una inquietante penumbra, iluminado apenas por el resplandor pálido y espectral de las luces de emergencia. Altas pilas de cajas metálicas se elevaban silenciosamente, formando estrechos pasillos por los que los intrusos avanzaban con cautela, cada respiración controlada cuidadosamente, cada paso colocado con precisión para evitar cualquier ruido.

El técnico se detuvo, con los dedos temblando ligeramente sobre los delicados cables.

—¿Alguna vez te preguntas si estamos en el lado correcto de esto? —murmuró suavemente, casi para sí mismo.

El experto en demoliciones, sin apartar los ojos de su tarea, replicó secamente:

—¿Lado correcto? Somos mercenarios; la moralidad no entra en el contrato.

El operativo más joven detrás de ellos se mordió nerviosamente el labio, susurrando apenas audible:

—Entonces, ¿por qué esto se siente tan mal?

El operativo líder se detuvo frente a un robusto contenedor fuertemente asegurado. Sacó una pequeña palanca de su mochila, colocando su extremo plano contra la tapa del cajón y ejerciendo una presión constante y cuidadosa. Con un gruñido metálico amortiguado, el sello del contenedor cedió lentamente a su insistente fuerza.

Uno de los operativos miró ansiosamente alrededor y susurró con urgencia:

—Mantened la cabeza baja. Tenemos cinco minutos, quizás menos, antes de que se den cuenta de que algo está mal.

Ignorando la advertencia tensa, el líder dirigió un delgado haz de luz de su linterna hacia el interior del contenedor. Estanterías llenas de intrincadas placas de circuitos, unidades de almacenamiento fuertemente encriptadas y ordenados paquetes de cables de fibra recibieron su ansiosa mirada; cada elemento etiquetado con códigos inocuos pero indescifrables. El equipo podía tratarse simplemente de piezas de repuesto ordinarias, o bien representar el núcleo mismo de la arquitectura clandestina de la red neuronal de Zermatt.

Rápidamente, el operativo líder extrajo un módulo de cifrado plateado y pulido, colocándolo cuidadosamente en el suelo de hormigón junto a él.

—Copiad todo lo que podáis, rápido —ordenó, la urgencia impregnando su tono habitualmente compuesto.

Con manos ligeramente temblorosas, conectó rápidamente una unidad portátil compacta a la placa de circuitos expuesta. Los segundos pasaban con angustiosa lentitud, llenos solo por las respiraciones suaves y ansiosas de los intrusos mientras esperaban que fluyesen los datos encriptados, plenamente conscientes de lo peligrosamente estrecha que era la ventana de oportunidad que tenían.

Centro de Mando de Zermatt

En el recinto seguro del centro de mando central de Zermatt, Nicolás Tosh estaba de pie frente a una batería de monitores, con el cabello despeinado por el abrupto despertar. Mantenía una intensa mirada en una pantalla lateral que parpadeaba con telemetría mental en tiempo real: las firmas neuronales de los intrusos decodificadas por el avanzado sistema CDA-323. Los datos mostrados eran claros e inequívocos: el pánico comenzaba a aflorar, los picos de adrenalina traduciendo sus pensamientos más inmediatos y sin filtro en claras secuencias de texto.

Deberíamos haber traído más ayuda… Este trabajo es demasiado grande… Mantened la calma…

Tosh exhaló lentamente, manteniendo su compostura incluso mientras la urgencia se acumulaba bajo su tranquila apariencia. Meramente observar no era suficiente; necesitaban una intervención inmediata para frustrar los esfuerzos de los intrusos.

—Rainer —dijo con firmeza, su voz controlada, pero portando el innegable peso del mando—, ¿podemos anular el acceso local al servidor del Almacén C?

Al otro lado de la sala, los dedos de Rainer se movían rápidamente sobre la consola, navegando hábilmente por los protocolos de seguridad.

—En ello —respondió con brevedad, sus ojos saltando entre las pantallas—. Desconectando puertos de datos del hardware en Almacén C… Ahora.

Otro monitor mostró una grabación en vivo desde una cámara oculta en el techo del almacén, ofreciendo una vista aérea de la repentina confusión de los intrusos. Observaron cómo los indicadores de descarga se detenían abruptamente, las velocidades de transferencia cayendo a cero y las unidades portátiles parpadeando desafiantes con códigos de error.

Tosh monitoreó atentamente la claridad gradual que emergía de la interfaz del CDA, viendo cómo los pensamientos cristalizaban desde una vaga incertidumbre hasta una clara y urgente angustia.

—Ahora los tenemos —murmuró, reconociendo el momento preciso en que sus defensas psicológicas colapsaron.

Tosh se permitió un instante fugaz de sombría satisfacción. Los intrusos ahora comprendían que algo estaba gravemente mal, sus planes cuidadosamente elaborados desmoronándose en tiempo real. Sin embargo, la amenaza no estaba completamente neutralizada, y los próximos movimientos serían cruciales.

3:35 A.M.

Un silencio opresivo envolvía a los intrusos, incrementando palpablemente su ansiedad. El operativo que manejaba la palanca maldijo en voz baja, con urgencia tensando su voz:

—¡El circuito nos ha bloqueado; algo ha salido mal! —siseó entre dientes—. Se nos acaba el tiempo. Cambiad de inmediato a la Fase Dos. Colocad las cargas y preparad la detonación.

Otro miembro del equipo retrocedió visiblemente y replicó con aspereza en un susurro angustiado:

—Acordamos explícitamente que no habría daños graves salvo en caso absolutamente necesario.

Los ojos del líder brillaron con fiereza detrás de su visor, su voz cargada de desesperación y fría lógica:

—Toda la operación está comprometida sin esos datos. Nuestro comprador autorizó expresamente el sabotaje si fracasaba la extracción.

Con sombría determinación, alcanzó rápidamente una bolsa compacta ajustada con firmeza a su cintura.

Bajo la tenue y fantasmal iluminación de emergencia del almacén, el equipo observó cómo extraía un manojo de cables cuidadosamente ordenados, conectados a un detonador antiguo y compacto. Sus componentes metálicos brillaban ominosamente, destacando con crudeza contra las sombras que los envolvían. Los operativos intercambiaron miradas tensas e inquietas, conscientes del peso de su próximo movimiento, cada uno profundamente alerta ante las terribles consecuencias que se acercaban rápidamente.

Centro de Mando Urgente de Zermatt

Luces de advertencia rojas destellaban intensamente en el panel principal de control, bañando la sala de mando de Zermatt en una inquietante tonalidad carmesí. La voz de Rainer sonó tensa por la urgencia, apenas por encima de un susurro, aunque clara y decisiva:

—Están preparando explosivos. Los sensores infrarrojos confirman que están colocando algo dentro del Almacén C.

Nicolás Tosh reaccionó de inmediato, con voz firme y autoritaria:

—Desplegad ya al equipo de seguridad perimetral. No podemos permitir ningún daño en nuestra infraestructura cuántica.

Sin dudarlo, Rainer activó un enlace seguro de comunicación con los equipos suizos de respuesta de emergencia, que permanecían en alerta.

—Estoy autorizando una intervención externa inmediata —comenzó, pero se detuvo bruscamente, sus ojos fijos en las lecturas neuronales que se disparaban vívidamente en su monitor. Una mezcla volátil de miedo y determinación emanaba inequívocamente de las firmas neuronales de los intrusos. Estaban realizando una cuenta atrás.

Tosh, con expresión implacable, dio una orden cargada de intención estratégica:

—Hacedles saber que estamos dentro de sus mentes. Quizá así consigamos desviar su atención y ganar segundos cruciales.

Rainer asintió rápida y decididamente, accediendo a una pestaña especializada de la consola etiquetada CDA-320, el potente canal de comunicación directa de enlace neuronal de la instalación. Con cautela y precisión, tecleó un breve pero contundente mensaje y pulsó transmitir, viendo cómo destellaba la confirmación; cada segundo transcurría angustiosamente mientras aguardaba la reacción de los intrusos.

Confrontación psicológica en el Almacén

Los intrusos, a punto de activar el último cable explosivo, se congelaron abruptamente cuando una presencia antinatural y escalofriante invadió sus mentes. Una voz clara y perturbadoramente íntima susurró directamente en su conciencia:

—Este es el Centro de Datos Zermatt. Os vemos. Sabemos vuestras intenciones y podemos escuchar cada uno de vuestros pensamientos. Soltad inmediatamente el dispositivo y rendíos.

El pánico recorrió al grupo como una corriente eléctrica, con corazones latiendo desbocados y miradas desesperadas buscando altavoces ocultos o cualquier indicio de engaño tecnológico. Un operativo, sobrepasado, cayó de rodillas agarrándose la cabeza, como si intentara protegerse físicamente de la fuerza invasora que presionaba implacable contra su mente.

Los segundos se alargaron dolorosamente; el silencio apretaba el almacén con tanta intensidad como su creciente temor.

La voz regresó, más fría y autoritaria que antes, subrayada por una urgencia indudable:

—Tenéis exactamente una única oportunidad para salir con vida. Las autoridades suizas están llegando, y poseemos la capacidad de transmitir vuestra operación completa —incluyendo vuestras confesiones más privadas— a cualquier agencia global de seguridad. Deponed vuestros dispositivos y rendíos ahora mismo.

Conforme aumentaba el pánico, los pensamientos del líder se dispararon descontroladamente hacia los agentes sin rostro que les habían contratado: sus demandas implacables, sus escalofriantes advertencias ante el fracaso.

—Nos eliminarán si nos capturan —susurró, con voz temblorosa y mirada desorbitada.

La respiración del técnico se cortó de terror, comprendiendo súbitamente la trampa imposible: fallar significaba enfrentar tanto la furia de sus captores como la letal represalia de sus invisibles empleadores.

Los intrusos permanecían inmóviles, atrapados en batallas internas de miedo e incredulidad, mientras la cruda realidad de su vulnerabilidad se hacía brutalmente evidente.

3:38 A.M.

Los ojos del líder recorrían frenéticamente el sombrío almacén, su respiración entrecortada mientras la incredulidad y el pavor lo dominaban.

—Esto es imposible... algún tipo de dispositivo de comunicación avanzado —masculló entre dientes apretados, tratando desesperadamente de racionalizar la intrusión en sus mentes.

Pero mientras hablaba, los últimos restos de su determinación se quebraban bajo el peso de la realidad innegable.

En el exterior, el lejano pero inequívoco ulular de sirenas acercándose rompió el silencio, confirmando de manera inquietante que su ruta de escape había sido cortada. Los pensamientos de pánico de los intrusos rebotaban en su interior, cada uno reconociendo que sus miedos más profundos y fracasos estaban ahora expuestos y accesibles a voluntad por un adversario invisible.

Con una exhalación derrotada, el líder dejó caer el detonador de su mano temblorosa, que resonó con fuerza sobre el frío suelo de hormigón.

—Rendíos —ordenó con voz apagada, apenas audible por el zumbido en sus oídos—. Estamos acabados.

De repente, potentes faros cortaron la oscuridad exterior, proyectando sombras nítidas sobre las cajas y maquinaria. Pisadas pesadas resonaron con urgencia sobre el asfalto, mientras las luces giratorias de rojo y azul inundaban cada abertura, iluminando el interior del almacén. Los intrusos, visiblemente temblorosos y resignados, lentamente levantaron las manos sobre sus cabezas, entregándose en silencio a las fuerzas abrumadoras que ahora convergían sobre ellos.

Centro de Mando de Zermatt

Rainer exhaló lentamente, su pulso aun martilleando en sus venas, el peligro inmediato dando paso a un cauteloso alivio.

—Las autoridades locales confirman que los sospechosos están bajo custodia —informó con voz firme, aunque aún cargada de tensión residual—. Han sido desarmados, y los primeros informes indican que no hay víctimas.

Nicolás Tosh asintió con deliberación, su alivio atemperado por una vigilancia subyacente y agotada.

—Bien. Necesitamos una identificación completa de inmediato. Inicia escaneos exhaustivos de memoria; estos intrusos podrían formar parte de algo mucho más grande.

De repente, una voz nueva irrumpió en la consola segura; tranquila, autoritaria, indudablemente perteneciente a uno de los oficiales suizos de seguridad en el lugar:

—Sospechosos asegurados, aunque por ahora permanecen en silencio.

Rainer intercambió una mirada significativa con Tosh, el peso de su responsabilidad evidente en sus expresiones sombrías.

—No necesitan hablar —dijo Rainer con voz baja, las implicaciones de sus palabras flotando pesadamente en la sala—. Muy pronto descubriremos todo lo que necesitamos directamente de sus mentes.

Capítulo 1

Un nuevo amanecer para Lingtao

Sede central de Lingtao, San Francisco
10:00 A. M. (hora del Pacífico)

Una sinfonía de obturadores de cámaras resonaba en el luminoso atrio, cada clic rápido mezclándose perfectamente en una atmósfera cargada de expectación. Periodistas maniobraban sutilmente, buscando posiciones desde las cuales captar cada detalle del espectáculo que estaba por desarrollarse. La luz del sol se filtraba por la imponente fachada de cristal, envolviendo la modernizada sede de Lingtao en tonos de azul vibrante y oro bruñido, colores cuidadosamente elegidos para evocar innovación y estabilidad, sellos distintivos del gigante tecnológico global.

En el epicentro de este evento minuciosamente organizado se encontraban dos figuras imponentes. Artemis Wang, el legendario fundador de Lingtao e icono cuya carismática historia había inspirado a innumerables seguidores, avanzaba hacia el podio con deliberación mesurada. Su semblante revelaba ciertos indicios de cautela, evidencia de pruebas recientes sutilmente reflejadas en su postura. A su lado, Amara Leung irradiaba una tranquila seguridad y vibrante autoridad. Recién nombrada co-CEO de Lingtao, Amara asumía la responsabilidad de liderar el visionario proyecto de «soluciones éticas de datos» de la empresa, una iniciativa emblemática en colaboración con la renombrada Fundación Experta.

Wang hizo una breve pausa antes de hablar, permitiendo que el silencio acentuara la solemnidad del momento. Su sonrisa contenida transmitía tanto humildad como resiliencia, invitando a la audiencia a participar de esta narrativa cuidadosamente elaborada.

—Damas y caballeros —la voz de Wang fluyó con facilidad, amplificada por altavoces discretamente ubicados—, hoy nos reunimos aquí no solo para celebrar un hito corporativo, sino para reafirmar un profundo compromiso. Guiada por nuestra alianza con la Fundación Experta, Lingtao se dedica ahora, sin reservas, a los ideales de filantropía global, transparencia y empresa sostenible.

Muy por encima del espectáculo público, Nicolás Tosh observaba minuciosamente desde una aislada suite ejecutiva. Oculto tras paredes de vidrio reflectante diseñadas para disimular su presencia, absorbía cada gesto y palabra mediante una transmisión CDA segura que lo conectaba íntimamente con el evento. Aunque físicamente distante de la plataforma, la influencia estratégica de Tosh impregnaba cada aspecto de la meticulosa reinvención de Lingtao. Su discreto auricular vibraba suavemente con actualizaciones de asesores de confianza distribuidos en puntos estratégicos globales: centros de datos en Zúrich, centros financieros en Miami y operativos locales discretamente integrados en el propio San Francisco.

A pesar de la deliberada ausencia de Tosh en el ojo público, su mano invisible pero inequívoca daba forma a la narrativa de Lingtao con precisión quirúrgica. Cada palabra cuidadosamente elegida pronunciada por Wang resonaba con la visión global de Tosh; cada pausa estratégica, calculada meticulosamente. Desde detrás de su espejo unidireccional,

Tosh orquestaba silenciosamente el futuro, consciente del delicado equilibrio necesario para mantener las apariencias mientras protegía verdades más profundas y frágiles ocultas bajo la pulida superficie de Lingtao.

Un susurro en el éter

El discreto zumbido en el auricular de Nicolás Tosh era apenas audible en la calma ambiental de su suite ejecutiva aislada. La voz familiar y compuesta de Rainer Sábato resonaba suavemente desde el corazón del Centro de Mando de Zermatt.

—Nicolás —comenzó con calma, en un tono tranquilizadoramente mesurado—, Artemis se está ciñendo exactamente al guion. No se han detectado desviaciones hasta el momento.

Tosh reconoció el informe de Rainer con un leve, casi imperceptible asentimiento, manteniendo sus ojos firmemente fijos en el evento meticulosamente orquestado que se desarrollaba muy abajo.

—Bien —murmuró en voz baja—. Mantén la vigilancia.

Alrededor de Tosh, una compleja red de monitores iluminaba el tenue interior de la suite, cada pantalla mostrando flujos de inteligencia en tiempo real que surgían sin descanso desde los servidores cuánticos de Zermatt. Patrones surgían y se disolvían rápidamente, revelando inquietantes verdades escondidas mucho más allá de la pulida superficie del evento del día: operaciones de tráfico infantil navegando silenciosamente en las sombras de regiones remotas del sureste asiático; sindicatos clandestinos de abuso doméstico profundamente arraigados en comunidades estadounidenses; conspiraciones latentes dentro de un influyente sindicato de pilotos, peligrosamente al borde de una negligencia catastrófica; y corrupción rampante amenazando con desestabilizar un conglomerado petrolero de Europa del Este.

Cada revelación cargaba con un peso moral y operativo inmenso, pero Tosh las absorbía silenciosamente, su expresión sin mostrar fatiga ni consternación. La gravedad de sus responsabilidades encubiertas se había vuelto hace mucho tiempo familiar, una carga necesaria que llevaba con firme determinación. Utilizando las potentes capacidades de la tecnología CDA, navegaba hábilmente este mundo oculto de peligro y secreto, canalizando discretamente inteligencia a través de la fachada filantrópica de la Fundación Experta. Era una danza delicada, moldeando eventos sin revelar los sofisticados mecanismos a su disposición.

Aun así, a pesar del tumulto global de crisis que exigían atención, el enfoque inmediato de Tosh permanecía firmemente fijado en la reinvención estratégica de Lingtao. El giro público y prominente de la compañía no era meramente simbólico; era fundamental para su estrategia más amplia. Asegurar legalmente el control sobre las extensas redes de datos de Lingtao bajo la bandera de la filantropía corporativa era crucial. Esta cuidadosa alineación garantizaba la infiltración discreta continua en la vida diaria mediante las poderosas analíticas de Zermatt, protegidas bajo el disfraz de benevolencia corporativa.

En el aislamiento silencioso de su oculto punto de observación, Tosh continuaba vigilando con atención, plenamente consciente de que la estabilidad de innumerables operaciones futuras dependía delicadamente del éxito de aquel día.

Artemis Wang se hizo elegantemente a un lado, invitando a Amara Leung a avanzar con un gesto abierto que transmitía profundo respeto.

—Es un privilegio —dijo con voz firme y genuina— presentar a nuestra nueva co-CEO, la señora Leung, cuya visión para Lingtao encarna nuestro compromiso con armonizar la ambición corporativa y un significativo impacto social. Hoy anunciamos con orgullo dos iniciativas transformadoras: primero, la creación de un fondo global de microcréditos diseñado para empoderar a emprendedores en las comunidades más necesitadas del mundo; y segundo, importantes avances en la tecnología de cifrado de datos, reafirmando nuestro firme compromiso con la protección de la privacidad de los usuarios.

Un cálido aplauso resonó espontáneamente por el amplio atrio mientras Amara avanzaba, su porte irradiando confianza y sincera cordialidad.

—Gracias —comenzó con tono suave pero seguro, sus palabras resonando fácilmente por la sala—. Es un honor y una responsabilidad que no tomo a la ligera. Lingtao se compromete a canalizar una parte sustancial de nuestros ingresos netos de este año hacia la Fundación Experta. Nuestro enfoque abarcará necesidades humanitarias urgentes, desde asistencia rápida en casos de desastres hasta fomentar oportunidades educativas para niños vulnerables, además de establecer sólidos estándares éticos para la gestión global de datos.

Entre el público, Maggie Wu, experimentada periodista del International Digital Times, observaba atentamente cómo se desarrollaban los acontecimientos. La luz solar destelló suavemente sobre su credencial de prensa al levantar la mano con confianza, manteniendo una expresión cuidadosamente neutral, aunque inequívocamente inquisitiva.

—¿Puedo dirigir una pregunta al señor Wang? —preguntó con cortesía practicada, su tono suave pero claramente preciso.

La sonrisa cuidadosamente sostenida de Wang se tensó de manera casi imperceptible, revelando un destello de aprensión cautelosa bajo su fachada compuesta.

—Por supuesto —respondió con voz calmada, aunque con un matiz de tensión.

—Lingtao enfrentó desafíos considerables durante el último año —comenzó Maggie reflexivamente, eligiendo sus palabras con diplomático cuidado—. Si los informes que circulan en la comunidad tecnológica son precisos, la compañía atravesó importantes turbulencias internas, incluyendo despidos de alto nivel y acuerdos confidenciales. ¿Podría aclarar qué desencadenó estas interrupciones internas y compartir con nosotros cómo Lingtao ha resurgido aún más fuerte?

Un silencio expectante cayó momentáneamente sobre la sala, cargado de curiosidad y anticipación. Desde su punto de observación oculto, Nicolás Tosh sintió acelerarse su pulso, su atención cambiando inmediatamente hacia un monitor más pequeño colocado discretamente junto a sus pantallas principales de vigilancia. Este mostraba una delicada lectura neural proporcionada por CDA-319, un análisis emocional y fisiológico en tiempo real de Artemis Wang. El repentino pico en los niveles de adrenalina de Wang le indicó a Tosh todo lo que necesitaba saber: bajo su compostura cuidadosamente ensayada, el legendario líder de Lingtao sentía una intensa punzada de ansiedad. El pasado, comprendió Tosh con sobria claridad, nunca quedaba completamente enterrado.

Semillas de intriga

Desde la aislada perspectiva de la suite ejecutiva, la intensa concentración de Nicolás Tosh fue brevemente interrumpida por un ping discreto pero insistente proveniente de su consola, una alerta reservada exclusivamente para interceptaciones urgentes de CDA. Casi de inmediato, la voz de Rainer Sábato resonó a través de su auricular, cautelosa pero inconfundiblemente urgente.

—Nicolás, hemos detectado una señal no autorizada incrustada en el flujo de datos de la rueda de prensa. Está hábilmente enrutada a través de una serie de servidores proxy, originada en lo profundo de Europa del Este.

La expresión de Tosh se ensombreció sutilmente, evaluando rápidamente las posibles amenazas que implicaba esta intrusión.

—¿Espionaje corporativo, o quizás otro competidor sondeando nuestras defensas? —preguntó con voz cuidadosamente neutra, sin revelar la tensión que sentía.

Rainer vaciló ligeramente, midiendo con cuidado su respuesta.

—Es posible, pero la sofisticación y precisión indican algo más serio que una simple rivalidad corporativa. Quienquiera que esté detrás de esto sabe exactamente lo que busca. Podrían estar minando comunicaciones internas de Lingtao o buscando vulnerabilidades que no hemos previsto.

Tosh comprendió inmediatamente la gravedad de tal incursión. La reposición pública de Lingtao era crítica: una intrincada maniobra estratégica diseñada para distanciar públicamente a la empresa de controversias anteriores mientras se aseguraba en privado su relación simbiótica con el Centro de Mando de Zermatt. Si la delicada verdad sobre la silenciosa complicidad de Artemis Wang o la conexión más profunda de Lingtao con la tecnología CDA se revelaba, se desmoronaría su cuidadosa construcción de alianzas, activaría escándalos dormidos o desencadenaría nuevas crisis explosivas.

—Mantente sobre esto, Rainer —instruyó Tosh con calma, la orden firme pero discretamente urgente, sus pensamientos ya avanzando rápidamente, trazando posibles brechas y contramedidas—. Identifica quién está detrás y determina sus intenciones lo antes posible.

Abajo, la rueda de prensa concluía precisamente según lo coreografiado. Artemis Wang y Amara Leung intercambiaron sonrisas seguras y cuidadosamente ensayadas, agradeciendo cálidamente a la audiencia y adelantando con optimismo ensayado más desarrollos innovadores. El público reunido ofreció un aplauso genuino y entusiasta, aparentemente inconsciente de las complejidades frágiles que subyacían en la pulida narrativa corporativa.

Sin embargo, en medio del educado aplauso, la atención de Tosh se centró en Maggie Wu. Su mirada era penetrante, aguda, buscando mucho más allá de lo que la fachada de relaciones públicas permitía. Los instintos de Tosh se tensaron con cauteloso reconocimiento. Percibía más que simple curiosidad periodística; Maggie Wu estaba indagando en busca de una verdad oculta.

Y más allá del escrutinio de ella, otra entidad invisible aguardaba pacientemente su momento. Oculto bajo sofisticados cifrados y anonimato, este adversario observaba en silencio, listo para explotar incluso la más pequeña fractura en la imagen meticulosamente reconstruida de Lingtao.

Hilos paralelos: El barrido global

Cuando los periodistas salieron, Tosh dedicó un momento a examinar la lista de nuevos datos de inteligencia que fluían a través del Centro de Mando de Zermatt. Mientras el murmullo residual de las conversaciones se desvanecía con la salida de los reporteros, Nicolás Tosh volvió a centrar su atención inquebrantable en el complejo entramado de inteligencia desplegado vívidamente en sus pantallas, flujos constantes de información provenientes del Centro de Mando de Zermatt. Cada alerta, cada destello de información, servía como un recordatorio tajante de las realidades sombrías que la tecnología CDA revelaba sin tregua.

Cartel de tráfico humano – Referencias cruzadas de CDA-322 indican señales geolocalizadas en una región fronteriza notoria. Surgen pistas pequeñas pero confiables sobre una red de distribución que trafica menores.

En una esquina iluminada del monitor de Tosh, un conjunto de alertas precisas señalaba un tramo desolado de tierra fronteriza, conocido por operaciones de tráfico humano. Los potentes análisis de CDA-322 tamizaban meticulosamente señales geolocalizadas sutiles y transitorias, ensamblando un mapa detallado de rutas clandestinas de tráfico. Incluso los operativos más cautelosos dejaban huellas rastreables, hilos delicados que conducían inexorablemente a núcleos criminales escondidos en lo profundo del sureste asiático. Mientras estas crudas realidades se desplegaban silenciosamente ante él, Tosh sintió una involuntaria presión en el pecho, un reflejo emocional que no había logrado apagar del todo, a pesar de años inmerso en esta batalla encubierta.

Cada niño, cada víctima inocente recuperada mediante estas operaciones, representaba un triunfo crucial. Sin embargo, la victoria estaba matizada por la conciencia sombría del ciclo más amplio y aparentemente incesante de explotación y sufrimiento humano. Por cada traficante interceptado, muchos otros permanecían ocultos, evolucionando constantemente sus tácticas. A pesar del alcance formidable de CDA, Tosh sentía el inmenso peso de la lucha interminable contra esta oscuridad, profundamente consciente de las limitaciones incluso de la tecnología de vigilancia más avanzada.

Momentáneamente permitió que sus ojos recorrieran otras alertas urgentes que competían por su atención: corrupción a escalas asombrosas, rivalidades latentes entre carteles, conspiraciones fraguándose inadvertidas por el mundo en general. Pero fue la situación de los inocentes explotados la que sostuvo más tiempo su atención, cristalizando la inmensa responsabilidad que cargaba.

Con determinación silenciosa, Tosh autorizó acción inmediata. Informes anónimos y detallados llegarían pronto a agencias humanitarias internacionales y equipos policiales cuidadosamente seleccionados, poniendo en marcha rescates e intervenciones específicas diseñadas para desmantelar sistemáticamente las redes de tráfico.

Sin embargo, bajo la silenciosa resolución con la que Tosh operaba, luchaba internamente con la inmensa complejidad ética de su rol. Las capacidades analíticas incomparables de CDA le otorgaban un poder sin precedentes: poder para descubrir verdades ocultas, prevenir tragedias y provocar cambios profundos. Pero la exposición implacable de estas realidades crudas le obligaba constantemente a enfrentar una pregunta inquietante: ¿podría un individuo, una tecnología, alguna vez equilibrar plenamente las escalas de la justicia?

Corrupción Estatal – Una caótica cadena de sobornos canalizada hacia un contratista gubernamental de alto rango en Asia occidental amenaza con defraudar infraestructuras urbanas enteras.

Las reflexiones de Nicolás fueron interrumpidas por otra alerta insistente, devolviéndolo a la compleja red de crisis simultáneas. La guerra que libraba desde su posición oculta era incesante, y cada victoria traía consigo la sobria conciencia de batallas aún no ganadas.

En otra sección iluminada del amplio conjunto de pantallas de Nicolás Tosh, se desplegaba un escenario complejo e inquietante, esta vez en lo profundo de Asia occidental, donde la corrupción desenfrenada se había metastatizado sin control en el corazón mismo del gobierno regional. Inteligencia detallada, minuciosamente recopilada por los penetrantes análisis de CDA, revelaba una intrincada red de transacciones ilícitas, sobornos hábilmente ocultos y contratos fraudulentos.

En el centro de esta red insidiosa se encontraban funcionarios poderosos e intermediarios sombríos que desviaban fondos públicos vitales con descarada impunidad.

Infraestructura crítica —hospitales urgentemente necesarios para comunidades vulnerables, escuelas esenciales para la educación de futuras generaciones y proyectos vitales de servicios públicos— estaba peligrosamente cerca del colapso, privados de recursos desviados por la codicia de actores corruptos. Tosh absorbía estos datos sombríos en silencio, sus ojos recorriendo las complejas conexiones destacadas por el sondeo implacable de la tecnología CDA. Cada prueba cuidadosamente recopilada representaba un hilo delicado, diseñado meticulosamente para guiar sutilmente a las autoridades hacia el núcleo de la conspiración, sin revelar los extraordinarios medios de su descubrimiento. Disfrazadas como pistas anónimas y difundidas silenciosamente por canales seguros, estas migas de inteligencia actuaban como indicios guiados con precisión, empujando a investigadores locales e internacionales hacia las verdades ocultas.

Sin embargo, Tosh era profundamente consciente del peligro inherente a tales operaciones. Los poderosos individuos señalados por las revelaciones de CDA no cederían fácilmente sus posiciones. La línea que él recorría era precaria, cargada de potenciales repercusiones. El poder analítico de su equipo era inmenso, capaz de desmantelar incluso la corrupción más arraigada; pero si los adversarios detectaban siquiera una mínima señal de sus capacidades de vigilancia, la respuesta podría ser rápida, dirigida y devastadora.

Con pulso firme, Tosh confirmó la liberación del informe de inteligencia cuidadosamente preparado, enmascarado meticulosamente para proteger su fuente. Observó cómo comunicaciones cifradas fluían discretamente hacia agencias estratégicas de aplicación de la ley y organizaciones no gubernamentales listas para actuar.

Aun mientras orquestaba esta intervención invisible, Tosh sabía que el delicado equilibrio que mantenía estaba perpetuamente en riesgo: cada movimiento medido cuidadosamente contra posibles represalias. La justicia estaba al alcance, pero lograrla con seguridad exigía vigilancia constante y sutileza, cualidades que Tosh había perfeccionado por pura necesidad.

Rivalidad del Sindicato de Drogas – Señores rivales en Sudamérica planean una ola de violencia cerca de importantes puertos marítimos. Las primeras interceptaciones de Zermatt revelan un potencial sabotaje de flotas de carga.

Urgentes flujos de inteligencia inundaban las pantallas de Nicolás Tosh, destacando un conflicto rápidamente creciente entre dos formidables cárteles sudamericanos de la droga. La tensión latente había alcanzado un punto crítico, al borde de una violencia explosiva cerca de puertos marítimos estratégicos, cruciales para el comercio internacional. Las interceptaciones de CDA ofrecían una claridad escalofriante, revelando preparativos detallados para sabotajes: envíos de carga cuidadosamente manipulados para desencadenar consecuencias catastróficas que se extenderían mucho más allá de la violenta rivalidad entre los cárteles.

Los ojos de Tosh se entrecerraron mientras evaluaba la amenaza en desarrollo. Cada comunicación interceptada mostraba un cuadro aún más oscuro de crueldad calculada y caos inminente. Consciente del grave potencial de daños colaterales y víctimas civiles, autorizó rápidamente el envío inmediato de expedientes de inteligencia exhaustivos a las agencias locales de aplicación de la ley y ONGs especializadas capaces de responder con decisión.

Mientras los informes cifrados avanzaban rápidamente a través de canales seguros, Tosh se encontró momentáneamente luchando con una inquietud moral familiar. La notable efectividad de los análisis de CDA era innegable, capaz de interceptar y prevenir desastres con precisión quirúrgica. Sin embargo, esa misma efectividad le inquietaba profundamente, provocando reflexiones perturbadoras sobre las profundas implicaciones éticas de que un solo sistema tecnológico tuviera tanto poder sobre asuntos de vida o muerte.

Observó en silencio, sintiendo el peso de la responsabilidad sobre él, mientras sus acciones moldeaban silenciosamente un futuro más seguro, aunque incierto.

Preocupación en Aviación – Diseños defectuosos en piezas de avión, identificados en registros mentales de un ingeniero junior, muestran indicios de encubrimiento en una importante empresa aeroespacial: cientos de aviones de pasajeros en riesgo.

Una alerta final y urgente captó bruscamente la atención de Nicolás Tosh hacia una pantalla que mostraba inquietantes revelaciones provenientes de la industria de la aviación. Una extensa serie de registros mentales recopilados por un ingeniero aeroespacial junior había salido a la luz a través de los análisis de CDA, documentando meticulosamente defectos críticos de diseño que habían sido deliberadamente ocultados por altos ejecutivos corporativos. Estas fallas suponían peligros inminentes para cientos de aviones comerciales, poniendo en riesgo a miles de pasajeros desprevenidos en cada vuelo.

Mientras Tosh revisaba los escalofriantes detalles, sintió una oleada de silenciosa indignación. La negligencia corporativa a esta escala, impulsada por márgenes de beneficio y políticas internas, era intolerable. El sistema CDA, con su inigualable capacidad para infiltrarse en las capas más profundas del secreto corporativo, había proporcionado pruebas inequívocas del engaño intencional y la imprudente indiferencia hacia la vida humana.

Rápidamente, Tosh autorizó la transmisión segura de un expediente anónimo y rigurosamente elaborado directamente a las autoridades de seguridad aérea. Codificada para mantener el anonimato absoluto, esta inteligencia desencadenaría de inmediato un escrutinio regulatorio e investigaciones rigurosas, obligando al gigante aeroespacial a rectificar los peligrosos defectos de diseño sin revelar jamás los métodos encubiertos detrás del descubrimiento.

Mientras observaba los informes cifrados abandonar su sistema, Tosh reflexionó brevemente sobre la inmensa responsabilidad que sostenía. La intervención silenciosa pero poderosa del CDA podía salvar a miles de catástrofes invisibles, aunque siempre permanecía consciente de la delicada línea ética que recorría diariamente, equilibrando el secreto con la necesidad de una acción decisiva.

El peso de la responsabilidad

Para Nicolás Tosh, cada alerta que fluía sin descanso a través de sus monitores representaba mucho más que simples datos de inteligencia; encarnaba una profunda carga ética. La cascada incesante de tragedias ocultas reveladas por la vigilante tecnología CDA de Zermatt llevaba consigo una abrumadora sensación de obligación moral. Con frecuencia, luchaba silenciosamente con las inquietantes preguntas que lo atormentaban: ¿Quién trazaba la línea fina entre la secrecía necesaria y la transparencia esencial? ¿Dónde se encontraba el equilibrio entre impartir justicia y arriesgarse a una intromisión excesiva? ¿Podría alguna vez una sola entidad tecnológica, por poderosa y avanzada que fuese, soportar responsablemente el inmenso peso ético de revelar los secretos más oscuros de la humanidad?

Un pitido suave y persistente proveniente de su consola interrumpió gentilmente el momento reflexivo de Tosh, devolviéndolo a la realidad apremiante de sus responsabilidades. Por delante estaba una sesión informativa crítica con Artemis Wang, Amara Leung y la influyente junta directiva de Lingtao. La presentación cuidadosamente orquestada había transcurrido sin fallos, aunque Tosh sabía que las verdaderas pruebas apenas comenzaban. Las ambiciosas iniciativas filantrópicas de Lingtao inevitablemente atraerían una mayor atención tanto de los medios como de sus competidores.

Sin embargo, más inquietante aún era la sofisticada intrusión digital detectada previamente por Rainer Sábato: una entidad anónima que trazaba sigilosamente la compleja red de Lingtao. A pesar de la pulida narrativa de rejuvenecimiento corporativo presentada al mundo, Tosh sentía crecer en su interior una certeza perturbadora: bajo la superficie acechaba una amenaza potente y escurridiza, aguardando pacientemente el momento perfecto para atacar.

Finales tranquilos no existen

Nicolás Tosh entró en el ascensor suavemente iluminado, sintiendo un ligero movimiento bajo sus pies al comenzar su descenso hacia el piso de prensa. El murmullo amortiguado era reconfortante, aunque su mente permanecía alerta. Al echar un breve vistazo hacia uno de sus monitores de vigilancia, observó a Maggie Wu detenida en un corredor apartado, concentrada en una llamada urgente. Aunque no podía discernir su conversación, la intensidad grabada en su frente era suficientemente clara. La determinación brillaba inconfundible en sus ojos.

Ella no soltaría fácilmente este hilo, comprendió Tosh. Maggie Wu era una periodista investigativa experimentada; alguien cuyos instintos siempre la llevaban hacia verdades ocultas. Sintió una ligera opresión en el pecho, una mezcla de respeto por su persistencia y ansiedad por las complicaciones que su curiosidad podría desencadenar pronto. El velo que habían tejido con tanto cuidado era delicado, fácilmente desgarrado por un escrutinio decidido.

A medio mundo de distancia, Tosh imaginó una presencia desconocida monitoreando en silencio, invisible y paciente. La incursión sutil pero precisa de datos durante la rueda de prensa no era casual; aguardaba un desliz, una abertura, una vulnerabilidad en la imagen pública meticulosamente diseñada de Lingtao. Tosh no dudaba que en las próximas semanas enfrentarían desafíos crecientes, rumores susurrados en los corredores corporativos, actos calculados de sabotaje o incluso intentos directos de infiltración. La fachada de redención de Lingtao era impresionante pero inherentemente frágil, susceptible al golpe preciso de aquellos que exploraban bajo la superficie.

La calma que se había instalado cautelosamente tras la agitación provocada por Algorithm-323 comenzaba ahora a mostrar señales de fractura, dando paso a nuevos peligros que amenazaban no solo a Lingtao, sino también a los secretos celosamente guardados que vinculaban a Tosh, Zermatt y ciertos altos círculos de la Casa Blanca.

Sin embargo, por este fugaz instante, la imagen reinventada de Lingtao brillaba intensamente en los medios tecnológicos globales. Historias de filantropía, responsabilidad ética y liderazgo transformador creaban una narrativa de redención, atractiva, pulida y suficientemente vaga para ocultar complejidades más profundas. Mientras tanto, detrás de esos titulares luminosos, el Centro de Mando de Zermatt procesaba sin cesar océanos de verdades no dichas, exponiendo injusticias globales, previniendo tragedias y construyendo rápidamente nuevas capas de secrecía mientras desmantelaba otras.

Al salir al bullicio de la calle, Tosh protegió sus ojos del brillante sol de la mañana tardía, reflejado intensamente en el imponente exterior de acero y vidrio de Lingtao. Todo parecía tranquilo, invitante, un nuevo comienzo en un día que exteriormente lucía ordinario.

Pero Nicolás Tosh comprendía la realidad con demasiada claridad. Bajo las superficies pulidas, tras los anuncios públicos impecables y las narrativas esperanzadoras, yacía un complejo entramado de conflictos ocultos y peligros latentes. Hoy no marcaba simplemente un comienzo, sino el amanecer de un nuevo capítulo complejo, lleno de riesgos y revelaciones que el mundo aún no imaginaba.

Capítulo 2

El Centro de Mando de Zermatt bajo asedio

Zermatt, Suiza — Centro de Datos, 2017
Día 12, 8:00 A. M. CET)

Un pálido sol invernal intentaba atravesar la densa neblina alpina, sus débiles rayos disolviéndose en sombras antes de alcanzar la fortaleza oculta bajo la nieve de los Alpes suizos. Los corredores subterráneos del Centro de Mando de Zermatt zumbaban suavemente, el murmullo rítmico de los servidores cuánticos subrayando una creciente marea de silenciosa ansiedad. En la sala central de comando de la instalación, murmullos tensos circulaban entre técnicos encorvados sobre pantallas resplandecientes, cada destello revelando indicios de una potencial catástrofe.

«Pings» no autorizados y nuevas amenazas

En la cabecera de la pulida mesa de caoba, Nicolás Tosh observaba las corrientes de datos con calma practicada, aunque una ligera inquietud se agitaba imperceptiblemente con cada destello rojo en la pantalla principal. A su lado, Rainer Sábato fruncía el ceño, navegando rápidamente por complejas lecturas digitales que detallaban intrusiones no autorizadas en las redes neuronales.

—Tenemos al menos seis vectores distintos de intrusión, Nicolás —informó Rainer, con voz tensa por el estrés—. Estos ataques son diferentes, están siendo enrutados a través de nodos cuánticos comprometidos en Singapur, Ámsterdam, quizás incluso en San Petersburgo. Cada intento por localizar un único origen solo nos lleva más profundamente a un laberinto.

La mirada firme de Tosh se fijó en la proyección del globo giratorio en el centro de la amplia pantalla, observando cómo las líneas rojas parpadeaban rápidamente, semejantes a las venas de un pulso inquieto. Se inclinó ligeramente hacia adelante, juntando sus dedos bajo la barbilla, una señal sutil para el personal sobre el aumento de tensión.

—¿Hay ya algún patrón reconocible, Rainer? —preguntó Tosh en voz baja, tratando de ocultar la aprensión que le comprimía el pecho.

—Están apuntando específicamente a los protocolos de enlace del CDA, intentando imitar la firma de cifrado —explicó Rainer, con frustración asomándose en su tono mesurado—. Pero estos son esfuerzos apresurados y experimentales. Es como si alguien estuviera desesperadamente lanzándonos técnicas cuánticas avanzadas, esperando que la persistencia pura les permita descifrar nuestros mecanismos internos.

Rainer vaciló un instante, recordando las pruebas del prototipo que había revisado en secreto. La idea le provocó un escalofrío. Si estos intrusos sabían sobre el CDA-325, no se detendrían hasta encontrarlo.

La sala quedó abruptamente en silencio, el peso de sus palabras asentándose como una presencia tangible. Desde la casi catástrofe del año anterior, Zermatt había reforzado minuciosamente sus defensas: capas tras capas de fortificaciones criptográficas, cada una destinada a garantizar una seguridad absoluta. Sin embargo, estas nuevas infiltraciones indicaban una sofisticación y determinación sin precedentes, a diferencia de cualquier amenaza anterior.

Tosh sintió un nudo helado en el estómago. Reconocía las señales inequívocas de un adversario impulsado por algo más que simple curiosidad o beneficio económico. Quienquiera que orquestara estas intrusiones albergaba ambiciones mucho más oscuras, mucho más personales y potencialmente catastróficas si no eran frenadas. El asedio había comenzado, y la cuidadosamente mantenida ilusión de invulnerabilidad de Zermatt estaba siendo ahora puesta a prueba.

Discusión del Equipo Central

Alrededor de la pulida mesa de caoba se encontraba una élite del equipo central de la Fundación Experta, cada integrante seleccionado por su excepcional experiencia: académicos éticos dedicados a la gobernanza tecnológica responsable, matemáticos reconocidos especializados en algoritmos cuánticos, y estrategas de ciberseguridad expertos en anticipar amenazas antes de que surgieran.

La Dra. Miriam Faber, experta en cifrado cuántico recientemente incorporada a la Fundación, tamborileaba rítmicamente con su bolígrafo sobre el archivo impreso de análisis de códigos frente a ella. Su habitual calma mostraba un tinte de urgencia que tensaba su voz.

—Esto no es trivial —afirmó con firmeza, recorriendo con la mirada los rostros tensos—. Quien esté detrás posee recursos formidables y no teme usarlos. —Privadamente, Miriam sintió una oleada de inquietud recorrerla. Había pasado años teorizando sobre estas vulnerabilidades cuánticas, pero verlas convertidas en armas con tanta implacabilidad la perturbaba profundamente, haciéndola cuestionarse cuán preparados estaban realmente—. Quienquiera que dirija estas intrusiones posee recursos computacionales extraordinarios y claramente no duda en desplegarlos.

Nicolás Tosh cruzó los brazos sobre su pecho, reclinándose pensativamente, con el peso de las potenciales consecuencias claramente visible en su expresión.

—No podemos arriesgarnos a subestimar esta amenaza. Incluso un compromiso parcial de nuestra red neuronal les permitiría replicar o distorsionar las funcionalidades centrales del CDA. Imaginen el caos si obtienen ese tipo de ventaja.

Al lado de Tosh, Rainer Sábato giró rápidamente hacia otra consola. Líneas de código y mapas digitales descendían en cascada por la pantalla mientras examinaba una lista detallada de vulnerabilidades del sistema. Sus cejas se fruncieron intensamente.

—Si suponemos que están cerca de vulnerar nuestros protocolos de enlace —dijo Rainer con gravedad—, el curso más seguro sería una inmediata recodificación de toda nuestra red satelital y servidores nodales. Pero entiendan esto: hacerlo deshabilitaría efectivamente casi la mitad de la vigilancia global de Zermatt durante varias horas críticas.

Un pesado silencio cubrió la sala. La Dra. Faber hizo una visible mueca ante la implicación, la tensión marcando su mandíbula.

—Esa ventana de apagón representa riesgos operativos enormes. Infiltraciones en tiempo real —monitoreo de actividades del cartel, rastreo de funcionarios corruptos, operaciones encubiertas contra la corrupción— notarían inmediatamente la repentina ausencia de nuestro flujo de inteligencia. Podríamos perder meses, quizás años, de cuidadosa planificación.

En privado, la Dra. Faber se preguntaba si su trabajo había traspasado completamente los límites éticos; si las mismas innovaciones diseñadas para proteger a la humanidad ahora constituían su mayor amenaza.

Un pitido sutil pero inconfundible del panel personal de Tosh interrumpió la discusión, recordando con crudeza las consecuencias humanas inmediatas involucradas. Su pantalla destelló con urgencia, marcada con una alerta titulada: "Operación de Tráfico Infantil – Sudeste Asiático Continental". La red neuronal acababa de identificar a figuras clave reuniéndose en un puesto fronterizo, en un momento decisivo. El pulso de Tosh se aceleró al reconocer las graves consecuencias: si Zermatt decidía apagar su red ahora, inteligencia vital y potencialmente salvadora podría desaparecer en las sombras.

Tensiones morales: ¿Un enfoque de estado policial?

Al otro extremo de la mesa, Marisol Álvarez estudiaba silenciosamente los memorandos internos que acababan de llegar desde Washington D.C. Sus dedos recorrían los bordes de su tablet, revelando un leve temblor. Aclarando suavemente su garganta, finalmente habló.

—Acabamos de recibir nuevas solicitudes de la administración estadounidense —dijo con voz deliberadamente firme, aunque matizada por preocupación—. Están demandando otra expansión dramática de sus 'revisiones obligatorias': escaneos completos de memoria de vida para funcionarios federales.

Su anuncio provocó una ola de tensión entre el equipo reunido. La Dra. Miriam Faber dejó cuidadosamente su bolígrafo, con expresión cautelosa.

—¿Es esto siquiera permisible bajo el derecho internacional, por ejemplo, bajo los protocolos del G-7? —preguntó la Dra. Faber, cruzando brevemente la mirada con Marisol.

Marisol dejó escapar un suspiro contenido.

—Están invocando nuevamente la seguridad nacional. Este nuevo mandato apunta a altos funcionarios, pero ahora también a burócratas de nivel medio dentro de defensa, seguridad nacional y empresas contratistas críticas. Sin supervisión, sin órdenes judiciales, solo una autorización sin control para emplear escaneos CDA.

Marisol luchaba por contener una oleada de ira y malestar. Esta creciente expansión de autoridad no era simplemente un exceso burocrático: se sentía cada vez más como complicidad con algo más oscuro, algo que desdibujaba las líneas éticas que siempre había jurado no cruzar.

Un escalofrío recorrió la sala. Nicolás Tosh, normalmente compuesto y reflexivo, sintió una creciente marea de frustración. Su mandíbula se tensó, revelando una rara pero controlada ira.

—Nos están acorralando. Si seguimos cediendo terreno, la tecnología CDA se convertirá en nada más que un arma política, una autorización ilimitada para expediciones de pesca. Estamos peligrosamente cerca de apoyar un aparato de estado policial.

Frente a Tosh, Rainer Sábato intercambió una mirada cargada de significado con él. Su voz era baja, mesurada, pero llevaba una gravedad inconfundible.

—Es solo cuestión de tiempo antes de que alguien exija que escaneemos demografías enteras, o incluso poblaciones completas.

El silencio cayó pesadamente sobre la sala, cargado de un temor tácito. Cada persona presente sintió el fantasma del Algorithm-323 acechando en sus mentes: un potente recordatorio de cómo una autoridad sin control podría transformar rápidamente la tecnología de protectora a opresora.

Presagio: CDA-325 en el Horizonte

Rompiendo el tenso silencio, la Dra. Miriam Faber inclinó su cabeza hacia un esquema iluminado discretamente en un monitor secundario. Las líneas y nodos estaban ominosamente etiquetados como "CDA-325".

Rainer aclaró su garganta, con voz teñida de cautela.

—He visto pruebas preliminares. Incluso en simulación, los efectos de la implantación fueron... inquietantemente efectivos. Las personas no podían distinguir entre recuerdos reales y fabricados. Imaginen las implicaciones si eso cayera en manos hostiles.

—Aún no hemos abordado esto abiertamente —comenzó cautelosamente, su voz teñida de aprensión—, pero todos aquí hemos oído los rumores. Ya no estamos solo hablando de tecnología capaz de leer la mente humana. Estamos hablando de un algoritmo lo suficientemente poderoso como para implantar recuerdos y datos en ella.

Una sombra de inquietud cruzó brevemente el rostro normalmente controlado de la Dra. Faber. Internamente, las dudas le susurraban persistentemente: ¿había subestimado el peso moral de la tecnología que alguna vez había impulsado con orgullo?

Nicolás Tosh exhaló lentamente, como absorbiendo físicamente el peso de sus palabras. Su expresión se endureció, cautelosa pero firme.

—Validamos su viabilidad teórica —dijo lentamente, midiendo cada palabra—, pero impusimos controles estrictos sobre su uso; incluso las pruebas permanecen no autorizadas. Hemos acordado que las implicaciones eran demasiado severas, las líneas éticas demasiado difusas.

Mientras la conversación giraba en torno al CDA-325, Tosh sintió una punzada aguda de ansiedad, impulsada por una comprensión visceral de que se encontraban precariamente al borde. Un paso en falso podría redefinir completamente su legado, transformándolos de protectores en los mismos manipuladores que combatían.

Marisol Álvarez se movió inquieta, desviando su mirada hacia las intrincadas líneas de código desplegadas en la pantalla. Su voz bajó casi hasta un susurro, cargada de genuino temor.

—Si una potencia extranjera hostil o algún elemento rebelde dentro de nuestro propio gobierno descubriera el CDA-325, las consecuencias serían catastróficas. Estaríamos ante una nueva y aterradora carrera armamentística, una que se libraría enteramente dentro de la psique humana. Esto jamás puede salir a la superficie.

Marisol sintió una tensión que se enroscaba en su pecho, una protesta instintiva contra la creciente ola de demandas que amenazaban con ahogar sus cuidadosas salvaguardas éticas.

Incapaz de permanecer sentado, Rainer Sábato se levantó bruscamente y comenzó a pasear junto al muro curvo de cristal que dominaba la extensa sala de servidores cuánticos. Cada servidor emitía un tenue resplandor, su zumbido colectivo formando un inquietante telón de fondo. Se detuvo, girándose abruptamente hacia el grupo.

—Pero los intentos de infiltración que estamos enfrentando ahora suponen un riesgo directo. Si los intrusos investigan lo suficiente, podrían tropezar con fragmentos del marco del CDA-325. Recuerden, reside en los mismos repositorios que el CDA-323.

La mandíbula de Rainer se tensó ligeramente; el aumento de la tensión se reflejó sutilmente en el ritmo acelerado de sus pulsaciones en el teclado, mientras los intentos de infiltración se acercaban peligrosamente.

Rainer miró a Tosh, considerando brevemente cuánto había cambiado su misión desde sus comienzos idealistas. ¿Seguían siendo protectores, o inadvertidamente se habían convertido en guardianes de una amenaza aún mayor?

La gravedad total del escenario se asentó sobre el equipo. Un tenso silencio llenó la sala mientras cada uno contemplaba el escenario pesadillesco: incluso un fragmento del CDA-325 en manos no autorizadas no solo revelaría verdades ocultas, podría reescribir por completo realidades, implantando mentiras tan profundamente convincentes como los propios recuerdos.

**Hilos paralelos: Operaciones globales en curso**
**Tráfico humano y explotación infantil**

En la extensa matriz de monitores, una notificación urgente destelló vívidamente, demandando atención inmediata. Nicolás Tosh se inclinó hacia adelante, entrecerrando los ojos mientras leía el resumen de inteligencia:

«Detectado incremento significativo en comunicaciones cifradas cerca de un puerto clandestino previamente inactivo. Un nuevo contacto del cartel, bajo el nombre clave 'Marlin', podría poseer información crítica sobre una red transnacional de tráfico infantil».

Un silencio descendió sobre el centro de mando mientras Marisol Álvarez verificaba rápidamente los detalles en su tablet.

—Marlin es un nuevo jugador, alguien con quien no nos hemos encontrado antes. El repentino aumento de mensajes indica algo grande, potencialmente un envío importante de niños traficados. Tenemos una ventana limitada para interceptarlos.

La Dra. Miriam revisó rápidamente los flujos de datos en vivo, con voz teñida de urgencia.

—Si iniciamos un apagado de seguridad para recodificar nuestros sistemas ahora, nos quedaríamos ciegos temporalmente. Los traficantes podrían reubicarse o desaparecer por completo antes de que recuperemos visibilidad.

Tosh sintió intensamente el peso de su dilema. Cada momento perdido era una vida potencialmente arruinada. Recorrió con la mirada los rostros alrededor de la mesa, percibiendo su tensión colectiva.

—¿Podemos desviar un conjunto de satélites específicamente a esta operación? ¿Mantener una visibilidad operativa mínima sin comprometer toda la red?

Rainer Sábato negó con la cabeza, frustrado.

—Eso podría darnos un poco de ancho de banda, pero es arriesgado. Si los infiltrados son tan sofisticados como sospechamos, notarán inmediatamente cualquier irregularidad y explotarán las vulnerabilidades.

Marisol intervino con voz resuelta.

—Sin embargo, el costo de no hacer nada es mayor. Perder ahora el rastro de Marlin podría retrasar meses de trabajo investigativo y permitir que cientos más de víctimas escapen entre nuestros dedos.

Un tenso silencio se prolongó hasta que Tosh finalmente habló, decisivo.

—Asignen el mínimo ancho de banda que podamos prescindir de forma segura para mantener la vigilancia sobre la operación de Marlin. Monitoreen las comunicaciones pasivamente, sin interferencia activa aún. Si los traficantes intentan moverse, coordinaremos inmediatamente la acción con las fuerzas locales y equipos humanitarios preparados.

Mientras Tosh autorizaba la recodificación por fases, una fugaz incertidumbre rozó sus pensamientos. La estrategia era sólida, pero incluso una momentánea zona ciega en su red de vigilancia le llenaba de silencioso temor.

Mientras el equipo entraba en acción, los ojos de Tosh permanecieron fijos en las alertas rojas destellantes. El delicado equilibrio que mantenían se volvía cada vez más precario: cada decisión conllevaba enormes riesgos. El peso del liderazgo nunca había sido más intenso, pero la misión seguía siendo clara e intransigente: proteger a los vulnerables a toda costa.

Corrupción en niveles estatales

En el corazón de una modesta capital europea, enclavada entre edificios históricos y calles empedradas, se desarrollaba una crisis insidiosa detrás de la opulenta fachada del poder gubernamental. Informes detallados recopilados por los análisis CDA de Zermatt dibujaban un sombrío retrato de corrupción sistémica impregnando cada nivel de la jerarquía gubernamental.

Altos funcionarios —una vez respetados servidores públicos— habían desviado discretamente sumas impactantes de los fondos públicos, poniendo en peligro programas sociales críticos, mejoras de infraestructura y servicios esenciales. Las pruebas meticulosamente recopiladas por el análisis CDA mostraban transferencias clandestinas a través de bancos extraterritoriales, comunicaciones cifradas con entidades corporativas cómplices y reuniones encubiertas en hoteles de lujo lejos de miradas indiscretas.

Ahora, algunos infiltrados gubernamentales, reconociendo la inevitable exposición, se habían puesto en contacto secreto con Zermatt, buscando canales discretos similares a los utilizados por Estados Unidos para negociar acuerdos confidenciales durante el escándalo del Algorithm-323. Cada informante estaba motivado por una compleja mezcla de culpa, miedo y desesperación, conscientes de que la indignación pública y los procesos judiciales eran inminentes.

Informantes locales —individuos valientes que arriesgaban su seguridad personal— esperaban instrucciones, listos para actuar bajo la guía de Zermatt. Su valentía era una frágil y delgada línea que separaba la corrupción desenfrenada de la justicia pública. Sin embargo, cualquier interrupción en la vigilancia de Zermatt o en sus capacidades de transmisión de datos, como la necesidad inminente de recodificar los nodos de la red neuronal, amenazaba con cortar estas vías críticas de inteligencia. Sin un soporte de datos inmediato y continuo, las pistas cuidadosamente cultivadas podrían disiparse rápidamente, permitiendo que los funcionarios implicados evadieran la justicia y enterraran nuevamente la verdad.

Nicolás Tosh, asimilando esta cruda realidad desde su segura posición estratégica, sintió enormemente el peso de la decisión sobre sus hombros. Exponer el escándalo públicamente podría provocar caos, pero quizás restauraría la integridad. Por otro lado, negociaciones discretas podrían preservar temporalmente la estabilidad, pero arriesgaban reforzar ciclos de corrupción. Tosh sabía que cada elección conllevaba profundas implicaciones, poniendo a prueba la base ética de las operaciones globales de Zermatt y su propia determinación.

Tosh sintió una oleada de resignación agotada. La corrupción era un viejo enemigo, familiar pero persistentemente incansable. Cada victoria parecía parcial, cada derrota, personal.

Tecnología defectuosa y seguridad pública

En el corazón del concurrido centro de mando de Zermatt, una notificación urgente parpadeó con insistencia, capturando inmediatamente la atención aguda de Nicolás Tosh. Detallaba una crisis que escalaba rápidamente involucrando una importante planta automotriz europea. Recientes análisis CDA habían detectado inquietantes irregularidades: un preocupante deterioro en los estándares de control de calidad en torno a componentes críticos de frenos.

Tosh absorbió rápidamente los detalles, sintiendo su pulso acelerarse ligeramente al captar la escala del desastre potencial. Miles de vehículos ya habían sido enviados a concesionarios por todo el continente, listos para entrar en las vidas de innumerables familias. Cada uno representaba ahora una bomba de tiempo, con sistemas de frenado comprometidos que amenazaban con fallos catastróficos.

La Dra. Miriam Faber, sentada cerca, revisó rápidamente el mismo informe, oscureciéndose su expresión por la preocupación.

—Esto es más que simple negligencia corporativa —dijo con urgencia, girándose hacia Tosh—. Estamos ante un evento potencial de víctimas masivas si estos coches salen a las calles sin revisión.

Tosh exhaló lentamente, sintiendo firmemente el pesado peso de la responsabilidad sobre sus hombros.

—¿Tenemos establecido un canal seguro de comunicación con las autoridades regulatorias?

Marisol Álvarez intervino rápidamente, sus dedos golpeando velozmente sobre su tablet.

—Sí, pero suelen ser burocracias lentas. Convencerlos de la urgencia sin comprometer nuestras capacidades CDA será complicado.

Rainer Sábato habló, su voz calmada pero firme.

—Podríamos alertar anónimamente a periodistas de investigación de confianza. Una exposición pública podría provocar una retirada inmediata, evitando demoras burocráticas.

Tosh asintió lentamente, reconociendo el precario equilibrio que debían mantener: garantizar la seguridad pública sin exponer la poderosa herramienta que había revelado el peligro. Sintió un leve temblor en sus dedos, una reacción involuntaria que reprimió rápidamente, decidido a no revelar ni un indicio de la presión que se acumulaba bajo su exterior compuesto.

Por un breve e inquietante instante, Tosh visualizó a familias inconscientes del peligro acechando en sus desplazamientos cotidianos. La vívida imagen reforzó su determinación; no actuar no era una opción.

—Inicien ambas acciones —instruyó Tosh con decisión—. Contacten discretamente a los reguladores y filtren simultáneamente un expediente creíble y cuidadosamente saneado a los medios. Necesitamos activar medidas preventivas inmediatas sin revelar la fuente.

Alrededor de la sala, el equipo se movió con rapidez para ejecutar sus órdenes, el tenso zumbido de actividad enmascarando temores más profundos. Mientras trabajaban, Tosh miró brevemente el monitor, la notificación parpadeante sirviendo como sombrío recordatorio del inmenso poder que tenían y la complejidad moral que lo acompañaba.

Sabotaje corporativo e intrusiones de competidores

La atención de Tosh se desplazó a otra alerta que parpadeaba insistentemente en la pantalla central del Centro de Mando de Zermatt, destacando un incremento significativo en actividades cibernéticas encubiertas dirigidas contra Lingtao. Gigantes tecnológicos rivales habían intensificado notablemente sus campañas de espionaje, aparentemente obsesionados con descubrir la escurridiza fórmula detrás del notable resurgimiento de Lingtao y sus rápidamente crecientes iniciativas filantrópicas.

Los detallados análisis de inteligencia revelaban que algunos de estos adversarios corporativos no eran meramente competidores, sino que tenían preocupantes vínculos con los sofisticados intentos de infiltración cuántica que actualmente sondeaban las propias redes seguras de Zermatt. Tosh examinó cuidadosamente la información; estos rivales estaban desplegando una serie de métodos avanzados de intrusión, desde sutiles intentos de phishing y amenazas internas hasta brechas cuánticas directas. Cada intento revelaba una capa más profunda de coordinación estratégica, sugiriendo que el resurgimiento corporativo de Lingtao era percibido como una amenaza sustancial por actores globales tecnológicos ya establecidos.

En su consola, apareció el rostro de Rainer, con las cejas fruncidas por una profunda preocupación.

—Nicolás, sus métodos están evolucionando. Hemos identificado firmas consistentes con respaldo estatal. Parece que estos gigantes tecnológicos no solo compiten, podrían estar respaldando ambiciones geopolíticas más amplias. Si vulneran nuestra base de datos filantrópica, no solo comprometerán la posición de mercado de Lingtao; podrían revelar secretos operativos más profundos que conectan a Lingtao con Experta y el propio Zermatt.

La mandíbula de Tosh se tensó imperceptiblemente. Esto era más que rivalidad corporativa; era una campaña deliberada y orquestada diseñada potencialmente para deshacer el velo cuidadosamente construido de secreto alrededor de sus operaciones globales. Se inclinó hacia adelante, sus dedos suspendidos sobre el teclado, calculando cuidadosamente el siguiente movimiento.

—Debemos reforzar inmediatamente las interfaces externas de Lingtao —indicó Tosh con calma—. Verifiquen doblemente todas las autorizaciones del personal, realicen verificaciones profundas de antecedentes en las contrataciones recientes y preparen protocolos de contingencia para el rápido aislamiento de nuestros datos sensibles. Quien esté detrás de esto no solo busca secretos comerciales, quiere obtener influencia.

Rainer asintió firmemente ante las instrucciones. Mientras Tosh observaba cómo las transmisiones de inteligencia se desplazaban hacia acciones defensivas, reflexionó sobre las implicaciones más amplias. La fachada caritativa de Lingtao y las operaciones encubiertas de Zermatt siempre habían transitado una línea delicada. Ahora parecía que sus adversarios no estaban simplemente probando la resiliencia corporativa; estaban buscando vulnerabilidades capaces de exponer las agendas ocultas de la fundación. Nunca las apuestas habían sido tan altas, y Tosh sabía que cada decisión que tomara ahora resonaría profundamente en las batallas ocultas aún por venir.

La investigación de Maggie Wu

Una alerta discreta iluminó la pantalla de Nicolás Tosh, atrayendo su inmediata atención. Maggie Wu, la persistente y reconocida periodista tecnológica famosa por desenterrar secretos profundamente enterrados de la industria, había reaparecido. La inteligencia señalaba su reciente reserva de un vuelo con destino a Zúrich, Suiza. Tosh sintió una involuntaria tensión en el pecho. Sus habilidades investigativas eran legendarias, su tenacidad, inigualable.

En el monitor se expandió un detallado expediente lleno de registros meticulosos de sus indagaciones sobre las políticas de gestión de datos de Lingtao y los rumoreados vínculos con una discreta instalación escondida en los Alpes suizos. La ubicación suiza secreta solo podía referirse a Zermatt, una conexión que debía permanecer oculta a toda costa.

Tosh intercambió una mirada tensa con Marisol Álvarez.

—Wu no está persiguiendo pistas al azar —dijo con gravedad—. Ha intuido la historia más profunda.

Marisol recorrió rápidamente los artículos anteriores de Wu, cada titular era testimonio de su habilidad para ensamblar verdades complejas y ocultas a partir de pistas aparentemente inocuas.

—Si conecta directamente a Lingtao con Zermatt, tendremos la atención global apuntándonos —advirtió.

Marisol tecleó rápidamente en su tablet.

—Esta es una tormenta perfecta: cualquier recodificación o apagado parcial dificultará todas estas operaciones. Pero si no actuamos, la infiltración podría empeorar.

Rainer, parado junto al cristal que daba a los servidores de datos, se giró bruscamente.

—Monitoreadla discretamente. Si descubre evidencia tangible… —No terminó la frase, pero todos entendieron. El descubrimiento de Maggie Wu podría deshacer años de secreto meticuloso, exponiendo sus operaciones encubiertas de vigilancia a un público ya receloso del alcance omnipresente de la tecnología.

La decisión de Tosh fue inmediata, subrayada por la urgencia.

—Desplegad un equipo especializado —instruyó con firmeza—. No para detenerla, solo para asegurarnos exactamente de lo que ve, con quién se reúne y qué descubre.

Una suave oleada de culpa agitó a Tosh; la vigilancia, incluso en nombre de la protección, parecía incómodamente cercana a la intrusión que combatían incansablemente. Pero la alternativa—la exposición—era impensable.

La sala cayó en un silencio contemplativo, cada miembro reconociendo lo precario de su situación. La investigación de Maggie Wu había escalado de simple curiosidad a una potencial amenaza existencial.

Una decisión precaria

Tosh permaneció en silencio un breve momento, permitiendo que la multitud de amenazas convergentes sobre el centro de datos se asentara en su mente. Luego, con determinación, tocó el panel de control, deteniendo el mapa rodante de infiltraciones.

—Rainer, Dra. Faber, comiencen de inmediato la recodificación de nodos centrales seleccionados —dirigió Tosh con calma—. Háganlo en fases sucesivas: nodos cuánticos primero, manteniendo abiertos los canales primarios. No podemos permitirnos un tiempo muerto en medio de estas infiltraciones. Nuestra exposición debe mantenerse al mínimo.

Desvió rápidamente su atención hacia Marisol.

—Prepara una respuesta oficial a las últimas solicitudes de la Casa Blanca. Recuérdales firmemente que cumplimos estrictamente con los protocolos de supervisión del G-7. Yo personalmente gestionaré consultas directas del presidente o de cualquier candidato presidencial emergente, pero nuestra postura formal debe ser inequívocamente clara y quedar registrada.

Marisol asintió con seriedad.

—¿Deberíamos hacer referencia explícita al CDA-325?

La mandíbula de Tosh se tensó visiblemente. Su voz adquirió un tono definitivo.

—En absoluto. El CDA-325 debe permanecer estrictamente fuera de límites en todas las comunicaciones. No podemos permitirnos alimentar más demandas ni curiosidades.

Tosh sintió un escalofrío, recordando las conversaciones susurradas que había escuchado una vez entre los creadores del algoritmo: mentes brillantes que luego abandonaron el proyecto, sacudidos por su propia creación. El CDA-325 no solo era peligroso, sino que rozaba con jugar a ser dios.

Un silencio tenso se extendió en la sala, resaltando el precario equilibrio de secreto, ética y poder que ahora debían manejar.

Bajo asedio, pero resistiendo firmemente

Al dispersarse la reunión, cada miembro del equipo regresó a su puesto, cargados por las innumerables tareas críticas encomendadas. Fuera de los muros de cristal, el Centro de Mando de Zermatt zumbaba constantemente—un motor de inmenso potencial ensombrecido por un peligro inminente. En el umbral de la sala, Tosh se detuvo, con la mirada atraída nuevamente hacia las luces parpadeantes del mapa de infiltraciones, un crudo recordatorio de las batallas libradas en rincones invisibles del globo.

En el silencio dejado por los pasos que se alejaban, el zumbido constante y bajo de los servidores resonaba como un trueno distante, subrayando la situación precaria de Zermatt: asediado por adversarios invisibles, presionado por aliados que buscaban dominancia, y constantemente probado por límites éticos que se desdibujaban con cada nueva crisis.

Sin embargo, pese a la presión incesante, la fortaleza escondida bajo los Alpes suizos permanecía firme, sostenida por discretas alianzas y el compromiso inquebrantable de su núcleo dedicado. Más allá de estas seguras paredes, los tentáculos de la injusticia—desde traficantes despiadados hasta gobiernos corruptos—continuaban apretando su agarre, desafiando a diario la determinación del centro.

Por encima de todo, esperando silenciosamente en el cifrado silencio de su corazón cuántico, yacía el latente pero formidable CDA-325—un algoritmo de poder inimaginable, aguardando que una ambición imprudente o una necesidad desesperada lo trajera irrevocablemente a la vida.

Capítulo 3

Vientos políticos cambiantes

Washington D. C. — La Casa Blanca, 2017
Día 15, 9:00 A. M. ET

En los pasillos que conducían al Ala Oeste, la atmósfera chispeaba con una tensión apenas contenida. Miembros del personal junior se apresuraban con carpetas apretadas firmemente contra el pecho, sus expresiones cuidadosamente neutrales. Los secretarios de prensa murmuraban con cautela en sus teléfonos, manejando la delicada danza de la información. Bajo esta eficiencia aparente había una ansiedad palpable, densa como la niebla—un paso en falso podría arruinar carreras, alianzas e incluso administraciones. La inminente transición presidencial intensificaba estos miedos, especialmente respecto a la clasificada tecnología CDA, conocida solo por unos pocos de la élite.

La administración en funciones

Dentro de una sala de conferencias revestida en madera, contigua al Despacho Oval, el presidente O'Sullivan tomó asiento en la cabecera de la mesa. Su postura permanecía impecable, pero la fatiga ensombrecía sus ojos, revelando a un líder desgastado por crisis interminables y luchas internas. A su izquierda, el jefe de gabinete Daniel Harrington estaba sentado con postura erguida, mostrando en su expresión la presión de manejar delicadas maniobras políticas.

—Nos quedan seis meses —comenzó el presidente, con tono firme pero cargado de gravedad—. Es crucial que solidifiquemos nuestros protocolos de seguridad. Debemos asegurarnos de que nuestro enfoque hacia la tecnología CDA no sea desmantelado en cuanto las llaves de la Casa Blanca cambien de manos.

Mientras hablaba el presidente O'Sullivan, Daniel Harrington bajó la vista hacia la pulida mesa, recordando informes confidenciales que sugerían que el alcance del CDA iba más allá de la simple detección de corrupción. Un escalofrío interno lo recorrió ante la idea; existían capacidades aún más profundas, herramientas que no habían sido probadas ni mucho menos reveladas.

La mirada del presidente O'Sullivan descansó brevemente sobre una foto enmarcada en la esquina de su escritorio: su familia sonriéndole desde días mejores y más simples. Una punzada fugaz de tristeza le apretó el pecho. Cada decisión que tomaba ahora resonaba más allá de la Casa Blanca, repercutiendo en vidas que nunca conocería, moldeando futuros que no podía prever. El peso se sentía más pesado con cada hora que pasaba.

Harrington se reclinó ligeramente, cerrando brevemente los ojos. El temor silencioso que había sentido durante los últimos meses parecía cristalizar ahora, asentándose pesadamente dentro de él: una inquietante conciencia de la responsabilidad, entrelazada con la cruda incertidumbre de lo que vendría.

Un silencio vacilante llenó la sala mientras los asesores intercambiaban miradas cautelosas. Harrington aclaró su garganta suavemente, rompiendo el silencio.

—Señor presidente, el senador Redwood—el candidato principal—ha sido muy vocal sobre su política de «Verdad a Toda Costa». Cree que la transparencia debe prevalecer sobre nuestras actuales medidas de seguridad.

El presidente O'Sullivan exhaló lentamente, mostrando brevemente una rara vulnerabilidad detrás de su habitual fachada pulida.

—La transparencia a cualquier costo es una retórica atractiva —admitió—, pero peligrosamente ingenua. El acceso sin restricciones al CDA implica el riesgo de explotación a una escala sin precedentes.

Junto a Harrington, la asesora de seguridad Eleanor Drake se inclinó hacia adelante, su voz teñida de una urgencia contenida.

—El equipo del senador Redwood ha vuelto a contactar. Están presionando más fuerte para recibir informes previos a la transición, particularmente sobre los parámetros operativos del CDA. Parecen sospechar que estamos ocultando algo importante.

Drake miró nerviosamente su tablet, consciente de que las consultas de Redwood se habían vuelto más agudas en la última semana: preguntas sobre la capacidad del CDA para identificar operativos encubiertos en el extranjero, para descifrar rastros financieros encriptados, incluso para penetrar en las comunicaciones privadas de partidos opositores. Cada nueva pregunta sugería ominosamente las ambiciones más amplias del senador.

Eleanor Drake ajustó lentamente sus notas, su expresión sombría de preocupación. Se había unido a la administración creyendo que la transparencia empoderaría a la democracia. Pero al escuchar la implacable promesa de Redwood de «Verdad a Toda Costa» se preguntó sombríamente si algunas verdades deberían mantenerse cuidadosamente ocultas—en aras de la estabilidad, incluso de la seguridad.

—El problema —murmuró Harrington, con la mirada brevemente distante— es que todavía no comprendemos del todo el alcance último del CDA. Sus arquitectos insinuaron capas más allá de la simple vigilancia; capacidades que ninguno de nosotros debió haber visto nunca.

El presidente dirigió su mirada hacia el extremo de la mesa, donde el estratega político Carl Bennett observaba silenciosamente.

—Carl, ¿cuál es tu impresión sobre las intenciones de Redwood?

Los dedos de Carl Bennett se entrelazaron, traicionando sutilmente su agitación interna.

—Redwood no está actuando—está comprometido. Cree genuinamente que exponer la corrupción y el abuso de poder supera los riesgos potenciales. Si negamos acceso a su equipo, arriesgamos acusaciones de obstrucción. Si cumplimos plenamente, perdemos por completo el control sobre la supervisión del CDA.

Carl Bennett hizo una pausa, imaginando brevemente las consecuencias si la visión de transparencia de Redwood se hiciera realidad. Su estómago se contrajo; la transparencia era encomiable, pero sin control, empoderaría a populistas que no comprendían el potencial catastrófico oculto bajo los Alpes suizos.

—Él es sincero —continuó Carl suavemente, más para sí mismo que para la sala—, pero la sinceridad no elimina el riesgo.

En privado, Bennett luchaba con dudas persistentes. Había visto resúmenes clasificados que insinuaban el potencial no declarado del

CDA—referencias sutiles a capacidades más allá de los escaneos de memoria, cosas etiquetadas crípticamente como «extensiones teóricas». ¿Qué pasaría si la transparencia se saliera de control?, se preguntó. ¿Qué caja de Pandora más profunda podrían abrir inadvertidamente?

Un silencio incómodo volvió a instalarse, puntuado por el leve crujido de papeles y toses sofocadas. La mandíbula del presidente se tensó casi imperceptiblemente. Sabía que la elección era cruda: mantener un secreto cuidadosamente protegido a riesgo de consecuencias políticas, o abrir las puertas a la tecnología CDA y desencadenar consecuencias impredecibles.

La voz de Harrington rompió la tensión, firme pero impregnada de frustración:

—Tenemos aliados en el Congreso que entienden lo que está en juego. Quizás sea el momento de reforzar su influencia—discretamente, claro.

Daniel Harrington sintió un pinchazo de culpa bajo su determinación severa. Esas manipulaciones encubiertas iban en contra de su creencia instintiva en la apertura democrática, pero la alternativa—permitir un acceso sin control al CDA—era mucho peor. Se armó de valor; el malestar moral era un precio pequeño a pagar por la estabilidad.

El presidente asintió lentamente.

—De manera discreta. Debemos ser sutiles pero decisivos. El CDA no es una herramienta para agendas políticas; es el mecanismo de vigilancia más poderoso jamás creado. En las manos equivocadas podría destruir más de lo que protege.

Mientras Harrington asentía, sintió resurgir una idea preocupante: informes no clasificados habían sugerido que el CDA seguía evolucionando, y sus verdaderos límites eran desconocidos incluso para los altos funcionarios de la administración. ¿Estaría O'Sullivan consciente de la profundidad real de este agujero?, se preguntó sombríamente, ¿o era el propio presidente quien permanecía parcialmente en la oscuridad?

Bennett se reclinó ligeramente, permitiendo escapar un breve suspiro.

—Entonces debemos prepararnos para una batalla—una que podría redefinir la transparencia, la privacidad y la seguridad nacional para generaciones.

La mirada del presidente O'Sullivan recorrió cada rostro, el peso de las decisiones inminentes claramente visible.

—Precisamente —concluyó, levantándose deliberadamente de su silla—. Pero debemos asegurarnos de que sea una batalla que podamos ganar.

Cuando la reunión terminó y los asesores se dispersaron discretamente por pasillos y oficinas, Harrington se detuvo brevemente, captando la mirada del presidente.

—Señor —dijo Harrington, su voz baja pero resuelta—, pase lo que pase, debemos controlar la narrativa. Si Redwood obtiene siquiera una pista del poder real que yace bajo Zermatt, el resultado no será transparencia—será el caos.

El presidente O'Sullivan se detuvo en la puerta, con una expresión reflexivamente sombría.

—De acuerdo, Daniel. La línea que caminamos es delgada y cada día más frágil.

Con esa tranquila admisión, volvió a adentrarse en los pasillos del poder, más consciente que nunca del equilibrio precario que debía mantener ante estos cambiantes vientos políticos.

Hilos paralelos continúan: Manteniendo la vigilancia global
Tráfico humano y explotación infantil

En el centro de mando de Zermatt, Nicolás Tosh observaba atentamente mientras Marisol Álvarez actualizaba el registro de rastreo de 'Marlin', la elusiva figura del cartel cuyas actividades sugerían un preocupante aumento en el tráfico infantil. En la pantalla, cambios sutiles en los datos de geolocalización indicaban un movimiento inminente.

—El ritmo operativo de Marlin está aumentando —señaló Marisol con urgencia—. Los mensajes cifrados indican que se preparan para trasladar a los niños, posiblemente dentro de las próximas 48 horas.

Tosh sintió tensarse el estómago; cada movimiento era una vida que podía escapársele y desaparecer en la oscuridad.

—Coordina estrechamente con las fuerzas locales —instruyó—. Activemos a los equipos humanitarios de rescate en espera. Si Marlin se mueve, interceptamos de inmediato, con mínima demora y máxima discreción.

La doctora Miriam Faber, que absorbía en silencio el intercambio, sintió una punzada personal. La certeza matemática en la que confiaba chocaba ahora con la vulnerabilidad humana. Internamente reafirmó su propósito: la tecnología debe servir a la humanidad, nunca eclipsarla.

Rainer Sábato se acercó discretamente a Tosh.

—Deberíamos reubicar uno de nuestros drones de vigilancia para obtener imagen en tiempo real sobre la posición exacta de Marlin. La vigilancia pasiva no bastará cuando empiece la acción.

Tosh asintió.

—Hazlo. Y que nuestros contactos en tierra permanezcan alertas, pero discretos: una intervención prematura y esos traficantes se esfumarán.

Mientras Rainer dictaba órdenes por la línea segura, Tosh volvió la vista a los puntos rojos que rastreaban la red de Marlin. El peso de la responsabilidad le oprimía el pecho: las vidas pendían de un hilo; cada segundo contaba.

En un rincón, Faber activó un protocolo de emergencia, desviando potencia cuántica para afinar el rastreo. La claridad del propósito estabilizó sus dedos: cada cálculo pretendía rescatar inocencia; cada paso empujaba la oscuridad un poco más atrás.

Corrupción a nivel estatal

En otra pantalla, los algoritmos de Faber iluminaron nuevas corrientes de inteligencia del país europeo comprometido, ampliando la magnitud de la corrupción. Informantes locales, cuyo valor pendía de un hilo, aguardaban instrucciones de Zermatt. Su coraje era grande, su temor mayor.

Marisol Álvarez revisó los informes y su voz se tensó:

—La ventana se cierra rápido. Los informantes están nerviosos, y con razón. Si tardamos, huirán o serán silenciados para siempre.

Tosh, ante la mesa de mando, exhaló despacio: cada elección suponía vidas salvadas o perdidas.

—Autorizad filtraciones controladas —decidió—. Usad organismos de supervisión internacionales para destapar primero los rastros financieros. Proteged la identidad de los informantes. Demasiado brusco y habrá caos; demasiado lento y la justicia se escapa.

Rainer vaciló un segundo, la duda cruzándole el rostro. Cada revelación podía desatar disturbios; retenerla, perpetuar el statu quo corrupto. El dilema duró un suspiro.

—Empiezo la coordinación —confirmó, tecleando instrucciones mientras pisaba la delgada línea entre liberación y agitación.

Tosh se permitió reconocer las enormes apuestas: cada movimiento resonaba en el mundo; por ahora, la justicia requería velocidad y precisión.

Tecnología defectuosa y seguridad pública

En la sala suavemente iluminada, Tosh observó cómo el equipo confirmaba la difusión del dossier encubierto. Los periodistas reaccionaron al instante: los titulares se propagaron por Europa y las autoridades se vieron forzadas a actuar.

Faber se acercó, mezcla de alivio y ansiedad:

—La retirada ha sido ordenada. Están sacando miles de vehículos defectuosos de los concesionarios.

Tosh cerró los ojos un momento, dejando que un alivio moderado lo inundara. Era una victoria rara en un mar de amenazas. El consuelo duró poco: el frágil equilibrio entre aprovechar la CDA y mantener el secreto no podía darse por sentado.

Marisol Álvarez se acercó, reflexionando en voz baja:

—Intervenimos a tiempo; esto podría haber terminado trágicamente.

Sus palabras eran firmes, aunque bajo la fachada serena luchaba con el peso de la responsabilidad. Cada vida salvada validaba su esfuerzo, pero también recordaba lo frágiles que seguían siendo ante la próxima crisis.

Rainer Sábato observaba las actualizaciones que llegaban a su consola; las tramas de datos se reflejaban en sus gafas.

—La prensa atribuye el mérito a denunciantes anónimos —señaló, cruzando una mirada significativa con Tosh—. De momento nuestra cobertura aguanta, pero esto no pasará inadvertido para todos.

Tosh asintió, el gesto endurecido por renovada determinación.

—Seguiremos con cautela. Hoy se han salvado vidas; mañana traerá otros desafíos. Nuestra vigilancia no puede flaquear.

Sabotaje corporativo e intrusiones de competidores

Las celebraciones duraron poco. Una alerta roja destelló en la pantalla central: un nuevo intento agresivo contra las cuentas filantrópicas seguras de Lingtao. Rainer se inclinó, entornando los ojos ante la cascada de datos.

—Aumentan los ataques. Han cambiado de táctica: ahora rastrean directamente nuestros canales financieros filantrópicos. No es mero espionaje corporativo, buscan puntos débiles de forma sistemática.

Tosh captó al instante la gravedad. Aquellas incursiones eran precisas; denotaban entidades que veían a Lingtao no solo como rival, sino como amenaza estratégica.

—Refuercen de inmediato el perímetro cibernético —ordenó—. Desplegad cortafuegos cuánticos en todos los canales sensibles y auditad cada vulnerabilidad interna. Si halláis un sector comprometido, aisladlo.

No podemos permitir filtraciones que expongan nuestros nexos con Zermatt y Experta.

Al otro lado de la mesa, Marisol sostuvo la mirada de Tosh; ambos entendían que detrás de los ataques habría respaldo estatal o alianzas estratégicas.

—Haré verificaciones extra de antecedentes al personal con acceso a la base filantrópica —dijo con firmeza—. Debemos suponer que intentan explotar a alguien dentro, consciente o no.

—Bien —aprobó Tosh—. Si descubren siquiera una fracción de la verdad, lo construido podría desmoronarse de la noche a la mañana.

Seguridad aérea

Una nueva notificación desvió la atención de Tosh: un informe CDA revelaba hechos inquietantes en la industria aeronáutica. Informantes internos, desafiando el silencio corporativo, habían denunciado componentes defectuosos que amenazaban con integrarse en flotas comerciales de todo el mundo.

Tosh frunció el ceño ante la magnitud de la crisis.

—Lanzad de inmediato revelaciones anónimas —ordenó—. Que las autoridades de seguridad aérea reciban pruebas completas e irrefutables, sin demora alguna.

El equipo se activó al instante. Marisol canalizó la evidencia depurada hacia los reguladores, mientras la doctora Faber verificaba la integridad de los datos y Rainer abría canales seguros para impedir interceptaciones.

Mientras la sala zumbaba de actividad, Tosh reflexionó sobre la complejidad moral de su cargo. El poder analítico de la CDA evitaba desastres, pero cada éxito subrayaba la fragilidad ética de su mandato. Las líneas se difuminaban; los dilemas crecían.

Sabía que la vigilancia era innegociable: demasiadas vidas dependían del precario equilibrio entre el secreto y la acción. Alzó la vista: más allá de las pantallas veía las vidas invisibles que tocaban. Cada victoria reforzaba la carga; la duda, sin embargo, persistía: ¿podría un solo grupo mantener tal control sin sucumbir, al final, a sus buenas intenciones?

Senadores exigen 'CDA para todos.

Antes de que alguien pudiera responder, un ayudante con un discreto auricular entró en la sala de conferencias, con expresión controlada pero urgente.

—Señor presidente, tenemos una situación relacionada con ciertos miembros del Comité de Supervisión del Senado —dijo en voz baja, recorriendo rápidamente con la mirada a los asesores reunidos antes de centrarse únicamente en el presidente O'Sullivan—. Han amenazado con... —Su vacilación era palpable, claramente consciente de la gravedad de sus siguientes palabras.

El presidente exhaló profundamente, frotándose brevemente las sienes antes de encontrarse con la mirada preocupada del ayudante.

—Dilo, Randall.

Randall tragó con dificultad.

—Están amenazando con hacer público el Centro de Datos de Zermatt —dijo, bajando aún más la voz, apenas por encima de un susurro—. Exigen acceso completo y sin restricciones a la tecnología CDA. Afirman que es la única solución capaz de erradicar la corrupción profundamente arraigada dentro de sus comités.

Un silencio sofocante descendió sobre la sala, presionando intensamente a cada ocupante. Las revelaciones del Algorithm-323, que en su día evitaron estrechamente un escándalo público, habían sido cuidadosamente ocultadas mediante una red de acuerdos confidenciales meticulosamente negociados. Ahora, una facción pequeña pero influyente dentro del Senado impulsaba agresivamente el lema «CDA para Todos», presentando públicamente sus demandas como una urgente necesidad ética. Pero en privado, el presidente O'Sullivan y su equipo comprendían la implicación más profunda. Bajo la fachada de una transparencia justa se escondía una ambición claramente política: control, influencia y poder.

Carl Bennett se removió incómodo en su silla, recordando un detalle inquietante. Durante la crisis del Algorithm-323, había escuchado rumores sobre un protocolo oculto, algo denominado CDA-325—una extensión que incluso la alta dirección dudaba en discutir plenamente. Si ese era el verdadero objetivo de los senadores, sus demandas representaban una amenaza aún mayor de lo imaginado.

En la pausa silenciosa tras la entrega del ultimátum de los senadores por parte de Randall, los asistentes intercambiaron miradas nerviosas. Cada uno calculaba silenciosamente las consecuencias: carreras destruidas, alianzas rotas y, sobre todo, el peligroso límite ético que les exigían cruzar. El silencio se profundizó, reconociendo el vasto desconocido por delante.

Carl Bennett permitió un breve estremecimiento interior. Había vislumbrado informes clasificados que delineaban las capacidades del CDA—habilidades insinuadas, pero nunca discutidas abiertamente. La escala potencial de la intrusión lo estremecía profundamente; los senadores estaban jugando con algo mucho más peligroso de lo que imaginaban.

El jefe de Gabinete Harrington se inclinó hacia adelante, sus nudillos poniéndose blancos al apretar el borde de la pulida mesa de conferencias.

—Estamos avanzando mucho más allá de lo acordado con Tosh o comprometido bajo la supervisión del G-7 —dijo firmemente, su voz marcada por la frustración—. Entregar acceso abierto a la tecnología CDA nunca debió siquiera considerarse. Esto no es transparencia; es la instrumentalización de la verdad.

La mirada del presidente recorrió lentamente la sala, viendo la ansiedad reflejada en cada rostro. Finalmente, volvió hacia Randall, con una voz tranquila pero cargada de resignación.

—Organiza una llamada privada con Nicolás Tosh —ordenó en voz baja—. Dile que es urgente; necesitamos decidir cómo mantener esta línea antes de que todo el sistema quede comprometido.

Randall asintió bruscamente y salió rápidamente de la sala, dejando atrás un silencio opresivo. Cada asistente reconoció ese momento por lo que era: un punto de inflexión, quizás la última oportunidad para mantener el control sobre el poder sin precedentes que descansaba bajo los Alpes suizos.

Una llamada silenciosa a Tosh

Menos de una hora después, una línea segura conectaba discretamente el Despacho Oval directamente con Nicolás Tosh.

Cuando la línea segura de Tosh indicó la llamada entrante desde la Casa Blanca, cerró momentáneamente los ojos. Detrás de su fachada tranquila, un temor familiar se agitaba. Cada llamada desde Washington parecía cada vez más como un filo acercándose a una arteria moral: cualquier paso en falso y su mundo cuidadosamente equilibrado podría desangrarse, llevándose consigo vidas inocentes. Respondió al segundo timbrazo, su voz compuesta pero cautelosa.

—Señor presidente —dijo Tosh, percibiendo instantáneamente el peso tras el silencio—. Supongo que esto no es una simple llamada de cortesía.

La voz del presidente se tensó, apenas audible, cargada por la tensión de las crecientes presiones.

—Tenemos una coalición de senadores acorralándonos, Nicolás. Amenazan con exponer públicamente a Zermatt, exigiendo acceso completo al CDA. Lo presentan como un imperativo moral, insistiendo en que escaneos exhaustivos son esenciales para erradicar la corrupción arraigada de una vez por todas.

Tosh hizo una pausa, sintiendo la gravedad de la situación sobre él. Escogió cuidadosamente sus palabras.

—Están jugando a un juego peligroso. El CDA no es algo que podamos entregar casualmente. Si se revela la magnitud total de sus capacidades, o peor aún, si permitimos un uso político irrestricto, las consecuencias repercutirían mucho más allá de cualquier lucha interna de poder. La confianza global colapsaría; el caos sería inevitable.

Tosh hizo una pausa, con una silenciosa vacilación resaltando la gravedad de sus próximas palabras. Por un breve instante, su mente recordó los planos archivados bajo la autorización más alta de seguridad en Zermatt: propuestas de las etapas preliminares del CDA-325. Esas notas experimentales lo perseguían: la capacidad no solo de exponer la verdad sino de alterarla sutilmente. Si los senadores obtenían siquiera un atisbo de ese poder, las consecuencias podrían ser catastróficas.

El presidente suspiró profundamente, mirando al jefe de Gabinete Harrington, que permanecía cerca, su postura indicando una grave coincidencia.

—Soy plenamente consciente de los riesgos, Nicolás, pero no podemos simplemente rechazar sus demandas. Están preparados para filtrar detalles en una conferencia de prensa en el Senado. Cuando lo hagan, el senador Redwood y sus aliados lo usarán políticamente, presentando a mi administración como cómplice de negociaciones secretas de poder. Te calificarán como un manipulador invisible. Con la obsesión de Redwood por la «transparencia total», no sabemos cuán agresivamente explotará el CDA una vez que asuma el poder.

Mientras Harrington asentía, sintió resurgir un pensamiento inquietante: informes no clasificados habían sugerido que el CDA seguía evolucionando, y sus verdaderos límites eran desconocidos incluso para altos funcionarios del gobierno. ¿Estaba O'Sullivan al tanto de lo profundo que llegaba esta madriguera?, se preguntó sombríamente, ¿o acaso al propio presidente lo mantenían parcialmente en la oscuridad?

Tosh asimiló las palabras del presidente, sintiendo un escalofrío que le apretaba el pecho.

—Debemos mantener firmemente la línea —respondió finalmente—. Un compromiso cuidadoso, sí; pero no se equivoque: si esta tecnología cae en manos sin restricciones, las consecuencias no serán meramente políticas, serán catastróficas.

—Lo entiendo, Nicolás —dijo suavemente el presidente, con un matiz de cansada resignación—. Pero prepárate. La tormenta que hemos anticipado podría estar ya sobre nosotros.

Tosh miró en silencio la pantalla oscurecida, con una imagen cruzando brevemente por su mente: calles llenas de manifestantes, salones gubernamentales resonando con acusaciones de tiranía, la confianza global derrumbándose de la noche a la mañana. Si se revelaban por completo las capacidades del CDA, temía que el caos eclipsaría cualquier escándalo que hubieran superado hasta ahora.

Equilibrando las demandas

Esa noche, Nicolás Tosh convocó una teleconferencia rápida desde el Centro de Mando de Zermatt, conectando con Rainer Sábato, miembros clave del consejo legal de la Fundación Experta y la asesora política Marisol Álvarez. Las pantallas cobraron vida en la sala de reuniones de alta seguridad, capturando las expresiones tensas de cada participante, iluminadas por el suave brillo de los monitores operativos.

—O los retrasamos con un cumplimiento parcial —comenzó Tosh cuidadosamente, su voz controlada pero cansada—, o nos preparamos para un desastre político si cumplen su amenaza. La plena conformidad ni siquiera está sobre la mesa; desmantelaría todas las salvaguardas que hemos construido cuidadosamente.

Rainer, hablando desde el corazón activo del Centro de Mando de Zermatt, parecía visiblemente preocupado. Su frente se fruncía mientras se inclinaba hacia la cámara.

—Absolutamente no podemos otorgarles acceso irrestricto —advirtió con firmeza—. Ya estamos repeliendo intentos diarios de infiltración que ponen a prueba nuestros límites. En el instante en que permitamos a los senadores revisar casualmente los pensamientos privados de sus rivales políticos, la reacción será inmediata y severa, y nosotros seremos el chivo expiatorio conveniente.

Marisol Álvarez escuchaba atentamente, su expresión reflexiva iluminada por el suave reflejo de la pantalla de su tablet. Se inclinó hacia adelante, interviniendo con calma, pero urgencia.

—Quizá podríamos proponer un compromiso estratégico: escaneos cuidadosamente controlados limitados estrictamente a roles federales de alta prioridad, alineados exactamente con la supervisión existente del G-7. Debemos rechazar firmemente cualquier expansión hacia puestos de nivel medio. Esto podría ayudar a calmar temporalmente a los senadores, al menos hasta que el senador Redwood clarifique abiertamente sus intenciones.

Tosh consideró esto cuidadosamente, golpeando rítmicamente sus dedos contra la consola. Permitió que el silencio se prolongara un momento, cada participante profundamente consciente de lo precario de la situación. Finalmente, asintió lentamente, su voz resuelta.

—Una medida temporal. Podemos ofrecer este compromiso limitado para mantener el control y prevenir una exposición total. Pero no nos engañemos: esto es una solución provisional. Solo estamos ganando tiempo, esperando que el panorama político cambiante nos ofrezca un terreno más claro sobre el cual pararnos.

Rainer dudó ligeramente, mirando brevemente las capas cifradas que caían en cascada por su monitor.

—Si elaboramos un sistema de acceso restringido —explicó cuidadosamente—, corremos el riesgo de exponer fragmentos de la lógica más profunda del CDA. Incluso revelaciones menores podrían permitir a usuarios astutos revertir nuestras capas protectoras. Cualquier descuido aquí no es solo una brecha técnica; es una amenaza existencial.

Cuando la conferencia concluyó, cada pantalla se oscureció una por una, dejando a Tosh en solitaria contemplación. La decisión pesaba enormemente sobre él, un incómodo recordatorio de la delgada y frágil línea que caminaban entre mantener la seguridad y salvaguardar la democracia misma.

Apuestas elevadas

La tensión que recorría Washington era palpable, destacando una verdad más profunda e inquietante: la discreta era del uso controlado del CDA se tambaleaba peligrosamente hacia su fin. La promesa populista de la campaña del senador Redwood—usar la tecnología CDA para erradicar la corrupción en todo el gobierno—había capturado la imaginación pública, encendiendo debates y energizando votantes que comprendían poco las profundas implicaciones. Mientras tanto, dentro del Senado, influyentes halcones maniobraban silenciosamente a puertas cerradas, utilizando sutiles amenazas sobre las capacidades de Zermatt para asegurar ventajas personales y partidistas.

La voz del presidente O'Sullivan llevaba una nota grave de advertencia en una llamada posterior con Nicolás Tosh.

—Si Redwood aprovecha este impulso y llega a la presidencia, exigirá transparencia total. No tolerará secretos, ni desde el primer día.

Tosh permaneció en silencio un momento, sus ojos parpadeando brevemente hacia los monitores cifrados frente a él. Cada pantalla iluminaba silenciosamente operaciones en curso: actualizaciones en tiempo real sobre la red de tráfico infantil, advertencias crípticas sobre piezas defectuosas de aviones que amenazaban a miles, y la incansable búsqueda de la verdad por parte de Maggie Wu mientras se acercaba a Zúrich. Estas crisis urgentes se desplegaban sin tregua, cada una exigiendo la intervención única y poderosa del CDA.

Sin embargo, las implicaciones de una presidencia de Redwood pesaban más que todas estas emergencias apremiantes. Si Redwood asumía el cargo con la intención de implementar escaneos universales, las delicadas fronteras éticas que Tosh y Rainer habían defendido meticulosamente se desintegrarían en una noche. Las líneas morales que separaban la seguridad de la vigilancia invasiva desaparecerían, reemplazadas por un poder desenfrenado en manos de oportunistas políticos.

—Entiendo —respondió finalmente Tosh, su voz firme pero teñida por la gravedad del momento—. Mantendremos la línea tanto como sea posible. Pero deberías preparar contingencias para un escenario donde desconectamos por completo o llevamos a Zermatt totalmente a la clandestinidad. Si Redwood o estos senadores presionan demasiado, toda la operación podría necesitar desaparecer, al menos de la vista pública.

Una pausa solemne se asentó sobre la conversación, y el reconocimiento del presidente resonó con una aceptación reticente.

—Haremos lo que debamos; prepararemos discretamente cada contingencia. Pero Nicolás, mantenme informado si descubres alternativas técnicas o soluciones. Este país necesita tu operación, pero no al precio de convertirla en una tiranía irreversible.

Tosh terminó la llamada, exhalando profundamente mientras se reclinaba, permitiendo que el peso completo de la situación lo envolviera. Las apuestas nunca habían sido tan altas; cada decisión llevaba consigo implicaciones capaces de redefinir no solo Zermatt, sino también la estructura fundamental de la libertad misma.

Consultando a Rainer sobre soluciones técnicas

Bien entrada la noche, Tosh volvió a conectarse con Rainer mediante un enlace cifrado. La pantalla resplandecía en un tenue tono azul, destacando la profunda fatiga grabada en los rasgos de Rainer. Manejar el complejo proceso de recodificación en Zermatt, en medio de implacables intentos de infiltración, claramente lo estaba agotando.

—¿Tenemos opciones viables —preguntó Tosh con cautela— para crear una versión de acceso limitado del CDA que satisfaga las demandas del Senado sin revelar su verdadera profundidad?

Rainer suspiró, frotándose las sienes como si quisiera aliviar la tensión mental.

—Técnicamente, podríamos construir una interfaz restringida, una versión simplificada de solo lectura que muestre únicamente indicadores superficiales de corrupción. Podría satisfacerlos temporalmente, ofreciendo transparencia sin revelar todo. Pero es increíblemente arriesgado. Si algún senador descubre que están viendo una versión filtrada, podría aumentar sus sospechas de que ocultamos capacidades más profundas. Solo eso podría llevarlos a exponer todo por puro resentimiento.

Ambos guardaron silencio, profundamente conscientes de cómo los compromisos negociados rápidamente habían escalado a crisis durante la caótica resolución del Algorithm-323. Las ilusiones de transparencia raramente terminaban bien.

Rainer dudó ligeramente, echando una breve mirada a las capas cifradas que fluían por su monitor.

—Si creamos un sistema de acceso restringido —explicó cuidadosamente—, corremos el riesgo de exponer fragmentos de la lógica más profunda del CDA. Incluso revelaciones menores podrían permitir que usuarios astutos reconstruyeran nuestras capas de protección. Cualquier descuido aquí no sería solo una brecha técnica, sino una amenaza existencial.

Rainer hizo una pausa, con la mirada momentáneamente perdida en pensamientos preocupados.

—Ya estuvimos cerca de la catástrofe antes —admitió suavemente, recordando vívidamente cómo evitaron por poco el desastre durante la crisis inicial—. Crear incluso un acceso parcial y engañoso no solo arriesga la exposición, sino que también pone en peligro nuestra postura moral. Estaríamos cruzando voluntariamente líneas éticas que prometimos nunca traspasar.

Tosh exhaló, considerando cuidadosamente.

—Propondremos un acceso limitado bajo una estricta supervisión del G-7. Podría darnos unos meses cruciales. Si no… tendremos que enfrentar esa situación cuando llegue.

Rainer asintió solemnemente, la realidad tácita pendiendo entre ellos: este delicado equilibrio era su única opción para evitar una exposición inmediata.

Tras cerrar la conexión cifrada, Rainer se frotó las sienes, exhausto. Cada línea de código que manipulaban, cada sutil engaño que insertaban implicaba riesgos más allá de la simple exposición. Sus pensamientos derivaron involuntariamente hacia las innumerables personas que dependían de la protección de Zermatt: niños en puertos oscuros, familias confiando en sus vehículos, informantes susurrando verdades en situaciones mortales. Un solo error podría causar ondas de consecuencias catastróficas.

Capítulo 4

El contrapunto de Alejandra

Miami, Florida — Casa familiar de los Tosh, 2017
Dia 18, 6:00 P.M. ET

La luz del atardecer bañaba las paredes blancas de la residencia Tosh, proyectando sombras alargadas que parecían extenderse hacia el ocaso inminente. El zumbido del tráfico distante se mezclaba suavemente con la brisa que llegaba desde la Bahía de Biscayne. Nicolás Tosh se detuvo brevemente en el vestíbulo, la maleta a su lado, con una vacilación desconocida que lo mantuvo inmóvil un instante. Antes, cruzar aquel umbral significaba alivio, un refugio ante las presiones implacables del exterior. Ahora, se sentía como adentrarse aún más en la incertidumbre.

Desde la cocina llegaba el suave y metódico tintineo de platos acomodados con precisión, un sonido que Nicolás conocía muy bien. Alejandra siempre había encontrado consuelo en las rutinas, especialmente ahora; sus movimientos eran deliberados, como si intentara imponer orden en un hogar que sutilmente se fracturaba. Nicolás inhaló profundamente, reconociendo el tenue perfume del té de jazmín favorito de ella, un aroma que dolorosamente le recordaba tiempos más simples.

Cuando finalmente entró en la cocina, Alejandra se detuvo a medio movimiento, con un vaso suspendido cuidadosamente en la mano. Sus ojos, habitualmente cálidos y acogedores, estaban cautelosos, buscando en su rostro indicios del invisible tumulto que él llevaba a casa cada noche.

—Regresaste temprano —observó ella en voz baja, colocando el vaso con precisión medida.

—Las reuniones terminaron antes de lo esperado —respondió Nicolás, con voz suave pero cautelosa. Sintió de inmediato la distancia que su respuesta había creado, consciente de lo huecas que habían llegado a ser sus explicaciones.

Alejandra dirigió brevemente la mirada hacia la ventana, el brillo dorado exterior resaltando las sutiles líneas de tensión alrededor de sus ojos. Cuando volvió a hablar, su voz era más suave, teñida de una fatiga sutil que parecía más profunda que el simple agotamiento físico.

—¿Te das cuenta de lo silencioso que te has vuelto últimamente, Nicolás? A veces te observo y parece que estuvieras completamente en otro lugar.

Nicolás dudó, escogiendo cuidadosamente sus siguientes palabras.

—Es que están ocurriendo muchas cosas. Decisiones complejas, responsabilidades… Sabes cómo es.

Ella negó lentamente con la cabeza, apretando los dedos alrededor de la encimera, como si tratara de aferrarse a algo tangible en medio de sus mundos a la deriva.

—Pero no lo sé. Ese es el problema. Has levantado muros a tu alrededor, Nicolás. Y últimamente los niños también lo han empezado a notar.

Ante sus palabras, Nicolás sintió un dolor inmediato, con el estómago en nudos. Miró hacia las escaleras, imaginando a Emilia y Sebastián aislados en sus habitaciones, en una casa llena de medias verdades y evasiones silenciosas. Alejandra se acercó más, su expresión pasando sutilmente de la frustración a una súplica silenciosa.

—Sea lo que sea que estés enfrentando, cualquier secreto que intentes proteger, seguimos siendo tu familia. No tienes que hacerlo solo. ¿No puedes confiar en mí?

Instintivamente, Nicolás extendió la mano, tocando brevemente la mano de Alejandra, el calor de su piel provocándole una dolorosa conciencia de la distancia que inadvertidamente había cultivado.

—No se trata de confianza —susurró, apenas audible—. Se trata de protección. Si te dejo entrar demasiado, corro el riesgo de arrastrarte a ti y a los niños a lugares que jamás quisiera que vieran.

Alejandra sostuvo su mirada directamente, con una intensidad tranquila resonando en su voz.

—¿Pero no te das cuenta de que ya nos está afectando? Cada silencio, cada llamada susurrada… Nicolás, lo sentimos. Los niños lo sienten. —Su voz se quebró ligeramente, una rara grieta en su habitual compostura—. Estás tratando tanto de protegernos que nos estás dejando atrás.

En el pesado silencio que siguió, Nicolás vio claramente el profundo costo que su doble vida había cobrado, no solo en él mismo, sino en la familia que atesoraba sobre todas las cosas. Las palabras de Alejandra resonaban como una verdad incómoda que ya no podía negar. Detrás de cada decisión encubierta y cada operación clandestina había costos humanos, sutiles pero inevitables.

Alejandra retrocedió lentamente, volviendo nuevamente a los platos, sus movimientos cuidadosamente controlados, aunque Nicolás podía percibir las emociones crudas apenas contenidas debajo. Al observarla ahora, supo que la paciencia de Alejandra no era ilimitada. Ella era su aliada más fuerte, pero su fortaleza se estaba erosionando silenciosamente, golpeada diariamente por las complejidades oscuras que él llevaba a casa.

—Te prometo que encontraré la manera —murmuró finalmente Nicolás, con una convicción que desesperadamente esperaba poder cumplir.

Alejandra se detuvo, considerando su promesa, y sus ojos volvieron a encontrarse brevemente con los de él. Esta vez, la cautela en su mirada se suavizó ligeramente, dando paso a una esperanza cansada.

—Por el bien de todos —respondió suavemente—, espero que puedas.

Tensión Personal: Dos Mundos Colisionando

Alejandra recibió a Tosh con una sonrisa fugaz que flaqueó en el instante en que captó su mirada. En la silenciosa intensidad de sus ojos vio capas de tensión oculta que se habían vuelto demasiado familiares, sombras proyectadas por obligaciones que apenas podía comprender. Solo días antes lo había visto brevemente en televisión, discretamente detrás de Artemis Wang en un evento de Lingtao. Ante el mundo había parecido tranquilo, incluso impasible, pero Alejandra reconocía las señales sutiles: la firmeza en su mandíbula, la rigidez en su postura y el destello de agotamiento que rápidamente disimulaba.

—Últimamente apenas estás aquí —dijo ella, con la voz tensa, revelando el dolor que había prometido suprimir. Se ocupó en poner la mesa, sus movimientos rígidos, cada acción marcada por tensión—. Sé que estás gestionando los programas filantrópicos de Lingtao, pero es más que eso, ¿verdad?

Tosh exhaló suavemente, liberando con su respiración semanas de fatiga acumulada y frustración contenida.

—Es... complicado.

Su mirada se dirigió hacia la ventana, donde la Bahía de Biscayne se extendía calma e indiferente bajo un cielo pastel, un contraste marcado frente al torbellino que lo consumía por dentro.

Alejandra se detuvo, con un plato suspendido en el aire, y alzó una ceja, desafiando su vaguedad. Su voz se endureció ligeramente, teñida por una ansiedad que ya no lograba disimular.

—Complicado por la tecnología —insistió deliberadamente, colocando el plato sobre la mesa con un golpe amortiguado que resonó entre ellos—. Nicolás, ¿hasta dónde estás dispuesto a llegar? Has construido una fachada filantrópica que canaliza dinero por todo el mundo, pero detrás de escena estás… ¿qué?, ¿escaneando las mentes de las personas? ¿Erradicando la corrupción de formas que la mayoría ni siquiera puede imaginar?

Tosh frunció profundamente el ceño, sintiendo el peso de su acusación como una presión física contra su pecho. La tensión se acumuló en sus hombros, una señal sutil pero inconfundible de las cargas que había llevado en silencio. Dio un paso hacia ella, su tono suavizado, suplicando comprensión.

—Estamos tratando de hacer el bien. Hay traficantes de niños, criminales violentos, redes enteras que podríamos desmantelar si llegamos primero. La tecnología...

—La tecnología —interrumpió Alejandra con suavidad, dejando que la compasión irrumpiera en su fachada de frustración— también te está convirtiendo en alguien a quien apenas reconozco. Estás consumido por una segunda vida. Y temo que esa segunda vida esté ganando.

Su voz se suavizó aún más, revelando la profundidad de su silenciosa desesperación. La habitación pareció repentinamente pequeña, impregnada por la gravedad de sus palabras. Tosh las sintió profundamente, reconociendo la verdad que había rehusado enfrentar. Recordó las innumerables noches en las que permanecía despierto, observando absorto los flujos digitales desde el Centro de Datos de Zermatt, cada alerta profundizando su enredo en complejidades morales. Cada crisis, cada operación de rescate y cada intento de infiltración, exigían más de él, pieza por pieza, alejándolo inexorablemente de la vida que una vez le había prometido.

Alejandra estudió atentamente su rostro, viendo reflejada la lucha interna en líneas que meses atrás no existían. Extendiendo la mano con vacilación, tocó su brazo. Su voz bajó casi hasta un susurro, apenas audible pero dolorosamente sincera.

—Necesito saber que todavía hay espacio para nosotros, Nicolás. Entiendo tu misión, pero me preocupa que te esté costando todo lo demás, todo lo que importa.

En el silencio que siguió, Tosh buscó palabras de consuelo pero no encontró ninguna. Los miedos de ella resonaban dolorosamente en sus propios pensamientos. Extendió lentamente la mano, rozando ligeramente la de ella, un breve contacto que representaba un frágil vínculo entre dos mundos cada vez más enfrentados.

—Te lo prometo —murmuró finalmente, aunque mientras hablaba una sombra de duda nublaba su corazón.

Alejandra asintió suavemente, sosteniendo su mirada llena de tranquila resignación. Ambos sabían que las promesas tenían límites, y ambos temían lo cerca que estaban de alcanzarlos.

Subtrama familiar: El descubrimiento de una hija

Antes de que Tosh pudiera responder, unos pasos rápidos en las escaleras atrajeron inmediatamente su atención. Emilia, su hija de dieciséis años, apareció en la entrada, reemplazando su postura habitualmente segura por una incertidumbre ansiosa. Sus ojos se movían nerviosamente entre sus padres, amplios e interrogantes.

—Papá… —titubeó, visiblemente esforzándose por encontrar las palabras adecuadas. Su voz temblaba ligeramente—. Encontré algunos archivos en tu viejo portátil arriba. Era como código... referencias a un centro de datos en Suiza. ¿"Zermatt"? ¿Y algo llamado "CDA"? No los abrí todos, te lo juro, solo un par de líneas.

Tosh sintió que el corazón le latía dolorosamente más rápido, una oleada de adrenalina agudizando sus sentidos. Intercambió una breve mirada tensa con Alejandra, cuyo rostro se había quedado sin color. Los ojos de Alejandra se clavaron en los de Tosh, exigiendo silenciosamente claridad, una urgencia mezclada con un miedo profundamente arraigado que ella había albergado durante mucho tiempo.

Tragó con fuerza, intentando mantener su voz firme, tranquila pero autoritaria.

—Ese portátil es del garaje —dijo con cuidado, consciente de lo débil que sonaba su explicación incluso para sí mismo—. Emi, esos archivos son privados. Son… relacionados con un proyecto de la fundación que no es público.

El ceño de Emilia se frunció profundamente, su expresión mezclaba curiosidad, dolor y un creciente sentido de traición.

—No entendí mucho, pero mencionaba una "Red Neural", como algo sacado de ciencia ficción. ¿Esto es… un gran secreto?

Su voz se elevó ligeramente al final, impregnada con una urgencia infantil, como buscando la tranquilidad de su padre, alguien a quien siempre había visto firmemente arraigado en la realidad.

Alejandra dio un paso adelante, colocando suavemente una mano reconfortante sobre el hombro de su hija. Su voz era suave, deliberadamente tranquilizadora.

—Emilia —intervino, fijando sus ojos en los de su hija y transmitiendo la seriedad que sentía profundamente en su interior—, lo es. Es algo en lo que tu padre ha estado trabajando. Por favor, no lo compartas. Ni con amigos, ni en redes sociales, en ninguna parte.

Un destello de dolor cruzó el rostro de Emilia, lágrimas formándose visiblemente en las esquinas de sus ojos. Respiró entrecortadamente, luchando visiblemente contra emociones que amenazaban con abrumar su compostura adolescente.

—Mamá, yo… por supuesto que no lo haré. Pero esto es grande, ¿no es así? —Su voz se quebró ligeramente mientras miraba de su madre a su padre, los ojos suplicando honestidad—. Siento que ustedes dos viven una doble vida.

Tosh sintió que su pecho se tensaba, la culpa retorciéndose como un cuchillo en su corazón. El peso de la acusación de Emilia colgaba pesadamente entre ellos, enfatizando cuánto había fracturado su doble vida los cimientos de su familia. Por primera vez comprendió completamente el daño emocional que su secreto infligía a quienes más amaba.

Extendió suavemente la mano, tocando la de Emilia, desesperado por tranquilizarla, aunque sabía que una honestidad total era imposible.

—Lo siento, Emi —dijo con voz suave pero firme—. Prometo que cuando llegue el momento, explicaré más. Pero por ahora… —Dudó, plenamente consciente de cuán frágil se había vuelto la confianza—. Confía en mí, esto es serio. Debes guardarlo para ti, por la seguridad de todos.

Emilia permaneció en silencio por un largo momento, su idealismo juvenil visiblemente sacudido. Finalmente asintió, tragándose las lágrimas antes de correr escaleras arriba. El silencio que dejó atrás fue opresivo, un recordatorio tangible de la creciente distancia entre las vidas que presentaban y las verdades ocultas debajo.

Alejandra se giró lentamente hacia Tosh, su mirada cargada de resignación y silenciosa desesperación. En ese silencio compartido y doloroso, Tosh sintió plenamente el costo emocional de sus decisiones, un costo que pronto podría resultar insoportable.

Corriente Emocional: La súplica de Alejandra

Alejandra cerró los ojos, luchando visiblemente contra la tormenta de emociones que bullían dentro de ella.

—¿Lo ves? —susurró, su voz teñida de una desesperación tranquila—. Está entrando en nuestro hogar. En nuestros hijos.

Se apoyó contra la encimera, con los brazos cruzados de forma protectora como si intentara protegerse de las cargas invisibles que habían impregnado sus vidas.

—Emi nunca nos verá de la misma manera. Ni Sebastián, cuando se entere.

Un espeso silencio se extendió entre ellos, cada momento profundizando la fisura causada por arrepentimientos no pronunciados. Tosh dudó, con el aire pesado alrededor, antes de acercarse suavemente a Alejandra. Colocó una mano cuidadosa y tranquilizadora en su brazo, sintiendo el leve temblor bajo su contacto.

—Nunca quise poner en riesgo a nuestra familia —susurró suavemente, el arrepentimiento coloreando cada palabra—. Pero sabes lo que está en juego. Si no damos el paso, otros, más despiadados…

—Basta —interrumpió Alejandra suavemente, sus ojos llenándose rápidamente de lágrimas no derramadas—. No puedo seguir escuchando ese argumento. No podemos cargar con todo el peso de los secretos del mundo, Nicolás. Si esto está destruyendo a nuestra familia, ¿cómo puede valer la pena?

Una ola intensa de culpa atravesó a Tosh, aguda e inmediata. Su mente retrocedió vívidamente a los días oscuros que rodearon el fiasco del Algorithm-323: la frenética lucha, el casi colapso de todo lo que habían construido con tanto esfuerzo, y los tratos sombríos que los habían atrapado en un ciclo interminable de secreto y compromiso moral.

—Sé que no es justo —dijo Tosh, con la voz cruda y vulnerable—. Pero esta tecnología… si cayera en manos sin escrúpulos, la tiranía sería inimaginable. La presión de Redwood por escaneos universales, los implacables intentos de infiltración en nuestra red… Ale, ya estamos al borde.

Alejandra tomó una respiración temblorosa, su mirada examinando el rostro de él con una desgarradora mezcla de amor y angustia.

—Nicolás, entonces déjalo. Tenemos dinero suficiente para desaparecer completamente. Podríamos encontrar un lugar lejos de esta locura, algún lugar tranquilo, algún lugar seguro. ¿No hay ninguna manera en que simplemente podamos... alejarnos?

Él dudó, su súplica penetrando más profundamente en él de lo que había anticipado. ¿Podrían realmente abandonarlo todo? Las complejidades que los ataban—los secretos de Zermatt, las demandas incesantes de la Casa Blanca, la cautelosa supervisión del G-7, la inminente presidencia de Redwood y la implacable curiosidad de Maggie Wu—se habían entrelazado con sus vidas tanto como la seguridad de su familia. Y más allá de estas presiones yacían imágenes vívidas que acosaban su conciencia diariamente: niños robados traficados a través de fronteras invisibles, comunidades enteras tambaleándose por infraestructuras defectuosas y vidas inadvertidamente en peligro por fallas tecnológicas ocultas. La aplastante sensación de responsabilidad se aferraba implacablemente a él.

—Si nos vamos ahora —comenzó lentamente, cada palabra cargada de gravedad—, alguien más llenará ese vacío. Alguien menos moral, menos escrupuloso. Alguien que no dudaría en abusar de la tecnología. No puedo ignorar eso, Ale. —Tosh se llevó la mano a la frente, sintiendo una profunda fatiga en sus huesos—. No puedo prometerte que nunca nos iremos. Pero ahora mismo, en este momento… el mundo aún nos necesita.

Alejandra asintió suavemente, sus ojos brillantes de lágrimas, mezcla de tristeza y aceptación renuente. Extendió la mano, tocando suavemente su mejilla.

—Entonces estaremos contigo, Nicolás. Mientras podamos. Pero prométeme—prométenos—que tendrás cuidado. No puedo perderte por estos secretos.

Una oleada de ternura y gratitud inundó a Tosh. Tomó suavemente la mano de Alejandra, sosteniéndola con firmeza en la suya, aferrándose a su calidez y fortaleza.

—Prometo que lo intentaré. Y con Emilia… volveré a hablar con ella. Dame solo uno o dos días para determinar exactamente cuánto puedo compartir con ella de manera segura. Confía en mí en esto.

Alejandra asintió, apretando suavemente su mano, sus ojos transmitiendo tanto sus temores persistentes como su confianza inquebrantable. En ese momento silencioso y frágil, permanecieron unidos: una familia enfrentándose a un horizonte incierto, unidos por el amor y la tranquila resiliencia que los llevaba adelante a través de sombras que nunca pidieron heredar.

Capítulo 5

La aparición de una red rival

Europa del Este — Laboratorio subterráneo

Una solitaria bombilla fluorescente parpadeaba desde lo alto, proyectando sombras enfermizas sobre las paredes reforzadas de hormigón. El aire apestaba a aceite de máquina, sudor rancio y algo metálico: miedo, inconfundiblemente humano. Filas de avanzadas torres de ordenadores formaban un burdo semicírculo alrededor de una mesa de acero cubierta de cables enredados y hardware parpadeante. Seis hackers, con rostros ocultos tras máscaras negras y capuchas pesadas, se inclinaban sobre las consolas, escribiendo furiosamente.

En el centro se encontraba su líder, una figura delgada cuyos nudillos marcados por cicatrices se flexionaban involuntariamente, revelando una impaciencia apenas contenida. Observaba el monitor etiquetado con letras ominosas y severas: «NeuraTech—ALPHA». Líneas de código brillante se desplazaban continuamente, proyectando una inquietante luz azul sobre su rostro sombrío y severo.

—Hemos completado la Fase Uno —informó una técnica, su voz rasposa y suave bajo la máscara. Dudó momentáneamente, la incertidumbre infiltrándose en su tono—. Las subrutinas de infiltración están estables, pero los protocolos de captura mental siguen generando errores. Cada intento de sobrepaso casi fríe el enlace neuronal.

El líder exhaló con fuerza, sus fosas nasales dilatándose.

—No importa. Sigan adelante. Nuestro objetivo no es solo infiltrarnos; es superar completamente a Zermatt. Necesitamos acceso neuronal directo, más profundo de lo que ellos han logrado jamás —su voz bajó hasta un áspero susurro, marcado por la crueldad—. Terminaremos lo que empezamos, cueste lo que cueste.

Al otro lado de la habitación, en una esquina oscura bajo cables enredados y monitores parpadeantes, una figura golpeada se desplomaba, con muñecas y tobillos ligeramente atados a una silla metálica. Los párpados del cautivo temblaban intermitentemente, ojos nublados por la sedación, pero contrayéndose con terror involuntario. Electrodos conectados desde sus sienes pulsaban con corrientes eléctricas.

Esto no era una simple simulación.

Otro técnico, visiblemente tenso pese al anonimato de su máscara, miró nerviosamente al cautivo.

—Las vías cognitivas se están deteriorando rápido. Su mente no resistirá mucho más sin daños permanentes.

El líder miró fríamente a la figura temblorosa.

—Daño colateral —murmuró despectivamente—. Esto trata sobre dominio. Zermatt y sus preciosos límites éticos restringen su poder. NeuraTech no lo hará. Una vez que evadamos su protocolo de enlace, ni siquiera Tosh podrá detenernos.

Sus palabras quedaron suspendidas de forma escalofriante en el aire viciado, subrayadas por el suave y desvalido gemido del cautivo mientras otra oleada de estímulos neuronales invadía directamente su cerebro. Las memorias se fracturaban bajo una presión implacable y sin filtrar: sin cifrado, sin protecciones, solo fuerza bruta.

De pronto, una alarma comenzó a sonar insistentemente en una consola cercana. Los dedos de la primera técnica volaron sobre el teclado, la tensión irradiando visiblemente en su postura.

—Hay retroalimentación desde la red neuronal del sujeto. Está resistiendo la sobrecarga. Si no lo estabilizamos ahora, quedará en muerte cerebral.

—Anulen las salvaguardas —ordenó el líder—. Si Zermatt puede leer mentes, nosotros las reescribiremos, sin importar el precio. Continúen.

Mientras la técnica obedecía con reticencia, los ojos del líder se entrecerraron, enfocados en la pantalla brillante. En algún lugar lejano, Nicolás Tosh y Zermatt operaban bajo sus limitaciones éticas y morales. Pero NeuraTech no se engañaba con esas ilusiones. Su tecnología no estaba creada para proteger, sino forjada para conquistar.

Y la conquista exigía sacrificios.

Hong Kong — Apartamento sombrío

Mientras tanto, en un anodino edificio alto con vistas al puerto Victoria, se desarrollaba una escena clandestina similar. A través de ventanas tintadas de suelo a techo, las luces brillantes de la ciudad abajo parecían indiferentes a las siniestras maquinaciones que sucedían dentro. Sobre una mesa elegante y pulida, un avanzado proyector holográfico recorría metódicamente intrincados diagramas de datos, cada uno iluminando complejas redes de canales de comunicación cifrada y mapeos neuronales.

Dos figuras impecablemente vestidas—un exdiplomático con cabello entrecano y ojos calculadores, y una oficial militar desacreditada cuya postura rígida sugería una autoridad persistente—estaban en silencio concentrado, examinando archivos robados marcados ominosamente con las palabras «NeuraTech».

La oficial se inclinó hacia adelante, tocando con decisión y con un dedo delgado un mapa topográfico de Suiza proyectado con fino detalle sobre la mesa. Su voz era un murmullo bajo, impregnado de una despiadada ambición.

—Nuestros contactos confirman que estas líneas coinciden exactamente con la cobertura satelital de Zermatt. Si el código de infiltración del laboratorio logra acoplarse sin contratiempos a esas señales, esquivaremos la mitad del cifrado mundial en un solo movimiento.

El exdiplomático asintió brevemente, afirmando con la cabeza, sus facciones serenas, aunque con los ojos brillantes de triunfo.

—Esta es la última pieza del rompecabezas —dijo con firmeza—. Podremos interceptar señales cerebrales en tiempo real, e incluso manipularlas, una vez integremos su mapeado con la red satelital. Para cuando Tosh o la Casa Blanca se percaten de lo ocurrido, ya estaremos profundamente implantados.

La oficial se irguió, con la mirada afilada por la anticipación.

—Una vez comprometidas las defensas de Zermatt, el alcance de NeuraTech será absoluto. Cada gobierno, cada secreto, cada pensamiento… todo estará en nuestras manos.

Intercambiaron una mirada, un reconocimiento silencioso de la gravedad de sus ambiciones y de la brutalidad necesaria para alcanzarlas. La ciudad afuera brillaba inocentemente, ajena a la oscura tormenta que se gestaba en su interior, en las anónimas alturas de un apartamento sombrío.

Montaje de espionaje: Probando "NeuraTech"

La lente de la cámara en esta operación se desplazó rápidamente del ambiente pulido y siniestro del escondite en Hong Kong, regresando a la cruda e implacable realidad del laboratorio en Europa del Este. Bajo una iluminación fluorescente implacable, se desarrollaba una lúgubre secuencia de experimentos brutales sin pausa alguna.

Los sujetos de prueba, privados de sus identidades, permanecían atados a camillas inclinadas, con las extremidades inmovilizadas por pesadas restricciones y conectados a una maraña caótica de electrodos. Muchos habían sido víctimas de tráfico humano o coaccionados; cuerpos y vidas reducidos a simples herramientas en la despiadada búsqueda del dominio tecnológico por parte de los hackers.

Una mujer golpeada, con la piel pálida y cubierta de hematomas, yacía temblando, firmemente atada en su lugar. Sus párpados aleteaban mientras luchaba contra los impulsos invasivos enviados directamente a sus vías neuronales. Un técnico, impasible y enmascarado, permanecía junto a una consola. Su dedo enguantado presionó una secuencia de teclas etiquetadas como SOBRESCRIBIR-EJECUTAR.

El cuerpo de la mujer se arqueó violentamente, con la boca abierta en un grito silencioso y agónico, mientras su mente era arrastrada a la fuerza entre distintas realidades. Cerca, los monitores cerebrales se iluminaron frenéticamente, mostrando picos irregulares y letales de actividad neuronal.

El técnico miró con ansiedad a su superior, su voz ronca tensándose bajo la máscara impasible.

—Está rechazando los nuevos conjuntos de memoria —murmuró, la frustración convirtiéndose en temor—. Su mente vuelve constantemente al patrón original.

Los ojos del líder se estrecharon peligrosamente, su mandíbula tensándose con fría determinación.

—Entonces incrementad la presión —ordenó secamente, su voz sin lugar para la duda—. No hay vuelta atrás. No tenemos margen para fallar ahora.

Alrededor de la habitación, otros sujetos de prueba permanecían igualmente atados y destrozados, con ojos vacíos o nublados por la confusión de mentes manipuladas repetidamente. Aquí no existían controles morales ni mecanismos de contención ni restricciones éticas. A diferencia del cuidadosamente diseñado algoritmo CDA de Tosh, estos hackers habían creado NeuraTech con el propósito exclusivo de obtener poder absoluto.

Era un arma capaz no solo de decodificar pensamientos, sino también de reescribirlos a la fuerza, rompiendo salvaguardas neuronales, insertando recuerdos artificiales o borrando vidas enteras a voluntad. La eficiencia brutal y la despiadada ambición encarnadas en cada pulsación de tecla, en cada pulso neuronal anulado, confirmaban que los hackers no se detendrían ante nada para alcanzar sus objetivos.

En esta instalación secreta y oscura, la humanidad misma era reducida a datos brutos, prescindibles y modificables. El abismo ético se ensanchaba con cada experimento, con cada grito silenciado por paredes insonorizadas. Aquí el poder era absoluto, y la conciencia, solo una debilidad a eliminar.

Amenaza: Sobreescrituras forzadas y autonomía perdida

La tenue luz del laboratorio subterráneo de Europa del Este parpadeaba irregularmente, proyectando sombras fantasmales que se movían por la habitación silenciosa y opresiva. El olor a circuitos quemados se mezclaba inquietantemente con el penetrante aroma antiséptico, creando una atmósfera estéril de horror clínico. Alrededor de la sala, sujetos semiconscientes permanecían atados a camillas metálicas, sus cuerpos flácidos, ojos en blanco y temblando bajo párpados pálidos y sudorosos.

En la consola central, el líder permanecía inmóvil, los ojos fijos en una transmisión en directo que mostraba el deteriorado paisaje mental de un decodificador secuestrado, integrado a la fuerza en el programa piloto de NeuraTech. En pantalla, pulsos de datos pasaban veloces, ocasionalmente interrumpidos por imágenes conmovedoras extraídas de la memoria del cautivo: la risa despreocupada de un niño en un parque soleado, el suave tacto de una mano anciana, la sonrisa radiante de una mujer cuyos ojos prometían seguridad y amor.

Sin embargo, estos tiernos recuerdos solo aparecían fugazmente, reemplazados al instante por despiadadas secuencias de nuevas instrucciones. Comandos que surgían con fría eficacia:

OBEDECER SIN PREGUNTAR, ELIMINAR OBJETIVO A LA VISTA, REPORTAR AL CONTROLADOR.

Cada línea de código perforaba implacablemente más profundo, incrustándose en el tejido neuronal, borrando sistemáticamente la identidad del cautivo.

—Podemos obligarles a hacer cualquier cosa —había presumido la exoficial militar con confianza en la reunión encubierta de Hong Kong. Sus palabras, llenas de convicción inquebrantable, resonaban ahora en la mente del líder, subrayando el brutal potencial de su invención—. Podemos reescribirlos para matar u obedecer, según decidamos.

Una fría satisfacción curvó ligeramente los labios del líder. La crueldad, la ausencia de cualquier restricción moral: esa era su verdadera innovación. A diferencia del CDA de Nicolás Tosh y Zermatt, cuidadosamente regulado, NeuraTech operaba sin ilusiones, impulsado únicamente por una ambición cruda y descontrolada. Desordenado, imprudente, incluso rozando la locura, pero poderoso precisamente por su desprecio hacia los límites.

Detrás del líder, un gemido repentino rompió la tensión, áspero y agónico, desviando momentáneamente la atención de la pantalla. Girando ligeramente, el líder observó a un sujeto convulsionando violentamente contra fuertes restricciones. Sus extremidades se retorcían en ángulos antinaturales, dientes apretados, ojos mirando ciegamente hacia el techo mientras lágrimas corrían por su rostro. Era un sombrío recordatorio del coste humano arraigado en su búsqueda de dominio.

—Signos vitales aumentando rápidamente: frecuencia cardíaca y estrés cortical en niveles críticos —informó un técnico con nerviosismo, la voz temblando bajo la máscara.

—Mantened la presión —ordenó fríamente el líder—. NeuraTech prospera precisamente en este límite. Es el quiebre lo que permite la reconstrucción.

En la transmisión en directo, la resistencia mental del decodificador parpadeó, debilitándose bajo el implacable asalto. Su desesperada y debilitada voz interna apareció brevemente en líneas fragmentadas de texto —Ayuda... por favor... familia... hogar...—, solo para desaparecer bajo una nueva cascada de comandos impuestos.

—Sin salvaguardas —murmuró el líder en voz baja, casi para sí mismo—. Sin reguladores vigilándonos. Solo acceso puro y sin restricciones.

En ese instante siniestro, se cristalizó la verdadera magnitud de la amenaza ética de NeuraTech: control absoluto, impuesto a la fuerza, despojando a los individuos no solo de su autonomía, sino también de sus propias identidades. Cada vida era potencialmente desechable, cada recuerdo sujeto a una violenta sobreescritura. Esta tecnología no era solo peligrosa; representaba la negación absoluta de la humanidad.

Finalmente, el decodificador en pantalla sucumbió completamente, su firma mental aplanándose en aceptación pasiva. Un único comando parpadeó suavemente en el monitor:

INTEGRACIÓN COMPLETA.

El líder exhaló lentamente, saboreando el poder crudo exhibido ante él.

—Iniciad la siguiente fase —ordenó con voz firme y fría—. Mostradme lo que puede hacer.

En el laboratorio subterráneo tenuemente iluminado, los quejidos de dolor de los sujetos de prueba resonaban suavemente, un inquietante trasfondo a la frenética actividad en la consola principal. De repente, un pitido triunfante atravesó la tensión opresiva, haciendo que todos los técnicos en la sala se congelaran simultáneamente, ojos abiertos y respiración contenida.

El líder avanzó rápidamente, inclinándose sobre el hombro del técnico. La pantalla frente a ellos cobró vida con flujos de datos desplazándose rápidamente: cadenas de texto intercaladas con secuencias numéricas crípticas. El código de infiltración había tenido éxito, acoplándose a un nodo interno profundamente oculto dentro de las extensas redes globales de datos de Lingtao.

—Tenemos una ruta parcial —anunció el técnico con voz ronca, apenas un susurro, aunque cargado de emoción. Su dedo enguantado tocó con urgencia la sección destacada en el monitor—. Están reconfigurando algunos satélites, reforzando la seguridad, pero aún tenemos puntos de acceso. Las cachés antiguas de sus servidores en Hong Kong todavía no han sido purgadas. Es nuestra puerta trasera directa al campo de señales de Zermatt.

Un profundo silencio descendió sobre el grupo, interrumpido solo por el constante zumbido de los ventiladores de refrigeración y el suave pitido de las máquinas de diagnóstico. El líder se irguió, ojos entrecerrados, recorriendo la sala para asegurarse de que cada miembro del equipo comprendía la gravedad de aquel momento. Era más que simple espionaje tecnológico: marcaba el cruce de un umbral, un paso irreversible hacia un dominio absoluto.

Los siguientes movimientos estaban claramente definidos: tomar control de esas señales, aprovechar directamente la extensa cobertura satelital de Zermatt y distribuir encubiertamente la poderosa subrutina de Sobreescritura de NeuraTech. Una vez desplegada, se integraría en cada dispositivo conectado: teléfonos, ordenadores, vehículos e incluso en aparentemente inofensivos "identificadores" dispersos globalmente. Cualquier dispositivo podría convertirse en una herramienta, una puerta oculta para infiltrarse y remodelar forzosamente las mentes a su antojo.

La mano del líder permaneció suspendida momentáneamente sobre el teclado; un breve destello de anticipación cruzó su rostro antes de endurecerse en una determinación absoluta. Una sola línea de texto parpadeaba insistentemente en la parte inferior de la consola:

¿LISTO PARA DESPLEGAR? [S/N]

Respirando profundamente para calmarse, el líder presionó con firmeza la tecla: S.

Al instante, las pantallas estallaron en una cascada de actividad: líneas de código aceleradas, transmisiones satelitales bloqueadas, mapas globales mostrando los nodos de datos comprometidos de Zermatt. Los técnicos exhalaron bruscamente, algunos visiblemente temblando por la adrenalina mientras sus largas horas y despiadada experimentación culminaban finalmente en este logro estremecedor.

Un técnico miró con vacilación hacia el líder, apenas reprimiendo la ansiedad en su voz:

—Una vez que esto se integre, ya no habrá vuelta atrás. Sabrán que alguien ha entrado.

—Que lo sepan —respondió fríamente el líder, sus ojos brillando con férrea determinación—. Cuando reaccionen, nuestro control ya será inquebrantable.

A través de las pantallas, una red de líneas se expandía sin tregua, simbolizando el invasivo alcance de NeuraTech extendiéndose rápidamente por los continentes. Las defensas minuciosamente construidas por Lingtao y Zermatt comenzaron a desmoronarse, silenciosamente vulneradas por ocultas grietas digitales que habían pasado inadvertidas.

En un instante, la habitación pasó de una anticipación tensa a la fría certeza de un impulso imparable. El mundo permanecía ajeno, al borde de una nueva era: una era dominada por una entidad sin restricciones éticas, sin respeto por la autonomía y sin vacilar en reescribir la propia realidad.

El líder permitió una leve sonrisa, apenas perceptible pero cargada de escalofriante satisfacción.

—Ahora —susurró en el electrificado silencio—, moldeamos el futuro.

Hilos paralelos: Resoluciones y nuevas cruzadas

Mientras tanto, en el panorama más amplio de crisis e intrigas, nuevas tensiones iban en aumento:

Trata humana y explotación infantil (Intervención con precisión quirúrgica)

En una operación discreta cerca de un concurrido puerto marítimo, Marisol Álvarez observaba atentamente desde una furgoneta de mando tenuemente iluminada, con pantallas que mostraban imágenes infrarrojas de drones sobre los muelles. Cada detalle de la incursión planeada había sido ensayado meticulosamente, pero la adrenalina recorría agudamente sus venas, intensificando cada sentido con precisión quirúrgica.

—Equipo Alfa, tienen luz verde para entrar —confirmó Marisol con calma en su auricular, con los ojos clavados en la imagen granulada de un almacén escondido entre contenedores oxidados. El almacén, anodino y sombrío, ocultaba horrores inimaginables, siendo un nodo crítico en la extensa red de tráfico de Marlin.

Como si estuvieran coreografiados por instinto y entrenamiento implacable, los equipos tácticos se movieron rápidamente, sincronizados a la perfección. Avanzaron silenciosamente, cortando la oscuridad como fantasmas, sin que los guardias apostados notaran su presencia.

Dentro, estalló el caos cuando las puertas fueron astilladas bajo cargas de precisión. Linternas penetraron la oscuridad, iluminando ojos asustados y esperanzados que observaban desde jaulas improvisadas y compartimentos ocultos: decenas de niños, con la inocencia golpeada, pero espíritus ferozmente resilientes.

Marisol contuvo la respiración, agarrándose con fuerza al borde de la consola mientras cada niño era asegurado rápidamente, extraído con sumo cuidado por los operativos, que hablaban con suavidad y palabras tranquilizadoras.

—Ya estáis a salvo —murmuraban gentilmente los rescatadores, con voces cargadas de compasión en medio de la brutalidad del entorno.

Pero incluso mientras una chispa de triunfo brillaba brevemente en su corazón, Marisol entrecerró los ojos frente a otra pantalla: imágenes de vigilancia del perímetro del almacén. Una figura sombría, identificable al instante por su manera calculada de caminar, desaparecía hábilmente en el laberinto de contenedores apilados. Era el propio Marlin, tan escurridizo como siempre, desvaneciéndose rápidamente entre las sombras en cuanto comenzó el caos.

Nicolás Tosh permanecía en silencio detrás de ella, observando la misma transmisión, con una expresión endurecida por una determinación sombría. Comprendía perfectamente la fragilidad de aquella victoria, la cruel ironía de que incluso en medio de la salvación, la oscuridad conservaba su evasivo poder.

—Hoy hemos ganado esta batalla, pero la guerra continúa —murmuró Tosh en voz baja, con un tono pesado por la carga de una responsabilidad implacable. Cada palabra estaba medida, cargada con todo el peso de un compromiso vitalicio. Dirigió su mirada hacia Marisol, con la determinación ardiendo fieramente en sus ojos—. Esta red no caerá con una sola incursión. Nuestra vigilancia nunca debe cesar hasta que cada niño esté a salvo.

Marisol asintió solemnemente, reflejando su determinación. Sabía perfectamente que cada niño rescatado representaba esperanza y sanación, un testimonio de la importancia crítica de su lucha. Sin embargo, la sombra de la huida de Marlin pesaba enormemente, reforzando la dura verdad que ambos comprendían claramente: hasta que depredadores como él fueran detenidos permanentemente, su cruzada no tendría fin.

Mientras los equipos se retiraban silenciosamente hacia el anonimato protector de la noche, Marisol reafirmó su dedicación inquebrantable. La guerra contra la trata humana exigía una resolución infatigable y un valor firme. Cada vida salvada reforzaba de nuevo su compromiso, empujándolos hacia adelante en las batallas que estaban por venir.

Corrupción a nivel estatal

En el corazón del centro de control de Zermatt, Nicolás Tosh observaba las transmisiones internacionales que fluían por las pantallas centrales, revelando el profundo impacto de las filtraciones cuidadosamente orquestadas. Las imágenes mostraban multitudes manifestándose apasionadamente en la nación europea comprometida, exigiendo justicia y transparencia. Altos funcionarios, con rostros marcados por la sorpresa y la ira, renunciaban públicamente ante las crecientes evidencias de sus actos corruptos.

Rainer Sábato, cerca de Tosh, monitorizaba los informes entrantes con intensa concentración. Su meticulosa coordinación había provocado exactamente el tipo de indignación global y agitación local que buscaban. Sin embargo, mientras el clamor público aumentaba y las demandas de reforma resonaban a nivel mundial, información inquietante llegaba discretamente a los canales seguros de comunicación de Zermatt.

—Múltiples objetivos han desaparecido —informó sombríamente Marisol Álvarez, entrecerrando los ojos mientras la nueva inteligencia desfilaba rápidamente en su monitor—. Se movieron rápido: cuentas bancarias vaciadas, aviones privados contratados en el último minuto. Nuestros principales implicados escaparon con fondos ilícitos, asegurando refugios antes de que las autoridades pudieran interceptarlos.

Tosh suspiró profundamente, con una lucha interna brevemente visible en las líneas de su rostro. Había esperado una victoria total, pero la realidad permanecía obstinadamente compleja e incompleta. Lentamente se dirigió hacia su dedicado equipo, capturando su atención con autoridad silenciosa.

—Hemos expuesto la herida, pero la infección es profunda —habló solemnemente, cada palabra resonando con silenciosa y poderosa intensidad—. Nuestra cruzada contra la corrupción no puede descansar hasta que la responsabilidad sea la norma y no la excepción.

Sus palabras permanecieron suspendidas en el silencio cargado, resonando profundamente en cada miembro del equipo. La Dra. Miriam Faber actuó con decisión, iniciando nuevos análisis para rastrear las huellas digitales y los senderos financieros de los funcionarios en fuga.

—Seguiremos cada pista —afirmó, con voz firme y resuelta—. Ningún refugio debe permanecer lo suficientemente seguro como para proteger indefinidamente a estos delincuentes.

Rainer, reconociendo la determinación solemne de Tosh, coordinó de inmediato con activos de inteligencia global, buscando infiltrarse y desmantelar los refugios seguros que protegían a los funcionarios corruptos.

Marisol miró pensativamente a Tosh, su determinación visiblemente endurecida.

—El público está con nosotros ahora —recordó con voz suave pero contundente—. La lucha se ha expandido más allá de Zermatt: este impulso podría ser un catalizador para cambios permanentes.

Tosh asintió pensativo, inspirado por la dedicación inquebrantable de su equipo.

—Entonces debemos aprovechar plenamente ese impulso. La corrupción prospera en las sombras; nuestra vigilancia implacable debe exponerla continuamente. La justicia retrasada no puede convertirse en justicia denegada.

Con renovado enfoque, el equipo de Zermatt actuó con rapidez, acciones subrayadas por el reconocimiento solemne de que su lucha apenas comenzaba. La batalla contra la corrupción estatal era ardua, compleja y prolongada, pero su resolución era inflexible. Cada victoria incremental representaba un avance hacia un mundo donde la integridad prevalecía y la responsabilidad reinaba suprema.

Tecnología defectuosa y seguridad pública

A lo largo de Europa, miles de fallos automovilísticos potencialmente catastróficos se habían evitado por poco, gracias a las oportunas advertencias de Zermatt y a las acciones regulatorias coordinadas. En el centro de operaciones, tenuemente iluminado, Marisol Álvarez dejó escapar una breve y rara exhalación de auténtico alivio, mientras los flujos de datos confirmaban la retirada exitosa y las nuevas medidas de seguridad rigurosamente implementadas en todo el continente.

—Todos los vehículos comprometidos han sido asegurados —anunció Marisol, con un tono de optimismo prudente—. La supervisión regulatoria se ha reforzado considerablemente, al menos por el momento.

Sin embargo, la reacción de la Dra. Miriam Faber atenuó rápidamente el alivio momentáneo. Su expresión, severa e implacable, captó inmediatamente la atención. Avanzó decididamente, presentando nuevos análisis proyectados con claridad en la pantalla principal. Los datos, vívidos y alarmantes, señalaban patrones preocupantes en corporaciones alrededor del mundo; cada gráfico ilustraba negligencias calculadas, firmemente arraigadas en la obtención de beneficios económicos.

—La complacencia es peligrosa —advirtió gravemente la Dra. Faber, con una voz mesurada pero firme—. Nuestras intervenciones no deben llevarnos a una falsa sensación de seguridad. Nuevos datos indican claramente que muchas otras empresas también están recortando costes irresponsablemente, poniendo en riesgo la seguridad pública para maximizar sus ganancias.

Nicolás Tosh absorbió esta cruda revelación en silencio, con la mandíbula tensa en un reconocimiento sombrío. Comprendía profundamente la preocupación de la Dra. Faber. Sus victorias, aunque significativas, representaban batallas ganadas, no la guerra más amplia contra la codicia desenfrenada.

Tosh avanzó con decisión, dirigiéndose a su equipo con una intensidad sucinta.

—Cada retirada es simplemente un síntoma —declaró, con una voz que resonaba con una convicción inquebrantable—. La enfermedad subyacente —el lucro por encima de la vida humana— permanece profundamente arraigada. Nuestra vigilancia e intervenciones deben intensificarse, nunca disminuir.

Sus palabras cayeron con peso, avivando una nueva determinación en analistas y operativos. Marisol asintió solemnemente, iniciando de inmediato investigaciones adicionales para prevenir la siguiente crisis potencial. La Dra. Faber coordinó meticulosamente algoritmos predictivos, buscando exponer riesgos ocultos tras las fachadas corporativas cuidadosamente elaboradas.

Rainer Sábato revisó rápidamente la información actualizada, afirmando con fuerza:

—Duplicaremos nuestra vigilancia. Ninguna vida debería ser víctima de la negligencia corporativa.

Mientras el equipo volvía con urgencia a sus tareas, Tosh reflexionó sobre la naturaleza implacable de su misión. La seguridad pública, sabía bien, exigía una vigilancia constante. Cada crisis evitada era significativa, pero transitoria; el desafío sistémico requería un compromiso persistente e inquebrantable.

La tranquila determinación que llenaba el centro de mando confirmaba claramente su entendimiento compartido: su cruzada contra la irresponsabilidad corporativa y la negligencia tecnológica continuaría sin descanso, impulsada por la certeza de que la vida humana debía prevalecer siempre sobre el beneficio.

Sabotaje corporativo e intrusiones de competidores

En el sofisticado centro de mando de ciberseguridad de Lingtao, el suave zumbido de potentes servidores cuánticos resaltaba una atmósfera controlada pero tensa. Los analistas monitorizaban pantallas resplandecientes con flujos en tiempo real de inteligencia sobre amenazas cibernéticas, sus rostros concentrados con una determinación enfocada. Una reciente oleada de ataques acababa de ser neutralizada de forma decisiva, reforzando eficazmente el perímetro cibernético para proteger las cruciales iniciativas filantrópicas de Lingtao.

Sin embargo, Nicolás Tosh permanecía silenciosamente cerca de la pantalla principal de datos, con una preocupación más profunda que fruncía su ceño. La amenaza inmediata había sido neutralizada, pero continuaban llegando informes inquietantes que indicaban desarrollos preocupantes. Los informes revelaban indicios alarmantes de espionaje sistemático, que se extendían mucho más allá de Lingtao. Otras organizaciones globales comprometidas con misiones humanitarias afrontaban amenazas similares: intrusiones cuidadosamente disfrazadas, diseñadas para comprometer su integridad y operaciones desde dentro.

Rainer Sábato se acercó a Tosh, con una voz grave y llena de urgencia:

—Nuestros enemigos no se han desanimado; se están adaptando —advirtió seriamente, fijando la mirada en Tosh con una intensidad decidida—. Ahora el sabotaje corporativo lleva máscaras humanitarias. Nuestros esfuerzos deben evolucionar constantemente, adelantándonos a sus engaños.

Tosh asintió, comprendiendo plenamente las implicaciones. Sabía que esta nueva táctica representaba un peligro único, explotando la confianza y la buena voluntad, convirtiendo el altruismo en vulnerabilidad. Observó la sala, reconociendo la dedicación del equipo reunido, cada individuo defendiendo incansablemente sus sistemas frente a un enemigo en las sombras.

—Ampliad inmediatamente nuestra inteligencia compartida con aliados humanitarios fiables —instruyó decididamente, con voz firme e inflexible—. Estableced un grupo de trabajo conjunto cifrado; la vigilancia global es esencial. Cualquier infiltración en estas operaciones humanitarias críticas debe ser identificada y neutralizada antes de que pueda producirse un daño irreversible.

La Dra. Miriam Faber inició rápidamente protocolos analíticos, ejecutando algoritmos avanzados de reconocimiento de patrones para desenmascarar las señales sutiles de sabotaje disfrazado como cooperación benéfica. Su expresión concentrada se reflejaba en toda la sala, emergiendo una comprensión colectiva: sus adversarios habían elegido el engaño como su nuevo campo de batalla.

Marisol Álvarez, encargada de comunicaciones directas, transmitió inmediatamente alertas seguras a organizaciones aliadas en todo el mundo. Su voz transmitía calma, pero con una autoridad firme, advirtiendo a cada destinatario que incrementase su conciencia en materia de ciberseguridad y fortaleciese los controles internos.

—Aseguraos de que cada aliado entiende la gravedad de esta situación —aconsejó con firmeza, cruzando su mirada con la de Tosh con una convicción decidida—. La unidad y la vigilancia son nuestras defensas más fuertes.

La respuesta de Tosh fue inmediata y resuelta:

—De acuerdo. Nuestros adversarios subestiman nuestro compromiso. Su engaño fortalece nuestra determinación. Juntos debemos asegurarnos de que las misiones humanitarias permanezcan seguras, sin compromisos y auténticas. Nuestra vigilancia constante es nuestro mayor activo, uno que nunca rendiremos.

Mientras el centro de mando entraba en acción, reforzando alianzas y defensas, Tosh sintió una determinación renovada. Frente al engaño calculado, su misión de proteger la integridad y la humanidad nunca había sido más vital. Sabía que debían permanecer siempre por delante, enfrentando directamente el sabotaje con vigilancia inquebrantable y determinación absoluta.

Seguridad aérea

En el corazón operativo de Zermatt, una energía silenciosa pero vibrante llenaba la sala. Los analistas se movían rápidamente a través de una compleja red de flujos de datos en tiempo real, confirmando la rápida puesta en tierra de aeronaves potencialmente letales en todo el mundo. La veloz distribución de dosieres detallados, meticulosamente recopilados por los equipos investigadores de Zermatt, había evitado indudablemente desastres aéreos inmediatos.

Sin embargo, Nicolás Tosh permanecía al margen del sutil zumbido del triunfo, con pensamientos sombríamente introspectivos. Sus ojos recorrían la pared de monitores que mostraban flotas en tierra, advertencias regulatorias e inspecciones urgentes ahora exigidas globalmente. Cada intervención exitosa era un severo recordatorio de un peligro más profundo e insidioso que aún acechaba dentro de las culturas corporativas: la priorización del beneficio sobre la seguridad humana.

—Hemos evitado tragedias hoy —informó Marisol Álvarez con cautela, reconociendo la actitud contenida de Tosh—. El esfuerzo coordinado fue impecable. Los reguladores actuaron inmediatamente.

—De acuerdo —respondió Tosh suavemente, cruzando brevemente su mirada con la de Marisol antes de dirigirse hacia el equipo reunido.

—Pero seguimos inquietos —intervino la Dra. Miriam Faber, con una expresión solemne mientras destacaba nuevos patrones preocupantes surgidos de análisis predictivos—. La cultura subyacente que impulsa tal negligencia está arraigada. Los incentivos financieros eclipsan consistentemente las consideraciones de seguridad. Nuestra intervención fue oportuna, pero solo una medida temporal.

—Hasta que las culturas corporativas cambien fundamentalmente, la vigilancia por sí sola es insuficiente —declaró Tosh firmemente, dirigiéndose a su equipo con una seriedad inquebrantable—. Nuestra labor de proteger la seguridad pública continúa, implacable e inagotable.

Rainer Sábato asintió profundamente, organizando rápidamente protocolos reforzados de monitorización:

—Implementaremos una vigilancia y análisis más amplios, apuntando a decisiones corporativas y flujos financieros. Esto permitirá intervenciones preventivas para salvaguardar vidas de manera proactiva.

La Dra. Faber actuó con rapidez, iniciando análisis computacionales cuánticos adicionales para detectar indicadores sutiles de negligencia sistémica en las corporaciones aeronáuticas. Reforzó su enfoque, asegurando que cada posible riesgo fuera identificado mucho antes de que pudiera amenazar la seguridad pública.

Marisol Álvarez puso en marcha medidas adicionales de comunicación, garantizando que los organismos reguladores globales mantuviesen una conciencia constante sobre las amenazas vigentes. Su voz se mantuvo tranquila pero decidida mientras instruía a los equipos para mantener una transparencia absoluta en sus informes.

Al observar cómo su equipo se movilizaba con renovada determinación, Nicolás Tosh se permitió un breve instante de optimismo cauteloso. Cada vida protegida a través de sus acciones era profundamente significativa, pero sabía muy bien que la batalla más amplia estaba lejos de terminar.

—No descansaremos hasta que la responsabilidad y la seguridad se conviertan en estándares universales —les recordó con gravedad, reafirmando la dedicación inquebrantable de Zermatt.

Juntos, unidos en su propósito, su vigilancia incansable continuaría, firmes en la confrontación de cada peligro oculto que acechaba tras la codicia corporativa.

Nuevas cruzadas comienzan
Abuso infantil y material de explotación

Dentro del centro de inteligencia de alta seguridad de Zermatt, Nicolás Tosh revisaba nuevos informes de inteligencia procedentes de agencias policiales internacionales. Cada línea de texto, cada imagen digital referenciada, revelaba una realidad cruda y angustiosa: a pesar de los intensificados esfuerzos policiales internacionales y las implacables acciones de aplicación de la ley, el perturbador material de explotación infantil continuaba proliferando en los rincones más oscuros de internet.

La expresión de Tosh se ensombreció, visiblemente conmovido y profundamente perturbado por los detalles gráficos. Su habitual serenidad traicionaba una intensa lucha emocional, una reacción que raramente permitía mostrar abiertamente. La cruda realidad —niños victimizados, inocencias destrozadas— resonaba profundamente en él, reforzando su determinación.

Marisol Álvarez observaba su reacción en silencio, captando la profundidad de su indignación contenida.

—Estas redes criminales son más sofisticadas que nunca —reconoció sombríamente—. Sus métodos evolucionan rápidamente para evadir la detección.

La Dra. Miriam Faber comenzó inmediatamente a ajustar algoritmos analíticos, elevando la sofisticación de la vigilancia digital de Zermatt para rastrear hasta los indicios más sutiles que condujeran a estas redes ocultas. Su voz permanecía firme, pero cargada de compasión.

—Afinaremos nuestra analítica predictiva para detectar los comportamientos digitales precisos que caracterizan estas operaciones. No podrán permanecer ocultos indefinidamente.

La respuesta de Tosh fue inmediata y definitiva, portadora de una férrea determinación.

—Estas redes prosperan en el anonimato —prometió con firmeza, su voz resonando por la sala, galvanizando la atención de todo el equipo—. Iluminaremos sin descanso hasta que la oscuridad ya no tenga lugar donde esconderse.

Rainer Sábato movilizó rápidamente su red global de operativos, incrementando la colaboración con unidades internacionales contra el cibercrimen para desmantelar sistemáticamente estas plataformas ilícitas. Sus instrucciones eran claras y decisivas.

—Ampliad nuestras alianzas y compartid más información. Los depredadores deben entender que no existe ningún refugio lo suficientemente seguro para sus actividades.

Marisol coordinó con rapidez grupos internacionales de activismo y cuerpos policiales, preparando expedientes detallados para su rápida difusión a organismos internacionales relevantes.

—Transparencia y acción rápida —subrayó resueltamente—. Cada niño rescatado, cada depredador capturado, debilita su control y envía un mensaje de tolerancia cero.

La mirada de Tosh se endureció, su compromiso con la lucha contra el abuso infantil fortaleciéndose aún más con cada segundo que pasaba. Se volvió decididamente hacia su equipo, su voz llena de un profundo sentido de misión.

—Nuestra vigilancia debe ser absoluta. Cada paso adelante es un paso más cerca de la justicia y la seguridad para cada niño amenazado por estos horrores. Nuestros esfuerzos no cesarán, no titubearán, hasta haber erradicado este mal por completo.

Unidos por un propósito común, el equipo de Zermatt intensificó sus esfuerzos, decididos a que ningún rincón oscuro de internet permaneciera fuera de su alcance. Impulsados por una compasión inquebrantable y un compromiso absoluto, su lucha contra el abuso infantil y la explotación de menores continuaría sin tregua hasta eliminar cada sombra.

Abuso doméstico y de pareja

Dentro del centro analítico de Zermatt, un silencio inquietante predominaba mientras la Dra. Miriam Faber compartía sus recientes hallazgos. En la pantalla tras ella, estadísticas alarmantes iluminaban una sombría realidad: un notable aumento en casos de violencia doméstica alrededor del mundo, exacerbado significativamente por la continua inestabilidad socioeconómica y las respuestas insuficientes de las autoridades locales desbordadas.

La voz de la Dra. Faber, firme pero impregnada de profunda urgencia, resonaba claramente en la sala mientras describía los datos.

—Estas víctimas están atrapadas, aisladas por las circunstancias y desatendidas por sistemas de respuesta colapsados. Las intervenciones tradicionales llegan demasiado tarde, a menudo después de que ya ha ocurrido un daño irreparable.

El profundo silencio que siguió a sus palabras reflejaba la preocupación compartida y la profunda compasión entre los analistas y operativos reunidos. La expresión de Nicolás Tosh se tensó visiblemente al absorber el coste humano detrás de cada estadística. Entendía profundamente que detrás de cada número había una persona, una familia, vidas irreversiblemente afectadas por la violencia.

Al ver el efecto en su equipo, la Dra. Faber avanzó con pasión, decidida a transformar el desaliento en soluciones proactivas.

—Tenemos una oportunidad sin precedentes —explicó con fervor, haciendo referencia a los avanzados algoritmos predictivos del CDA de Zermatt—. Nuestra tecnología puede identificar tempranamente indicadores conductuales y patrones de escalada antes de que estalle la violencia. Tenemos la capacidad de intervenir decisivamente, ofreciendo protección y apoyo precisamente cuando más se necesitan.

Hizo una breve pausa, su voz temblando ligeramente por la intensidad emocional mientras continuaba:

—Debemos dar voz y seguridad a las víctimas silenciosas: una promesa, no solo una aspiración.

Tosh avanzó inmediatamente, respaldando plenamente la propuesta de la Dra. Faber. Su mirada recorrió decididamente la sala, galvanizando el compromiso del equipo.

—Debemos actuar rápido. Comenzad inmediatamente la colaboración con organizaciones de primera línea contra el abuso doméstico. Estableced canales seguros para que la inteligencia predictiva fluya directamente hacia quienes puedan intervenir.

Marisol Álvarez inició rápidas comunicaciones con redes globales de apoyo y agencias locales de intervención. Su voz tranquila y decidida reforzaba la importancia crítica de respuestas coordinadas y oportunas.

—Nos aseguraremos de que esta inteligencia se traduzca directamente en protecciones tangibles: casas seguras, intervención proactiva, respuesta en tiempo real.

Rainer Sábato, comprometido y resolutivo, comenzó a supervisar los protocolos operativos para garantizar que las alertas predictivas desencadenaran respuestas inmediatas y seguras, cerrando eficazmente la brecha entre la previsión tecnológica y la intervención humana.

—Esto no se trata solo de anticipar la violencia —enfatizó claramente Rainer—. Se trata de remodelar activamente los resultados, protegiendo proactivamente vidas vulnerables.

La Dra. Faber observaba cómo sus colegas entraban en acción, su urgencia inicial transformándose en una resuelta determinación. Sabía que este momento marcaba un giro decisivo: el compromiso de Zermatt para combatir el abuso doméstico y de pareja ahora se extendía más allá de la vigilancia pasiva hacia una intervención proactiva capaz de salvar vidas.

En la atmósfera cargada de propósito y compasión, Nicolás Tosh resumió sucintamente su resolución compartida:

—Tenemos un imperativo moral de proteger a quienes no pueden protegerse a sí mismos. Nuestra promesa de seguridad debe convertirse en realidad: sin concesiones y duradera.

Fugitivos por delitos graves

En la sala de operaciones segura de Zermatt, Rainer Sábato se encontraba frente a un conjunto de fuentes de inteligencia global, su aguda mirada rastreando meticulosamente las rutas de fugitivos que habían evadido la justicia durante largo tiempo. Las pantallas mostraban rostros e historiales de individuos buscados internacionalmente por delitos violentos, cada uno un crudo recordatorio de la justicia denegada y la amenaza que representaban para las comunidades en todo el mundo.

Con tranquila intensidad, Rainer puso en marcha nuevos protocolos de rastreo aprovechando la avanzada tecnología de vigilancia de Zermatt, mejorada con sofisticados análisis predictivos. Estas herramientas prometían mejorar significativamente las probabilidades de localizar y capturar a criminales cuya prolongada libertad representaba graves riesgos.

Sus acciones atrajeron la atención de Nicolás Tosh, quien se acercó con preocupación reflexiva, estudiando los dinámicos mapas digitales que destacaban las probables ubicaciones de los fugitivos.

—¿Crees que estas nuevas medidas finalmente cambiarán las cosas? —preguntó Tosh con cautela, consciente del delicado equilibrio entre la esperanza y el realismo.

Rainer asintió con confianza, sin apartar los ojos de las pantallas en constante actualización.

—Marcarán la diferencia —afirmó con decisión—. Estamos usando análisis de conducta, reconocimiento profundo de patrones en redes y predicción de movimientos basada en comportamientos anteriores. Esto no es mera vigilancia: es anticipación activa.

Marisol Álvarez se acercó, intrigada y cautelosamente optimista.

—¿Con qué rapidez podemos esperar resultados? —preguntó, considerando las implicaciones para la seguridad global.

—Ya estamos identificando patrones —explicó Rainer con determinación mesurada—. Estos criminales confían en el anonimato y en la inestabilidad de la coordinación policial. Estamos eliminando sistemáticamente esas ventajas, pieza por pieza.

Haciendo una breve pausa, Rainer se dirigió al equipo reunido, su expresión sincera, comunicando una profunda convicción.

—La justicia retrasada erosiona la fe en la propia ley —enfatizó con pasión, reforzando la urgencia moral subyacente a sus operaciones—. Le debemos a la sociedad la certeza de que la fuga nunca es permanente.

Tosh respaldó inmediatamente este sentimiento, dirigiéndose a la sala con una autoridad tranquila y convincente.

—Cada criminal llevado ante la justicia restaura la confianza y refuerza la seguridad. Nuestro deber va más allá de la simple captura: se trata de restaurar la fe social en la justicia misma.

La Dra. Miriam Faber ajustó rápidamente los recursos de computación cuántica, mejorando la precisión predictiva e incrementando su capacidad para procesar enormes cantidades de datos de vigilancia.

—He dirigido potencia de procesamiento cuántico adicional para asegurar una adaptabilidad en tiempo real —les informó con voz firme y resuelta.

Marisol movilizó inmediatamente las comunicaciones internacionales, colaborando estrechamente con la Interpol y agencias nacionales de aplicación de la ley para garantizar respuestas inmediatas cuando se identificaran objetivos.

Rainer observó la actividad a su alrededor, sintiendo una profunda responsabilidad, pero inspirado por la dedicación colectiva. Cada miembro del equipo compartía un compromiso inquebrantable con la justicia, reafirmando su determinación.

—Juntos —concluyó con solemne resolución— enviaremos un mensaje claro a los fugitivos de todo el mundo: la justicia es inevitable. Cada víctima, cada comunidad afectada, merece nada menos que nuestra búsqueda implacable hasta que la balanza vuelva a equilibrarse.

Sujetos desconocidos en delitos violentos

Dentro de un centro de análisis forense digital de alta seguridad, los analistas contemplaban primero con incredulidad y luego con admiración los monitores que se actualizaban rápidamente. Las bases de datos, previamente llenas de miles de muestras de ADN no identificadas —casos fríos que permanecían en un silencio sin resolver—, comenzaron a iluminarse con precisión y claridad sorprendentes.

De repente, miles y miles de muestras de ADN de sujetos desconocidos coincidieron con nombres y direcciones en los archivos informáticos de la policía estatal y del FBI. Los analistas verificaron rápidamente los resultados, su conmoción inicial convirtiéndose rápidamente en determinación enfocada y enérgica. Las implicaciones eran abrumadoras, ya que casos de asesinato, violación, terrorismo y agresiones violentas, algunos con décadas de antigüedad, adquirieron súbitamente una claridad absoluta.

La noticia llegó rápidamente a Zermatt, impulsando a Nicolás Tosh a convocar una reunión inmediata con su equipo principal. Marisol Álvarez presentó los resultados con claridad, destacando los avances clave.

—Estamos ante un cambio sísmico —afirmó enfáticamente, con los ojos llenos de la gravedad de este momento trascendental—. Familias que han esperado años, a veces décadas, por respuestas, finalmente tienen una oportunidad real de justicia.

La Dra. Miriam Faber, examinando minuciosamente los detalles técnicos, asintió con aprobación.

—Los algoritmos cuánticos de emparejamiento incrementaron exponencialmente la precisión —explicó al atento equipo—. Casos fríos, antes considerados irresolubles por falta de pistas procesables, ahora se están reabriendo y resolviendo en tiempo real.

Tosh asimiló profundamente esta información, plenamente consciente de la magnitud del acontecimiento que se desarrollaba ante ellos. Se dirigió a su equipo con autoridad solemne, destacando su responsabilidad compartida.

—Cada coincidencia no es solo información —les recordó con firmeza—. Representa un cierre para las víctimas y la rendición de cuentas de los perpetradores que creían que sus crímenes habían sido olvidados.

Rainer Sábato coordinó rápidamente con las fuerzas del orden internacionales, garantizando un seguimiento operativo ágil para detener a los sospechosos recientemente identificados.

—Los equipos de respuesta rápida ya se están movilizando —informó decisivamente—. Mantendremos un seguimiento continuo hasta que cada sujeto esté bajo custodia.

Marisol, entendiendo el profundo impacto emocional de estas revelaciones, puso en marcha rápidamente programas de apoyo compasivo diseñados para informar a las familias afectadas de manera sensible y respetuosa.

—Apoyaremos a estas familias con dignidad y empatía mientras afrontan estas nuevas realidades —enfatizó con claridad.

Tosh resumió sucintamente su misión, reforzando su dedicación y el imperativo ético que guiaba su trabajo.

—La justicia, sin importar cuánto tiempo se retrase, siempre debe perseguirse implacablemente. Nuestro deber va más allá de la identificación técnica: se trata de restaurar la fe, ofrecer consuelo y reafirmar el compromiso de la sociedad con la responsabilidad y la justicia.

Con decidida resolución, el equipo de Zermatt continuó su trabajo crítico, impulsado por una energía renovada y una profunda responsabilidad. Este avance sin precedentes marcaba el comienzo de una nueva era en la justicia penal: una definida no por el anonimato y la huida, sino por la certeza, el cierre y la búsqueda incansable de la verdad.

Manipulación de los mercados financieros

Dentro del avanzado centro de inteligencia financiera de Zermatt, las pantallas brillaban intensamente, destacando un preocupante aumento de transacciones irregulares en los mercados bursátiles globales. Los analistas observaban con creciente inquietud cómo sofisticadas firmas financieras aprovechaban algoritmos complejos y redes comerciales discretas para manipular los mercados a una escala sin precedentes, representando graves amenazas para la estabilidad económica mundial.

Nicolás Tosh examinó minuciosamente los datos, reconociendo de inmediato las implicaciones más amplias. Las operaciones ocultas, ejecutadas sutil y deliberadamente oscurecidas, estaban erosionando la confianza pública y la integridad de los mercados, exacerbando las desigualdades de riqueza y desestabilizando economías nacionales.

Tosh se giró decididamente hacia su equipo reunido, articulando directrices claras con determinación inquebrantable.

—Expongan sus operaciones ocultas —ordenó inequívocamente, con voz firme cargada de convicción ética—. La corrupción prospera cuando es invisible. La visibilidad impone responsabilidad.

Marisol Álvarez coordinó rápidamente el despliegue de completos informes de inteligencia, canalizando evidencias detalladas a reguladores financieros y periodistas investigadores a nivel mundial.

—Cada transacción ilícita será meticulosamente documentada y compartida de manera transparente —confirmó resueltamente, dirigiendo sus esfuerzos a restablecer la equidad y la confianza.

La Dra. Miriam Faber empleó avanzadas herramientas analíticas impulsadas por computación cuántica, diseccionando datos comerciales con asombrosa rapidez para revelar patrones intrincados de comportamiento financiero fraudulento.

—Estamos revelando técnicas de manipulación profundamente integradas —informó con seguridad—. Estos análisis ofrecen evidencias irrefutables, indispensables para impulsar acciones regulatorias inmediatas.

Rainer Sábato, consciente de las implicaciones internacionales, fortaleció rápidamente los protocolos de seguridad para proteger a denunciantes e informantes dispuestos a exponer la corrupción desde dentro.

—Proteger a quienes valientemente revelan la verdad es primordial —afirmó con seria gravedad—. Sus testimonios son indispensables para desmantelar estos esquemas fraudulentos.

Tosh reconoció con silenciosa aprobación la rápida movilización de su equipo, enfatizando la importancia de su misión.

—La manipulación financiera no es un crimen sin víctimas; destruye comunidades, economías y medios de vida. Nuestras acciones hoy representan una postura crítica contra la codicia y la corrupción.

Unidos por el propósito y la dedicación, los operativos de Zermatt trabajaron diligentemente para desbaratar los abusos sistémicos en los mercados, conscientes de que su vigilancia era crucial para asegurar la transparencia financiera y la justicia económica global. Cada transacción expuesta representaba más que un simple dato: simbolizaba un paso decisivo hacia la responsabilidad, la estabilidad y la justicia económica.

La investigación de Maggie Wu

Zúrich permanecía bajo una llovizna plateada; sus calles, resbaladizas por la lluvia, brillaban como mercurio líquido bajo la luz de las farolas. Maggie Wu avanzaba ágilmente por un estrecho callejón, sus pasos amortiguados por el pavimento húmedo, sus sentidos agudizados por la emoción familiar del descubrimiento inminente. Su corazón se aceleró al aproximarse a la discreta puerta; su fuente había insistido en la absoluta discreción, ojos temerosos moviéndose bajo una pesada capucha, voz apenas audible sobre el bullicio del café cuando acordaron la reunión.

Golpeó tres veces, con un ritmo deliberado, y esperó. Tras una tensa pausa, la puerta se entreabrió lo justo para que Maggie se deslizara al interior. La habitación estaba escasamente amueblada, iluminada tenuemente por una única lámpara que proyectaba sombras inquietantes sobre un papel pintado desgastado. Una figura permanecía nerviosamente junto a una pequeña mesa de madera, sus dedos retorciéndose con ansiedad.

—¿Señorita Wu? —susurró la voz con incertidumbre.

—Sí —respondió Maggie con firmeza, avanzando hacia la luz de la lámpara para tranquilizar a su inquieto contacto—. ¿Me dijo que tenía información sobre los escaneos mentales satelitales de Experta?

El contacto bajó su capucha, revelando un rostro marcado por el miedo y el agotamiento.

—Sí, yo estuve allí —comenzó, su voz temblando ligeramente, pero ganando fuerza con cada palabra—. Trabajé en la división encubierta de proyectos de Experta. Nos aseguraron que la investigación era benigna:

mapeo neuronal, diagnósticos de salud mental, ese tipo de cosas. Pero luego vi algo más. Algo aterrador.

El pulso de Maggie se aceleró, su instinto periodístico agudizando aún más su atención.

—Continúe —animó suavemente, sacando una pequeña grabadora cifrada y asintiendo con confianza—. La escucho.

—Lo llaman un «sistema rebelde» —continuó la exempleada de Experta, con ojos abiertos por el pánico reprimido—. Elude los controles éticos, secuestrando flujos de datos satelitales para escanear cerebros a distancia, sin consentimiento ni conocimiento. Experta afirma que nunca salió de la fase de prototipo, pero sé que no es cierto. Está activo, oculto bajo capas de comunicaciones estándar. Cualquier persona puede ser objetivo: ejecutivos corporativos, políticos, activistas, periodistas… y sin dejar ni una sola huella digital.

Las implicaciones impactaron a Maggie con absoluta claridad, enviando escalofríos por su espalda. Esto podría explicar los informes que había recibido sobre cambios repentinos en la toma de decisiones entre figuras influyentes y comportamientos erráticos en individuos anteriormente firmes.

—¿Puedes demostrar esto? —preguntó Maggie cuidadosamente.

La mujer asintió bruscamente, entregándole una pequeña memoria cifrada con dedos temblorosos.

—Todo está aquí: registros de acceso, fragmentos de código, comunicaciones internas. Es suficiente para probar la complicidad de Experta. Pero Maggie —su voz bajó hasta un susurro temeroso, sus ojos desviándose nerviosamente hacia la puerta—, una vez que publiques esto, vendrán a por ti. A por ambas.

La mano de Maggie se cerró protectora alrededor de la memoria, su determinación fortaleciéndose con renovado propósito. Comprendía los riesgos. Exponer a Experta —y potencialmente revelar una conspiración global— era exactamente la razón por la que se había convertido en periodista.

—Que vengan —respondió firmemente Maggie, con los ojos brillando de feroz determinación—. El mundo merece la verdad, sea cual sea el coste.

Al volver a la lluviosa noche de Zúrich, Maggie Wu sabía que su investigación había alcanzado un punto decisivo. Con el sistema rebelde ahora expuesto, su próxima exclusiva no solo sacudiría a Experta, sino que podría desgarrar el velo de secreto, revelando cada oscuro secreto que habían esperado ocultar.

El poder latente del CDA-325

En la tranquila soledad de su residencia en Miami, Nicolás Tosh contemplaba pensativo las suaves olas del océano que rodaban interminablemente hacia la orilla. Sin embargo, su mente no encontraba paz; bullía inquieta, resonando con dilemas éticos y temores crecientes. El ascenso sin precedentes de NeuraTech —una entidad rebelde que manejaba tecnología de manipulación neuronal sin restricciones— lo atormentaba, representando precisamente el escenario de pesadilla que había luchado incansablemente por prevenir.

En todo el mundo, la aparición de NeuraTech había encendido una carrera armamentística feroz, aunque invisible. Tosh sabía que el algoritmo CDA-325, custodiado en la bóveda cuántica más segura de Zermatt, era mucho más potente que la versión activamente desplegada sobre el terreno. Había sido deliberadamente limitada, restringida por barreras éticas rigurosas, salvaguardas que Tosh mismo había defendido personalmente.

Pero ahora, mientras los informes de inteligencia detallaban las implacables tácticas de fuerza bruta de NeuraTech, Tosh afrontaba un dilema insoportable. El enfoque agresivo de NeuraTech amenazaba con eludir toda precaución; era una demostración viva y aterradora de hasta qué punto podía llegar a ser destructiva la tecnología mental una vez liberada del control ético. Cada principio que Tosh valoraba, cada límite ético cuidadosamente establecido, era ahora abiertamente burlado por la ambición temeraria de NeuraTech.

Tosh caminaba lentamente, sintiendo el peso de la responsabilidad presionando intensamente sobre él. Sabía exactamente en qué podría convertirse el CDA-325 si alguna vez se eliminaban esas restricciones programadas cuidadosamente. Su poder latente, aterrador en potencia, podría superar la agresión rudimentaria de NeuraTech con precisión quirúrgica y una eficiencia devastadora. Tenía la capacidad no solo de contrarrestar, sino de desmantelar el alcance destructivo de NeuraTech, pero ¿a qué coste moral?

—Todo poder liberado acarrea consecuencias —susurró solemnemente a la habitación vacía, expresando la lucha interna que lo atormentaba.

Imaginó el CDA-325 en su forma desenfrenada: capaz de reescribir conciencias, remodelar percepciones enteras, emociones, incluso memorias de poblaciones completas. La posibilidad del abuso, de caer irreversiblemente en un camino desde protector hasta tirano, parecía demasiado plausible.

Sin embargo, si no hacía nada, corría el riesgo de permitir que la ideología brutal de NeuraTech dominara sin oposición, sumiendo a la humanidad en una era distópica carente de autonomía, dignidad o libertad. Su vacilación ética era precisamente la debilidad que NeuraTech buscaba explotar.

De pie junto al amplio ventanal, Tosh se sintió atrapado entre opciones igualmente peligrosas: liberar una forma controlada de poder que había jurado nunca utilizar, o contemplar cómo la agresión descontrolada destruía el mundo que había prometido proteger.

Con el sol poniéndose y proyectando largas sombras sobre sus facciones sombrías, Nicolás Tosh tomó su comunicador seguro. Sus dedos temblaron ligeramente al introducir un comando, activando un enlace cifrado con el centro de mando de Zermatt.

—Necesitamos discutir los algoritmos latentes en el CDA-325 —dijo con calma, con voz firme pero teñida de profunda tristeza—. Preparen al comité de supervisión ética. Quizá debamos considerar activar medidas que esperaba que nunca fueran necesarias.

Cuando la conexión se cerró, el silencio lo envolvió nuevamente, denso de temor y determinación. El poder latente del CDA-325 estaba despertando, y con él, el futuro mismo de la humanidad pendía precariamente en la balanza.

Cada nuevo esfuerzo reflejaba el compromiso inquebrantable de Zermatt de aprovechar la tecnología CDA de manera responsable, afrontando éticamente las amenazas que persistían obstinadamente bajo la superficie de la sociedad. Tosh observó a su dedicado equipo, su voz fuerte y clara:

—Nuestras cruzadas continúan, no solo para exponer la oscuridad, sino para empoderar a la humanidad hacia soluciones duraderas. El camino es arduo, las apuestas inmensas, pero nuestra determinación permanece inquebrantable.

Europa del Este — Interior del laboratorio, momentos finales

El resplandor austero de media docena de pantallas bañaba la sala tenue y opresiva en una fría luz azul, cada monitor vibrando con energía tensa y concentrada. Sobre una mesa metálica desgastada reposaban enlaces de comunicación abiertos mostrando transmisiones críticas. Una pantalla trazaba órbitas satelitales girando silenciosamente alrededor de la Tierra, otra mostraba una transmisión en vivo desde el escondite clandestino en Hong Kong, revelando operativos en conversaciones estratégicas y susurrantes.

En el centro de esta atmósfera cargada se encontraba el líder, quien lentamente, con deliberación, se quitó la máscara. Debajo de ella apareció un rostro marcado duramente por cicatrices antiguas, llevando signos inconfundibles de batallas libradas y decisiones despiadadas. Sus ojos brillaban fríamente, reflejando una ambición ilimitada y completamente desligada de restricciones morales.

—Pronto —murmuró el líder suavemente, con una voz impregnada de una determinación escalofriante—, le mostraremos al mundo lo que es el verdadero poder; sin medias tintas, sin ilusiones de virtud.

Detrás, firmemente atado a una silla, un sujeto experimental emitió un último grito roto, crudo y lleno de angustia, antes de quedarse abruptamente en silencio, con los ojos vidriosos, sin vida. El protocolo invasivo de Sobreescritura había tomado control, una demostración despiadada de las aterradoras capacidades de NeuraTech. El experimento había cruzado definitivamente la línea entre lo teórico y lo aterradoramente práctico.

Cerca, una consola pulsaba con una actividad frenética; líneas de código corrían furiosamente por la pantalla, creando un puente digital imparable. Los datos se disparaban rápidamente hacia afuera desde esta instalación oculta, saltando silenciosamente a los servidores ocultos en Hong Kong. Desde allí, las conexiones avanzaban amenazadoramente cerca de penetrar las seguras vías digitales controladas por Lingtao y Zermatt.

Los técnicos que rodeaban al líder contuvieron colectivamente la respiración, con su atención clavada en los datos que desfilaban ante ellos, acumulándose una palpable anticipación en el opresivo silencio del laboratorio.

Entonces, con una claridad sorprendente, una sola línea de texto parpadeó con urgencia en la consola central:

RETRANSMISIÓN ESTABLECIDA — PREPÁRENSE PARA TRANSMISIÓN NEURONAL.

Un potente y expectante silencio envolvió la sala; hasta el suave zumbido del equipo pareció momentáneamente enmudecer ante la gravedad de aquel avance digital. NeuraTech había irrumpido irrevocablemente en la escena mundial, revelando un potencial letal e intransigente, capaz de remodelar mentes, alterar verdades y subyugar voluntades.

Desconocido para Zermatt, ignorantes desde su sede lejana, una nueva y formidable tormenta se había alzado silenciosa pero rápidamente. Aquella amenaza emergente operaba completamente libre de las restricciones éticas que la tecnología CDA de Tosh había mantenido rigurosamente. NeuraTech prometía un control absoluto, manejando un poder carente de moralidad, contención o empatía humana; una auténtica arma de la mente.

En aquel aislado laboratorio de Europa del Este, iluminado únicamente por frías pantallas y una despiadada ambición, el equilibrio del poder global se tambaleaba peligrosamente. La humanidad, sin saberlo, se encontraba al borde, afrontando un futuro peligroso dictado no por la ética ni por la responsabilidad, sino por un dominio puro e irrestricto.

Capítulo 6

Reencuentro en Zúrich

Zúrich, Suiza — Sede de la Fundación Experta, 2017

Día 20, 9:00 A.M. CET

El sol matinal se reflejaba con intensidad en la fachada espejada de la sede central de la Fundación Experta, un resplandeciente faro en el bullicioso centro de Zúrich. Sin embargo, en el interior, dentro de una sala de juntas fuertemente protegida a la que solo podía accederse mediante rigurosos protocolos biométricos, reinaba una atmósfera de tensa expectación.

En el centro de la mesa circular, meticulosamente organizada, se encontraba Nicolás Tosh, con una postura que reflejaba la gravedad del momento. A su alrededor se hallaba reunido un grupo selecto cuya experiencia conjunta era formidable: Rainer Sábato, varios enlaces del G-7 con expresiones serias, y personal clave de la Fundación Experta. La sala resonaba con un silencio palpable, un reconocimiento tácito de la responsabilidad que descansaba sobre sus hombros.

Suspendida sobre la mesa, una amplia proyección holográfica iluminaba sus rostros con marcados tonos de luz y sombra, atrayendo la atención hacia su compleja pantalla. Un pulso rojo único parpadeaba insistentemente sobre Europa del Este, captando de inmediato el interés.

Debajo de él, un texto austero ofrecía un sombrío diagnóstico digital: «Potencial de infiltración de NeuraTech: 68%».

Junto a esta ominosa estadística, un denso grupo de trayectorias iluminadas se ramificaba hacia afuera, trazando minuciosamente las rutas de infiltración probables calculadas detalladamente a través de Hong Kong. A cada momento, la pantalla se actualizaba en tiempo real, refinando y ajustando su evaluación con alarmante precisión. Estaba dolorosamente claro para cada observador en la sala: el avance siniestro de NeuraTech no era hipotético ni distante; estaba desarrollándose ante sus ojos, minuto a minuto, inexorablemente.

Tosh estudiaba los datos intensamente, con el rostro endurecido por la determinación, aunque revelando sutiles trazos de ansiedad.

—Esto no es una simple infiltración —declaró con gravedad, dirigiéndose a la sala con urgencia contenida—. Es una expansión agresiva diseñada para superar nuestras estrategias de contención. NeuraTech ya no es una amenaza en las sombras; están preparados para atacar abiertamente, desafiándonos directamente en el escenario global.

Rainer Sábato asintió con solemnidad, absorbiendo rápidamente el nivel creciente de amenaza. Su voz tenía un tono de autoridad sombría.

—Debemos anticiparnos a sus próximos movimientos. Es imprescindible la coordinación inmediata con todas las regiones afectadas, especialmente Europa del Este y Hong Kong. Nuestra respuesta debe ser rápida, decisiva y completamente sincronizada.

Un enlace sénior del G-7 intervino, con evidente preocupación en su voz tensa.

—¿Disponemos de los recursos para contrarrestar su alcance, Nicolás? Nuestras capacidades son formidables, pero este escenario exige una precisión extraordinaria.

La mirada de Tosh recorrió con decisión la mesa, estableciendo un contacto visual deliberado con cada miembro del equipo, reforzando la urgencia de la acción colectiva.

—No tenemos alternativa. Debemos reunir todas las herramientas a nuestra disposición —diplomáticas, tecnológicas y operativas— para neutralizar su expansión. Si NeuraTech establece una presencia global sin impedimentos, las consecuencias serán catastróficas.

La Dra. Miriam Faber, observando remotamente mediante comunicaciones seguras, movilizó rápidamente los activos de computación cuántica de Experta.

—Estamos mejorando los algoritmos predictivos para adelantarnos a sus vías de infiltración —informó a la asamblea con voz firme y segura —. Nuestro objetivo debe ser superar cada una de sus tácticas.

Marisol Álvarez intervino con decisión, claramente determinada y resuelta.

—Ya está en curso un contacto inmediato con las redes de inteligencia global y unidades de ciberseguridad. Aprovecharemos cada alianza, cada recurso disponible. La comunidad internacional debe reconocer la magnitud de esta amenaza.

Tosh concluyó la sesión informativa con resolución inflexible, encapsulando sucintamente su deber colectivo.

—Hoy se define nuestro legado, nuestro compromiso de proteger a la humanidad del poder tecnológico sin restricciones. Actuamos ahora, unidos e inflexibles, o arriesgamos entregar los mismos cimientos de la libertad y la autonomía.

Cuando el equipo se dispersó rápidamente hacia acciones concretas, la tensión dentro de la sede de la Fundación Experta en Zúrich se transformó en energía con propósito. La batalla contra NeuraTech había alcanzado una coyuntura crucial que exigía una unidad excepcional, una vigilancia sin paralelo y una determinación absoluta.

Cumbre estratégica: Conteniendo la nueva amenaza

En la sala de juntas segura de la Fundación Experta, la tensión era palpable. La proyección holográfica arrojaba una inquietante luz azul sobre los líderes reunidos, amplificando la gravedad de la situación. Rainer Sábato aclaró suavemente la garganta, recorriendo meticulosamente múltiples perspectivas digitales proyectadas ante el grupo.

—Hemos confirmado evidencias parciales de que NeuraTech está aprovechando antiguos nodos de datos de Lingtao —anunció Rainer con voz firme, aunque subrayada por la urgencia—. Si logran romper nuestros protocolos de recodificación, podrían extraer partes de la cobertura satelital de Zermatt.

Una inmediata oleada de inquietud recorrió visiblemente la mesa. La embajadora Céline Dubois, uno de los enlaces del G-7, exhaló con fuerza, frunciendo el ceño con profunda preocupación.

—No podemos permitirlo —intervino con firmeza, su voz teñida de intensidad—. Nuestra inteligencia sugiere que NeuraTech carece de restricciones éticas; no existe límite hasta dónde llevarán el control mental o las sobreescrituras forzadas. En el momento en que logren una base en su red, todo estará perdido.

Manipulación de los mercados financieros

Dentro del avanzado centro de inteligencia financiera de Zermatt, las pantallas brillaban intensamente, destacando un preocupante aumento de transacciones irregulares en los mercados bursátiles globales. Los analistas observaban con creciente inquietud cómo sofisticadas firmas financieras aprovechaban algoritmos complejos y redes comerciales discretas para manipular los mercados a una escala sin precedentes, representando graves amenazas para la estabilidad económica mundial.

Nicolás Tosh examinó minuciosamente los datos, reconociendo de inmediato las implicaciones más amplias. Las operaciones ocultas, ejecutadas sutil y deliberadamente oscurecidas, estaban erosionando la confianza pública y la integridad de los mercados, exacerbando las desigualdades de riqueza y desestabilizando economías nacionales.

Tosh se giró decididamente hacia su equipo reunido, articulando directrices claras con determinación inquebrantable.

—Expongan sus operaciones ocultas —ordenó inequívocamente, con voz firme cargada de convicción ética—. La corrupción prospera cuando es invisible. La visibilidad impone responsabilidad.

Marisol Álvarez coordinó rápidamente el despliegue de completos informes de inteligencia, canalizando evidencia detallada a reguladores financieros y periodistas investigadores a nivel mundial.

—Cada transacción ilícita será meticulosamente documentada y compartida de manera transparente —confirmó resueltamente, dirigiendo sus esfuerzos a restablecer la equidad y la confianza.

La Dra. Miriam Faber empleó avanzadas herramientas analíticas impulsadas por computación cuántica, diseccionando datos comerciales con asombrosa rapidez para revelar patrones intrincados de comportamiento financiero fraudulento.

—Estamos revelando técnicas de manipulación profundamente integradas —informó con seguridad—. Estos análisis ofrecen evidencia irrefutable, indispensable para impulsar acciones regulatorias inmediatas.

Rainer Sábato, consciente de las implicaciones internacionales, fortaleció rápidamente los protocolos de seguridad para proteger a denunciantes e informantes dispuestos a exponer la corrupción desde adentro.

—Proteger a quienes valientemente revelan la verdad es primordial —afirmó con seria gravedad—. Sus testimonios son indispensables para desmantelar estos esquemas fraudulentos.

Tosh reconoció con silenciosa aprobación la rápida movilización de su equipo, enfatizando la importancia de su misión.

—La manipulación financiera no es un crimen sin víctimas; destruye comunidades, economías y medios de vida. Nuestras acciones hoy representan una postura crítica contra la codicia y la corrupción.

Unidos por el propósito y la dedicación, los operativos de Zermatt trabajaron diligentemente para desbaratar los abusos sistémicos en los mercados, conscientes de que su vigilancia era crucial para asegurar la transparencia financiera y la justicia económica global. Cada transacción expuesta representaba más que un simple dato: simbolizaba un paso decisivo hacia la responsabilidad, la estabilidad y la justicia económica.

Zúrich permanecía bajo una llovizna plateada; sus calles, resbaladizas por la lluvia, brillaban como mercurio líquido bajo la luz de las farolas. Maggie Wu avanzaba ágilmente por un estrecho callejón, sus pasos amortiguados por el pavimento húmedo, sus sentidos agudizados por la emoción familiar del descubrimiento inminente. Su corazón se aceleró al aproximarse a la discreta puerta; su fuente había insistido en la absoluta discreción, ojos temerosos moviéndose bajo una pesada capucha, voz apenas audible sobre el bullicio del café cuando acordaron la reunión.

Golpeó tres veces, con un ritmo deliberado, y esperó. Tras una tensa pausa, la puerta se entreabrió lo justo para que Maggie se deslizara al interior. La habitación estaba escasamente amueblada, iluminada tenuemente por una única lámpara que proyectaba sombras inquietantes sobre un papel pintado desgastado. Una figura permanecía nerviosamente junto a una pequeña mesa de madera, sus dedos retorciéndose con ansiedad.

—¿Señorita Wu? —susurró la voz con incertidumbre.

—Sí —respondió Maggie con firmeza, avanzando hacia la luz de la lámpara para tranquilizar a su inquieto contacto—. ¿Me dijo que tenía información sobre los escaneos mentales satelitales de Experta?

El contacto bajó su capucha, revelando un rostro marcado por el miedo y el agotamiento.

—Sí, yo estuve allí —comenzó, su voz temblando ligeramente, pero ganando fuerza con cada palabra—. Trabajé en la división encubierta de proyectos de Experta. Nos aseguraron que la investigación era benigna:

mapeo neuronal, diagnósticos de salud mental, ese tipo de cosas. Pero luego vi algo más. Algo aterrador.

El pulso de Maggie se aceleró, su instinto periodístico agudizando aún más su atención.

—Continúe —animó suavemente, sacando una pequeña grabadora cifrada y asintiendo con confianza—. La escucho.

—Lo llaman un «sistema rebelde» —continuó la exempleada de Experta, con ojos abiertos por el pánico reprimido—. Elude los controles éticos, secuestrando flujos de datos satelitales para escanear cerebros a distancia, sin consentimiento ni conocimiento. Experta afirma que nunca salió de la fase de prototipo, pero sé que no es cierto. Está activo, oculto bajo capas de comunicaciones estándar. Cualquier persona puede ser objetivo: ejecutivos corporativos, políticos, activistas, periodistas… y sin dejar ni una sola huella digital.

La Dra. Faber asintió con gravedad, su expresión pensativa pero comprensiva.

—Debemos equilibrar cuidadosamente la urgencia con la ética. El CDA-325 tiene potencial protector, pero su mal uso, o incluso la percepción de su mal uso, podría erosionar irreparablemente las libertades mismas que intentamos proteger.

El ministro Walter Lindholm se inclinó hacia adelante con seriedad, expresando una perspectiva basada en la practicidad.

—Quizá un programa piloto controlado, con estricta supervisión, pueda ofrecer una vía responsable. Transparencia absoluta, alcance limitado y rigurosos estándares éticos.

El debate quedó sin resolver, un profundo silencio envolviendo la sala. La comprensión colectiva permanecía nítidamente clara: el camino por delante estaba plagado de decisiones peligrosas, cada una capaz de moldear profundamente el futuro de la humanidad. Los límites éticos que ahora se aproximaban eran difusos y peligrosamente delgados, exigiendo vigilancia, integridad y, sobre todo, humildad.

Reversiones de carácter: Wang adopta una postura cautelosa

Un incómodo silencio se asentó brevemente sobre la segura sala de juntas de la Fundación Experta. Artemis Wang, anteriormente el rostro asertivo de Lingtao, ahora mostraba una rara expresión de cautelosa deliberación mientras evaluaba el tenso ambiente a su alrededor. Su mirada recorrió lentamente, con atención, cada rostro, registrando su ansiedad y preocupación.

La voz de Wang emergió tranquila, aunque resuelta.

—Corremos el riesgo de caer en su trampa. Si el público descubre que hemos utilizado un algoritmo de implantación, aunque sea por razones «defensivas», imaginen la indignación. Nos convertiríamos en la noticia, no NeuraTech.

La embajadora Céline Dubois reaccionó visiblemente, tomada por sorpresa por esta cautela inesperada de un hombre conocido por acciones decisivas y firmes. Sus cejas se elevaron ligeramente, revelando un breve atisbo de sorpresa.

—Estoy… impresionada por su prudencia, señor Wang —admitió con cuidado, sopesando claramente sus palabras—. Pero la amenaza es real. Los ensayos inhumanos de NeuraTech sugieren que están a semanas, quizá días, de un sistema operativo que podría esclavizar juntas corporativas enteras o agencias gubernamentales.

El ministro Walter Lindholm, un estadista experimentado, inclinó ligeramente la cabeza, reforzando las preocupaciones de la embajadora. Su voz era mesurada, pero transmitía un filo de urgencia.

—Si dudamos demasiado, sectores enteros de la seguridad occidental podrían verse comprometidos.

Wang escuchó atentamente, comprendiendo profundamente lo que estaba en juego, transformándose su propia postura ante la gravedad de las consecuencias potenciales.

—No estoy defendiendo la parálisis —aclaró con deliberación—. Pero debemos asegurarnos de que nuestras acciones no validen inadvertidamente el enfoque de NeuraTech. La confianza pública, una vez perdida, es casi imposible de recuperar. Debemos operar con transparencia, límites claros y rendición de cuentas, o corremos el riesgo de erosionar el terreno ético que nos distingue.

Nicolás Tosh echó un breve vistazo a los datos que giraban en la proyección —redes de tráfico, registros de infiltraciones, el flujo incesante de crisis globales— y su expresión se endureció decididamente.

—No podemos permitir que avancen sin control —afirmó con firmeza, moldeando claramente su determinación en el tono—. Pero si desplegamos el CDA-325, incluso de forma limitada, deberá ser bajo estrictos controles. Y una vez que abramos esa puerta… quizás nunca podamos volver a cerrarla.

Rainer Sábato asintió con pensativa aprobación.

—Entonces debemos establecer una supervisión inmediata y rigurosa —propuso con calma—. Cada despliegue debe ser examinado, registrado y justificado con absoluta transparencia. Es la única forma de salvaguardar nuestra integridad.

La embajadora Dubois exhaló suavemente, reconociendo el delicado equilibrio que debían mantener.

—Nuestro objetivo está claro: proteger al mundo sin sacrificar el núcleo ético que nos define. Avancemos con cuidado, con cautela, pero con decisión.

La postura cautelosa de Wang había resonado profundamente, desplazando la dinámica de la sala hacia una unidad reflexiva. Mientras los líderes avanzaban con deliberada precaución, cada uno era plenamente consciente de que sus próximas decisiones no solo responderían a la amenaza inmediata de NeuraTech, sino que moldearían también el panorama ético de la humanidad durante generaciones futuras.

Tensión: La exigencia del G-7 de tomar medidas

Un pitido breve e insistente interrumpió abruptamente el tenso silencio en la sala de juntas de la Fundación Experta, indicando una comunicación cifrada urgente. Rainer Sábato pulsó rápidamente la consola, sus ojos recorriendo velozmente el texto entrante. Su expresión se tornó cada vez más sombría con cada instante.

—Es del Secretariado de Seguridad del G-7 —resumió con voz tranquila, aunque urgente—. Exigen una acción inmediata y decisiva contra NeuraTech. Dicen que, o los neutralizamos, o corremos el riesgo de perder completamente el respaldo del G-7.

Un destello de alarma cruzó claramente las facciones habitualmente serenas de la Dra. Miriam Faber. Las implicaciones eran evidentes.

—Sin la protección del G-7 —manifestó con ansiedad—, Redwood y los senadores rebeldes en Estados Unidos podrían aislarnos. Si no mostramos resultados, afirmarán que somos incompetentes para proteger esta tecnología.

La embajadora Céline Dubois asintió con gravedad, su postura rígida reflejando el peso de la situación.

—Exactamente. El G-7 necesita una demostración de fuerza. Los intentos de infiltración aumentan cada día. Si no contraatacamos con contundencia, considerarán comprometido el Centro de Datos de Zermatt.

Artemis Wang reaccionó de inmediato, su rostro endureciéndose, visiblemente perturbado por las exigencias crecientes.

—Sus demandas podrían empujarnos a convertir en arma el CDA-325. Si lo hacemos, les entregamos una oportunidad dorada para manipular la tecnología tras puertas cerradas. Desde allí, hay un paso muy breve hacia el escaneo universal.

Un silencio tenso y opresivo envolvió la sala, amplificando las complejidades éticas que ahora enfrentaban. Nicolás Tosh recorrió lentamente con la mirada cada rostro en torno a la mesa, observando cuidadosamente la mezcla de determinación, cautela e incomodidad que reflejaban. Internamente, batallaba profundamente con presiones contrapuestas, recordando vívidamente la urgente y conmovedora pregunta de Alejandra resonando sin tregua en su mente: ¿Hasta dónde estás dispuesto a llegar?

Rompiendo el silencio con deliberada cautela, Tosh habló con voz tranquila pero decidida:

—Debemos mostrar una acción decisiva sin comprometer nuestros principios fundamentales. Renunciar a límites éticos bajo presión es exactamente la trampa en la que NeuraTech espera que caigamos.

El ministro Walter Lindholm intervino con cautela diplomática, consciente del estrecho camino que estaban recorriendo.

—Quizá exista una vía intermedia. Un ataque dirigido, ejecutado con cuidado y documentado con transparencia, podría tranquilizar al G-7 sin abrir la puerta al uso descontrolado del CDA-325.

La embajadora Dubois se inclinó hacia delante, apoyando la idea, pero claramente preocupada por las posibles repercusiones.

—La transparencia y la moderación deben definir nuestra respuesta. Cualquier acción emprendida debe resistir el escrutinio global.

La Dra. Faber recalibró rápidamente, su mente analítica procesando con rapidez escenarios potenciales.

—Podemos desplegar ataques focalizados de cifrado cuántico contra la infraestructura de NeuraTech, demostrando públicamente nuestras capacidades defensivas sin recurrir a tecnologías invasivas. Esto podría satisfacer las demandas inmediatas mientras preservamos estándares éticos.

Tosh se encontró con su mirada con gratitud, reconociendo la sabiduría en su propuesta.

—De acuerdo. Actuaremos rápidamente, con decisión y transparencia; pero, sobre todo, éticamente. Debemos reafirmar nuestra posición no solo tecnológicamente, sino también moralmente.

Unidos por la resolución de Tosh, la sala transformó su aprensión en un impulso decidido. Cada líder entendía claramente que las decisiones tomadas ahora resonarían profundamente, moldeando tanto la seguridad global inmediata como futura. Esto era más que un enfrentamiento; era una prueba definitiva de su humanidad compartida y su responsabilidad colectiva.

Hilos paralelos y presiones crecientes

Incluso mientras la cumbre en Zúrich lidiaba con decisiones existenciales, el mundo exterior avanzaba implacablemente:

Tráfico humano y explotación infantil

Simultáneamente, mientras decisiones críticas se desarrollaban dentro de la cumbre en Zúrich, las crisis globales persistían con implacable urgencia. En el centro operativo de Zermatt, los analistas y agentes sobre el terreno trabajaban bajo una atmósfera cargada de tensión. Una alerta repentina parpadeó con urgencia en la pantalla central de monitoreo, atrayendo atención inmediata.

La inteligencia avanzada de Zermatt había logrado un avance parcial: detectaron un convoy transfronterizo en el Sudeste Asiático, posiblemente vinculado con una gran red de tráfico. El convoy, camuflado meticulosamente dentro del tráfico logístico ordinario, avanzaba sigilosamente por rutas poco conocidas. Las evaluaciones iniciales indicaban que esta red era responsable de considerables actividades de tráfico humano, explotando vidas inocentes con fría eficacia.

—Si no los interceptamos pronto, los cabecillas podrían desaparecer indefinidamente —informó Marisol Álvarez con urgencia, su voz marcada por la ansiedad. La enorme gravedad del momento era evidente en la tensión visible de su mandíbula.

Sin embargo, un frustrante obstáculo técnico se alzaba ominosamente sobre sus esfuerzos. La actual recodificación de los satélites ralentizaba el rastreo en tiempo real, poniendo en riesgo oportunidades críticas. Cada momento que transcurría amplificaba la tensión, mientras los operadores observaban impotentes cómo los datos vitales de rastreo se rezagaban peligrosamente respecto al veloz movimiento del convoy.

La Dra. Miriam Faber, con profunda preocupación en su rostro, coordinaba rápidamente con los técnicos para mejorar la eficiencia en la transmisión de datos.

—Estamos intentando acelerar el procesamiento de señales, pero nuestra ventana de oportunidad se cierra rápidamente —advirtió con gravedad—. Cualquier retraso podría costar vidas inocentes.

Al otro lado de la sala, Rainer Sábato transmitía con urgencia órdenes a los operativos sobre el terreno.

—Movilizad todos los recursos locales para una inmediata interceptación —ordenó con decisión—. No podemos dejar que se nos escapen.

En medio de este caos controlado, Nicolás Tosh monitorizaba de cerca la crisis desde Zúrich, conectado de forma remota con la sala de operaciones.

—Es fundamental activar todos los recursos disponibles. Coordinad estrechamente con las fuerzas locales; aseguraos de que los equipos humanitarios estén preparados y listos para actuar.

Rainer lo confirmó rápidamente, implementando ya las directrices.

—Los equipos están en alerta, Nicolás. Pero debemos resolver cuanto antes las demoras en el rastreo o corremos el riesgo de perder al convoy.

Tosh exhaló profundamente, sus pensamientos alejándose por un instante de la cumbre estratégica hacia el doloroso coste humano representado por ese convoy. Habló con firmeza, su voz cargada de urgencia y determinación.

—Pase lo que pase, no les perdáis la pista. Debemos a estas víctimas una justicia rápida y una acción decisiva. No podemos fracasar.

Mientras el equipo de Zermatt intensificaba sus esfuerzos, cada operativo comprendía claramente la cruda realidad: cada retraso, cada pequeño fallo, se traducía directamente en sufrimiento prolongado para las víctimas. Su determinación colectiva se fortaleció nuevamente, impulsada por un compromiso férreo de proteger vidas vulnerables frente a la explotación y la brutalidad. La lucha contra el tráfico humano era incansable, cada avance parcial una frágil victoria en un arduo camino hacia su erradicación completa.

Corrupción a nivel estatal

Mientras la cumbre en Zúrich lidiaba intensamente con amenazas estratégicas globales, otra alerta urgente apareció silenciosamente en los canales de comunicación seguros de Zermatt, incrementando aún más la tensión.

Los analistas intercambiaron miradas inquietas mientras el mensaje se desplegaba: otra pequeña nación amenazaba con silenciar un escándalo completo si Zermatt no ayudaba a escanear a ciertos funcionarios. Las implicaciones fueron inmediatas y profundamente preocupantes, golpeando directamente los principios fundamentales de integridad e imparcialidad de Zermatt.

Marisol Álvarez informó rápidamente de la situación a Nicolás Tosh, su voz tensa por la precaria línea ética ahora claramente trazada ante ellos.

—Si nos negamos, arriesgamos que un régimen corrupto entero escape a su responsabilidad. Pero si accedemos, comprometemos nuestros principios fundamentales —explicó con urgencia.

La mandíbula de Tosh se tensó perceptiblemente, su lucha interna claramente visible para todos los presentes.

—No podemos convertirnos en una herramienta de chantaje —respondió con firmeza—. Nuestro mandato exige transparencia y rendición de cuentas, no coerción clandestina.

Desde el otro lado de la sala, Rainer Sábato habló con calma, pero con insistencia, destacando las peligrosas implicaciones secundarias.

—No se trata solo de esta pequeña nación, Nicolás. ¿Podrían confiar en el centro de datos si el G-7 se vuelve contra ellos? Cualquier debilidad percibida o cumplimiento de exigencias poco éticas podría proporcionar al G-7 la justificación que necesitan para retirar completamente su apoyo.

La embajadora Dubois, conectada de forma remota desde la cumbre, intervino con fuerza, su voz resonando claramente a pesar de la distancia.

—Debemos mantener nuestra credibilidad. Si la comunidad internacional nos ve ceder ante amenazas, nuestra efectividad se reducirá drásticamente. La transparencia y la claridad ética son nuestras mejores armas contra la corrupción.

La Dra. Miriam Faber analizó cuidadosamente las implicaciones técnicas.

—Podríamos ofrecer públicamente escaneos imparciales como parte de una iniciativa anticorrupción más amplia, abierta a supervisión internacional. Esto podría presionarles para aceptar responsabilidad sin que parezcamos cómplices.

Tosh consideró cuidadosamente su propuesta, reconociendo su potencial valor.

—Dejad claro a esta nación —y públicamente— que nuestras operaciones de escaneo son independientes, transparentes y nunca se despliegan selectivamente bajo coerción.

Rainer asintió aprobatoriamente.

—Enfatizaremos abiertamente nuestro compromiso ético. Esto nos posiciona firmemente contra la corrupción, sin comprometer la confianza ni ceder al chantaje.

Mientras las directrices se difundían rápidamente, cada miembro del equipo de Zermatt entendía el precario equilibrio que ahora debían mantener. La lucha contra la corrupción estatal era interminable y plagada de complejos dilemas morales, exigiendo vigilancia continua y adhesión absoluta a los principios éticos. Se mantuvieron firmes, decididos a defender la integridad incluso bajo una presión implacable.

Tecnología defectuosa y seguridad pública

En el corazón del cuartel operativo de Zermatt, bajo una gran tensión, los analistas trabajaban intensamente, gestionando simultáneamente múltiples amenazas críticas. Su reciente y rápida intervención había evitado por poco una catástrofe: gracias a una oportuna identificación y respuesta inmediata, se había evitado un accidente potencialmente devastador cerca de una central hidroeléctrica.

Sin embargo, el alivio demostró ser fugaz, rápidamente eclipsado por crisis emergentes. Nuevas alertas destellaron con urgencia en las pantallas de monitoreo, captando atención inmediata: surgieron nuevos avisos preocupantes en los registros de mantenimiento de una importante aerolínea transatlántica. Las implicaciones eran claras e inquietantemente inmediatas.

Marisol Álvarez evaluó con rapidez los nuevos datos de amenaza, sus dedos moviéndose ágiles sobre la consola, mientras la tensión endurecía su expresión.

—Estos informes indican una negligencia sistémica —informó con voz tensa por la gravedad de sus hallazgos—. Se omitieron procedimientos críticos de mantenimiento para cumplir con calendarios agresivos. Podrían perderse vidas si no se aborda esto urgentemente.

La Dra. Miriam Faber, profundamente inmersa en análisis técnicos, coincidió con seriedad.

—Esta aerolínea ha descuidado comprobaciones vitales de seguridad. Estamos ante potenciales fallos catastróficos: mal funcionamiento de motores, sistemas de vuelo comprometidos. Debemos alertar inmediatamente a las autoridades aeronáuticas.

La sala se volvió aún más silenciosa al comprender plenamente la gravedad del momento. Nicolás Tosh se conectó de forma remota, su voz firme pero fatigada por la presión acumulada.

—Coordinad estrechamente con los reguladores internacionales de aviación y con periodistas investigadores. Aseguraos de que cualquier avión identificado como comprometido sea inmediatamente inmovilizado. Vidas dependen de una acción rápida y transparente.

Rainer Sábato miró preocupado a Tosh a través de la pantalla, su habitual calma visiblemente tensa.

—Nicolás, nuestros recursos están al límite. Si el centro de datos se enfoca totalmente en combatir a NeuraTech, corremos el riesgo de pasar por alto estas advertencias cruciales.

Tosh asintió con sobriedad, profundamente consciente del monumental equilibrio requerido.

—No podemos permitirnos tener una visión limitada —enfatizó con firmeza—. La seguridad pública sigue siendo primordial. Asignad equipos dedicados específicamente a la vigilancia de infraestructuras y transporte. Nuestra vigilancia no puede decaer, ni siquiera brevemente.

La embajadora Dubois intervino con respaldo, su voz resonando con determinación diplomática.

—La comunidad internacional espera una intervención decisiva en estos asuntos de seguridad. Esto podría reforzar la confianza global en la imparcialidad y fiabilidad de Zermatt.

Decididamente, el equipo operativo se recalibró con rapidez, reconociendo el doble desafío crítico que enfrentaban: contrarrestar los agresivos intentos de infiltración de NeuraTech sin comprometer la vigilancia sobre la seguridad pública. Su renovada determinación se reflejó claramente en sus rostros: un compromiso silencioso e inquebrantable de proteger vidas a toda costa.

Sabotaje corporativo e intrusiones de competidores

Mientras la Fundación Experta lidiaba internamente con amenazas en escalada, las presiones externas se intensificaban peligrosamente. Gigantes rivales acechaban como buitres, ansiosos por explotar cualquier vacío si el G-7 obligaba a Tosh a cerrar partes importantes de la red. Conglomerados tecnológicos globales, percibiendo posibles debilidades, intensificaron discretamente sus operaciones de espionaje, cada uno listo para llenar el vacío y obtener ventaja estratégica.

En la periferia surgió una nueva dinámica inquietante: los asesores de Redwood comenzaron a cortejarlos, prometiendo libertad regulatoria a cambio de apoyo financiero. Estas negociaciones clandestinas sugerían una alarmante alianza por conveniencia, amenazando con socavar los estándares éticos cuidadosamente mantenidos por Zermatt.

Dentro del centro de monitoreo de datos de Zermatt, Marisol Álvarez procesaba rápidamente las evaluaciones de amenazas entrantes, su expresión cada vez más tensa.

—Las actividades de espionaje están aumentando considerablemente —informó a Nicolás Tosh mediante un enlace seguro—. Nuestros rivales perciben oportunidades. Están sondeando agresivamente nuestras defensas, buscando vulnerabilidades.

Rainer Sábato, de pie cerca de ella, añadió con seriedad:

—Estos no son rivales corporativos ordinarios; son entidades poderosas, conectadas políticamente, listas para aprovechar cualquier debilidad percibida. El equipo de Redwood se ha posicionado como intermediario, facilitando activamente estos acercamientos peligrosos.

Tosh absorbió esto en silencio, comprendiendo inmediatamente la delicada maniobra estratégica en juego. Cuando habló, su voz resonó con determinación controlada.

—No podemos permitirnos ni siquiera la apariencia de inestabilidad. Reforzad inmediatamente nuestra infraestructura de ciberseguridad. Alertad a todos nuestros socios: la confianza y la transparencia deben seguir siendo nuestra más alta prioridad.

La Dra. Miriam Faber coordinó rápidamente mejoras en seguridad, su calma analítica contrastando fuertemente con la urgencia subyacente de la situación.

—Los protocolos avanzados de cifrado cuántico están siendo implementados ahora mismo —informó con decisión—. Nuestras defensas deben resistir, especialmente ante adversarios alentados por las promesas de Redwood.

La embajadora Céline Dubois se unió a la discusión, aportando su experiencia diplomática para clarificar claramente las implicaciones políticas.

—Si los rivales aseguran posiciones durante este período vulnerable, la confianza global en nuestra integridad podría erosionarse rápidamente. Debemos reafirmar públicamente nuestro compromiso con la supervisión ética para tranquilizar a los actores internacionales.

Wang, típicamente decidido, pero ahora moderado y cauteloso, intervino con firmeza:

—La transparencia y la gobernanza ética son nuestras defensas más fuertes. Cualquier percepción de compromiso podría invitar al desastre. Debemos mantenernos firmes, dejando claramente establecido ante

Redwood y las corporaciones rivales que ni estamos en venta ni abiertos
a coerción.

Tosh asintió con determinación, reforzando la decisión colectiva.

—De acuerdo. Mantendremos nuestra postura claramente, sin
ambigüedades. El sabotaje corporativo prospera en la incertidumbre:
asegurémonos de que no haya ninguna.

Con un renovado sentido de propósito y urgencia, los equipos de
Zermatt actuaron con rapidez, reforzando las medidas de ciberseguridad
y comunicándose claramente con las partes interesadas globales. El
mensaje fue explícito: la integridad y la transparencia seguían siendo
innegociables, su vigilancia firme ante el aumento de amenazas
corporativas.

La investigación de Maggie Wu

En medio de la meticulosa calma de Zúrich, la periodista investigadora
Maggie Wu había llegado discretamente, trayendo consigo una corriente
subterránea de tensión. Su reputación la precedía: implacable,
meticulosa e intrépida en descubrir verdades ocultas. Rápidamente corrió
la voz entre el personal de la Fundación Experta: Maggie había llegado
a Zúrich. Se rumoreaba que ya estaba investigando discretamente las
oficinas de Experta, buscando entrevistas o «documentos extraviados».

Maggie se movía con deliberación, los ojos agudos y observadores,
notando rápidamente cualquier cambio sutil en la expresión o respuesta
dubitativa mientras conversaba informalmente con empleados fuera de
la brillante fachada de la Fundación Experta. Sus instintos afinados la
guiaron directamente hacia las brechas en declaraciones oficiales y áreas
de inquietud reprimida. Con cada conversación, avanzaba en la

construcción de fragmentos de una historia potencialmente explosiva, capaz de sacudir los canales internacionales.

Dentro de la sala de juntas segura de Experta, Rainer Sábato transmitió la presencia de la periodista a Nicolás Tosh con evidente urgencia.

—Está sondeando con mucho cuidado —advirtió en voz baja—. Hace preguntas precisas y estratégicas; cualquier titubeo o pequeño error, y encontrará algo que aprovechar.

La embajadora Céline Dubois reconoció inmediatamente lo peligroso del momento.

—Si el reportaje de Maggie sale ahora, podría interceptar directamente con la actual crisis del G-7 —comentó con gravedad—. Cualquier apariencia de irregularidad o secretismo de nuestra parte podría socavar gravemente la confianza internacional justo en el peor momento posible.

Tosh sintió agudamente el peso de estas presiones combinadas. La investigación de Maggie Wu representaba una peligrosa variable incontrolable: impredecible y difícil de manejar. Su expresión se mantuvo firme, aunque sus pensamientos bullían intensamente bajo un exterior compuesto.

—Garantizad la plena transparencia interna —instruyó con firmeza—. Verificad meticulosamente todos los protocolos y procedimientos. Debemos anticipar sus movimientos sin obstaculizar sus legítimas indagaciones.

Wang escuchó con atención, claramente inquieto por este desarrollo, aunque consciente de su inevitabilidad.

—Quizá deberíamos involucrarnos directamente —sugirió con cautela—. Ofrecer a Maggie acceso controlado; demostrar nuestro

compromiso con la apertura, pero gestionarlo cuidadosamente para
evitar cualquier malentendido.

Rainer asintió pensativamente.

—Una transparencia controlada podría ser nuestra mejor defensa. Es
menos probable que encuentre fisuras si reconocemos abiertamente las
preguntas difíciles y respondemos con franqueza.

La Dra. Miriam Faber añadió su apoyo, aportando su valiosa
perspectiva analítica.

—La preparación es crucial. Revisad todos los documentos internos.
Eliminad ambigüedades que Maggie pueda explotar.

Unificada en torno a una estrategia de transparencia y participación
proactiva, la dirección de Experta se movilizó con rapidez. Entendían
claramente que la presencia de Maggie Wu simbolizaba más que una
amenaza periodística: era una prueba de su determinación ética y de su
compromiso con la transparencia en medio de crecientes presiones
externas. Cada miembro se preparó para la confrontación inminente,
decidido a preservar la integridad y la confianza pública en un momento
crítico.

Conclusión de la Cumbre

Bajo las frías luces superiores, el debate concluyó sin una resolución
firme; solo quedó un plan incierto como solución temporal. Nicolás Tosh
coordinaría estrechamente con Rainer Sábato para ultimar una versión
limitada del CDA-325: suficientemente robusta para proteger nodos
críticos y ciertos líderes clave de la infiltración de NeuraTech, pero
cuidadosamente restringida para evitar iniciar un despliegue masivo.

Los enlaces del G-7 expresaron claramente su impaciencia: el tiempo se agotaba. Si Zermatt no demostraba pronto un medio creíble para contener a NeuraTech, una coalición internacional podría intervenir. Cada diplomático subrayó la importancia del momento, señalando sutilmente que la autonomía y credibilidad global de Zermatt pendían precariamente del éxito de su próximo movimiento.

Para la ligera sorpresa de todos, Artemis Wang apoyó la vía cautelosa y éticamente más restringida propuesta por Tosh. Con una voz tranquila pero firme, recordó a los presentes:

—Una solución precipitada podría engendrar una tiranía imparable.

Su declaración resonó profundamente, silenciando temporalmente incluso a los defensores más vocales de una intervención agresiva.

Mientras el grupo se dispersaba, un silencio tenso se instaló en el pasillo fuera de la cámara segura de reuniones. Cada participante parecía sumido momentáneamente en una contemplación privada, luchando individualmente con las profundas implicaciones éticas que permanecían sin resolver. Nicolás Tosh se detuvo junto a una amplia ventana que iba del suelo al techo, su mirada vagando pensativamente por el horizonte bullicioso de Zúrich, desconectado momentáneamente de las realidades urgentes a las que se enfrentaba.

Sabía que, en algún lugar, al otro lado del mundo, una facción desquiciada forjaba implacablemente NeuraTech como una herramienta despiadada de subyugación mental. El espectro de su ambición sin control se cernía peligrosamente grande. Allí en Zúrich, dentro de las paredes de Experta, los custodios de la tecnología CDA estaban en una encrucijada crucial. Desplegar el Algorithm-325 podría frenar eficazmente la amenaza inminente, pero también arriesgaba abrir una caja de Pandora con consecuencias más oscuras de lo que ninguno había imaginado.

En silencio, Tosh exhaló profundamente, un suspiro cargado con el peso de decisiones aún no plenamente tomadas. La cuenta atrás ya había comenzado, avanzando inexorablemente hacia un momento en el que sus decisiones moldearían de manera irreversible el futuro; no solo el de Zermatt, sino el de la conciencia global misma.

Capítulo 7

Líneas en la Arena

Washington, D.C. – Búnker de la Casa Blanca 2017

Día 21, 4:00 P.M. ET

Las luces de la antigua «Sala de Guerra» eran duras y clínicas, un centro estratégico neurálgico oculto bajo pasillos de mármol y múltiples capas reforzadas de seguridad. El presidente O'Sullivan permanecía en la cabecera de una larga mesa metálica, flanqueada por sus principales asesores de seguridad, con cada rostro tenso por la urgencia del momento. El suave murmullo del sistema de filtración de aire acentuaba aún más la gravedad de la situación.

Nicolás Tosh echó un vistazo alrededor, contemplando las paredes del búnker cubiertas por grandes pantallas que alternaban imágenes satelitales y registros de infiltraciones. En una de ellas destacaba en letras gruesas: «NEURATECH – AMENAZA PRIORITARIA». El silencio solemne se rompió únicamente por la voz tranquila pero acerada de la presidenta.

La mirada de O'Sullivan recorrió lentamente la habitación, estableciendo contacto visual con cada asesor mientras hablaba con claridad deliberada:

—Estamos en una coyuntura crítica. Nuestra respuesta ante NeuraTech definirá nuestras fronteras éticas durante décadas.

El general Maxwell Peterson, un estratega militar veterano de ojos grises y penetrantes, se inclinó hacia delante con urgencia.

—Señor presidente, la inteligencia confirma la capacidad agresiva de NeuraTech. Su tecnología puede penetrar y reescribir mentes sin limitaciones ni supervisión moral. Debemos actuar de inmediato y con contundencia.

Tosh enfrentó la intensidad de Peterson con calma y determinación.

—Señor presidente, el general Peterson tiene razón respecto a la amenaza. No obstante, actuar precipitadamente sin extremar precauciones podría desencadenar exactamente el caos global que pretendemos evitar. Nuestra respuesta debe ser medida y calculada.

La tensión aumentó perceptiblemente. La secretaria de Estado Elizabeth Roark intervino con decisión, manteniendo la firmeza en su voz:

—Nicolás, tu prudencia es admirable, pero la estabilidad mundial pende de un hilo. Nuestros aliados exigen una demostración tangible de control sobre esta tecnología. Sin una contención rápida, la confianza internacional podría fracturarse irreparablemente.

Tosh asintió, comprendiendo perfectamente la situación, pero manteniéndose firme.

—Propongo intervenciones selectivas centradas en nodos estratégicos. Despleguemos el CDA-325 de manera restringida para proteger infraestructura crítica y líderes clave políticos y empresariales. Así equilibramos las necesidades inmediatas de seguridad con consideraciones éticas a largo plazo.

El presidente guardó un silencio reflexivo durante varios segundos. Finalmente, se dirigió a la sala con clara autoridad:

—De acuerdo. Establecemos claramente nuestra línea de acción. Desplegaremos el Algorithm-325 del modo más limitado y controlado posible. Cada paso será transparente para el G-7 y supervisado de forma independiente.

La postura del general Peterson se tensó ligeramente, manifestando insatisfacción, aunque reconoció la orden presidencial:

—Entendido, señor presidente. Mi equipo coordinará estrechamente con Zermatt para identificar y asegurar objetivos prioritarios de inmediato.

El presidente O'Sullivan giró deliberadamente hacia Tosh:

—Nicolás, mantener la claridad ética en esta crisis es fundamental. Tu equipo debe operar con absoluta transparencia, sin excepciones.

—Sí, señor presidente —respondió Tosh con serenidad, consciente de la enorme responsabilidad ahora explícitamente depositada sobre los hombros de Zermatt—. La transparencia y la supervisión ética continúan siendo nuestras máximas prioridades.

Al concluir la reunión, los participantes se dispersaron rápidamente, conscientes de que las decisiones tomadas resonarían a nivel global. Tosh permaneció brevemente en el lugar, su mirada fija en la contundente advertencia de la pantalla:

«NEURATECH – AMENAZA PRIORITARIA».

El camino hacia adelante estaba claramente definido, aunque cada paso estuviera cargado de profundos riesgos morales.

Ultimátum Presidencial

—Tosh —comenzó la presidenta, con las manos cruzadas detrás de la espalda—, se nos ha agotado el tiempo. Mis asesores son unánimes: los intentos de infiltración de NeuraTech se han intensificado. Sospechamos que han conseguido acceso parcial a nodos en Europa del Este y Asia. Necesitamos que hagas todo lo necesario para neutralizarlos. Esto incluye desplegar cualquier aspecto… armado del CDA, si lo consideras necesario.

La finalidad en su tono provocó una oleada de incomodidad en Tosh. Aunque O'Sullivan había consentido discretamente antes el uso limitado del CDA para sofocar conspiraciones, nunca lo había invocado tan abiertamente como una herramienta contundente.

—Señor presidente —dijo Tosh con cautela—, disponemos de protocolos para medidas defensivas. Pero liberar todas las capacidades del conjunto CDA, como… las funciones avanzadas de sobreescritura o captura mental forzada…

—Está sobre la mesa —finalizó O'Sullivan con mirada firme—. He firmado una directiva clasificada autorizándolo bajo los mismos poderes bélicos utilizados para amenazas existenciales. Y no se equivoquen, NeuraTech califica como tal.

El general Collins, sentado al lado del presidente, asintió con sombría conformidad:

—Estamos en una encrucijada. Tenemos inteligencia que indica que estos actores rebeldes están sobrescribiendo mentes por la fuerza. Ellos no se están conteniendo. Si nosotros lo hacemos, corremos el riesgo de permitirles tomar ventaja.

El pecho de Tosh se contrajo. Pensó en la súplica de Alejandra, en la precaución de Rainer, en la postura del G-7. ¿Armar el CDA? Era exactamente la pendiente resbaladiza que habían jurado evitar. Sin embargo, los ojos del presidente estaban resueltos, reflejando la crisis que se arremolinaba.

La secretaria Roark intervino con suavidad, pero con firmeza, intuyendo la lucha interna de Tosh:

—Nicolás, ninguno de nosotros asume esto a la ligera. Pero el mundo que prometimos proteger está al borde del precipicio. Un despliegue limitado y estratégico podría ser nuestra única opción restante.

El peso del silencio apretó mientras Tosh procesaba sus palabras. Sabía que este momento era inevitable, pero ahora que había llegado lo sacudía profundamente.

—Entendido —concedió finalmente, su voz mezclando cuidadosamente determinación y pesar—. Procederemos con precisión. Cada acción cuidadosamente documentada, cada decisión sometida a escrutinio.

El presidente O'Sullivan asintió solemnemente, visiblemente aliviado, aunque plenamente consciente del peso moral que acababa de transferir a los hombros de Tosh.

—Gracias, Nicolás. Confiamos en tu criterio. La historia nos juzgará por estas decisiones, pero primero, debemos asegurar que haya una historia que contar.

Al salir del búnker, la mente de Tosh se agitó con escenarios tácticos, límites éticos, y la pesada comprensión de acciones que nunca quiso autorizar. Fuera, la luz menguante del día se sentía inusualmente fría, reflejando el escalofrío de las decisiones que ahora descansaban firmemente sobre él. Cada paso hacia adelante en este terreno incierto se sentía irrevocable: un paso más en el borde peligroso entre preservar la libertad humana e inadvertidamente convertirse en su opresor.

Conflictos tras bambalinas: La exigencia opuesta de Redwood

Pocos instantes después de concluida la reunión con O'Sullivan, Tosh fue conducido a una pequeña cámara lateral sin ventanas, utilizada para comunicaciones seguras. Allí, un oficial de comunicaciones le informó discretamente:

—El senador Redwood quiere hablar con usted. Insistió mucho.

Tosh se preparó mentalmente. Redwood era actualmente el candidato líder en las próximas elecciones presidenciales—su eslogan «Transparencia total para todos» ya había sacudido la alianza de Tosh con la Casa Blanca. Y tal como esperaba, la voz de Redwood sonó áspera a través de la línea segura:

—Señor Tosh —dijo Redwood con lentitud—, imagino que tuvo una conversación bastante interesante con la administración actual sobre estas amenazas de infiltración. Yo tengo una solicitud diferente. Seré claro: si gano la presidencia, quiero total transparencia en la tecnología que usted maneja. No más secretos. No más fundaciones privadas controlando lo que es, esencialmente, propiedad de seguridad nacional.

El estómago de Tosh se retorció. La postura de Redwood no era ninguna sorpresa, pero escucharla así, tan claramente, intensificó la gravedad.

—Senador Redwood —respondió Tosh con calma—, afrontamos una amenaza global. Necesitamos mantener ciertos controles y equilibrios...

—¿Controles y equilibrios? —La risa de Redwood carecía de humor
—. ¿Desde cuándo un matemático no elegido decide hasta dónde
podemos ir para proteger nuestra nación de la infiltración mental? Si
asumo la presidencia, las ilusiones de su fundación terminarán. El CDA
pertenece al pueblo, y me encargaré personalmente de utilizarlo
plenamente.

«Utilizarlo plenamente». Esa frase golpeó los nervios de Tosh con
fuerza. Redwood no se molestaba en matices ni en advertencias morales;
podría convertir a toda la población en sujetos de escaneo de un día para
otro.

«Al menos O'Sullivan intenta ser discreto», pensó Tosh.

—Senador —respondió—, escucho claramente su postura. Por ahora,
mi equipo está centrado en detener a NeuraTech. Eso es más que
suficiente para nosotros.

La voz de Redwood se volvió fría:

—Sí. Y si tienen éxito, sepa que me deberá una explicación detallada
de cada método que utilizó, una vez que yo asuma el poder. Se acabó
permitirle manejar esto desde detrás del telón.

Un clic y la línea quedó en silencio. Tosh exhaló profundamente, el
suave zumbido del búnker resonando en sus oídos como una tormenta
acercándose.

Ahora, solo en la estrecha cámara, Tosh sintió una oleada de frustración
mezclada con ansiedad. La abierta hostilidad de Redwood prometía no
solo un desafío político, sino una confrontación ideológica profunda.
Tosh siempre había comprendido la gravedad de manejar la tecnología
CDA y los límites éticos que había luchado arduamente por mantener.

Pero la intransigente presión de Redwood por la transparencia total amenazaba con desmantelar en una sola noche años de guardarraíles éticos cuidadosamente establecidos.

Sentía un temor cada vez más profundo al pensar en una presidencia dispuesta a explotar miedos y tecnología con fines políticos. Tosh sabía que estaba atrapado entre dos fuerzas opuestas: la administración actual que presionaba para tomar medidas inmediatas contra NeuraTech, y una administración potencial decidida a desmantelar cada salvaguarda que mantenía al CDA alejado de convertirse en una herramienta de control invasivo.

Al salir del espacio claustrofóbico de la sala segura de comunicaciones, la mente de Tosh recorría frenéticamente todas las opciones posibles. Reconocía claramente la inminente colisión de ideales que ahora se dibujaba frente a él. Garantizar la seguridad global se había convertido en apenas la mitad de la batalla; proteger al mundo de las mismas soluciones que empleaban se estaba volviendo una prioridad igualmente urgente.

Duda y disensión: La brújula moral tambalea

Al regresar al corredor, Tosh casi chocó con el jefe de Gabinete Harrington, quien presumiblemente había escuchado la conversación con Redwood a través de canales oficiales.

—Tosh —dijo Harrington en voz baja—, esta es la realidad ahora. Dos facciones: el equipo de O'Sullivan quiere que uses todo lo que tienes para aplastar a NeuraTech, mientras Redwood quiere tener esa tecnología en sus propias manos. Cualquiera de esos caminos conduce a un nivel de explotación que ninguno de nosotros desea.

Tosh se frotó el puente de la nariz, sintiendo el peso de un segundo mundo oprimiéndolo.

—Es como si ambos lados me estuvieran empujando hacia lugares adonde no puedo ir éticamente. Si gana Redwood, la escala del escaneo forzado podría superar cualquier cosa que hayamos hecho antes.

Harrington negó con la cabeza y cruzó los brazos.

—Si no haces nada, NeuraTech podría tomar el control de medio mundo occidental, reescribiendo a los funcionarios a su antojo. Sin importar quién esté en el poder, la tecnología corre peligro.

El silencio se extendió, cargado de ansiedades no pronunciadas. Tosh pensó en todas las subtramas que debía manejar simultáneamente: redes de tráfico humano operando abiertamente pero siempre escapando por poco; funcionarios corruptos manipulando naciones enteras desde oscuros despachos; desastres de aviación apenas evitados, siempre al acecho por negligencia corporativa; espionaje corporativo despiadado ocultándose tras fachadas caritativas; y la creciente red de imágenes de explotación escondida en oscuros rincones de internet.

Cada subtrama, cada crisis, representaba vidas pendiendo precariamente entre la salvación y el olvido. La tensión se acumulaba en Tosh como una tormenta interior, una presión intensa que se volvía imposible de manejar. La tecnología diseñada para salvar a la humanidad se estaba convirtiendo en una herramienta capaz de corromperla irremediablemente.

Harrington observó a Tosh, percibiendo claramente esa tormenta interna.

—Ojalá pudiera decirte que hay un camino claro, Nicolás, pero no lo hay. Debemos elegir entre opciones imperfectas.

—¿Imperfectas? —La voz de Tosh se tensó, casi quebrándose bajo el peso moral—. Imperfectas ni siquiera comienza a describirlo. Estamos bailando en el filo de la navaja entre ser guardianes o tiranos. Cada movimiento que hagamos tendrá consecuencias que ni siquiera podemos imaginar.

—De acuerdo —respondió Harrington con tranquilidad—. Pero considera esto: la inacción garantiza el caos. Actuar, pese al coste moral, al menos nos da una oportunidad de influir en el resultado.

Tosh miró más allá de Harrington con una expresión distante y cargada.

—¿Pero a qué coste, Harrington? Si nos volvemos tan despiadados como nuestros enemigos, ya habremos perdido. La tecnología que tenemos no estaba destinada a subyugar, sino a liberar, a proteger. Si se vuelve opresiva, habremos traicionado todo lo que defendíamos.

Harrington colocó una mano reconfortante sobre el hombro de Tosh, con voz firme pero compasiva.

—Entonces defiende esa línea. Protege esos principios con fiereza. No tenemos respuestas fáciles, solo elecciones difíciles. Pero recuerda: si abandonamos nuestra brújula moral ahora, no habrá retorno.

Tosh cerró los ojos un instante, reconociendo la sabiduría de Harrington, aunque el sofocante peso de la responsabilidad se intensificara aún más. Al abrirlos de nuevo, asintió lentamente.

—Tienes razón. El coste de perdernos a nosotros mismos es demasiado alto. Mantendremos nuestra posición, sin importar cuán difícil se vuelva. Pero el margen de error nunca ha sido tan estrecho.

El silencio volvió a extenderse, cargado de preocupaciones silenciosas. Tosh volvió a pensar en todas las subtramas que manejaba simultáneamente.

Tráfico de drogas: Operación global integral

En el centro de mando de alta seguridad de Zermatt, Nicolás Tosh examinaba meticulosamente múltiples pantallas llenas de información de inteligencia, imágenes de vigilancia y comunicaciones cifradas. El equipo había trabajado incansablemente durante meses, recopilando y analizando inteligencia en distintos continentes. Ahora había llegado el momento de actuar.

—Inicien operaciones simultáneas —ordenó Tosh con decisión, la mirada fija en la pantalla táctica principal—. Coordinad con autoridades locales, primero América del Sur y Asia.

En las densas selvas de Colombia y Perú, coordenadas precisas proporcionadas por Zermatt guiaron rápidas incursiones militares en plantaciones clandestinas de coca. Drones de vigilancia transmitían imágenes en tiempo real, mostrando campos en llamas y detenciones en progreso. Simultáneamente, en los valles remotos y aldeas montañosas del Sudeste Asiático, laboratorios de procesamiento de heroína ocultos al escrutinio internacional cayeron rápidamente bajo el asalto coordinado de la policía local. Las autoridades incautaron enormes cantidades de sustancias ilícitas, desmantelando en cuestión de horas meses enteros de producción.

—Rutas y cadenas logísticas a continuación —ordenó Tosh, haciendo una señal a Marisol Álvarez. Ella rápidamente transmitió coordenadas cifradas y paquetes detallados de inteligencia a las autoridades de múltiples jurisdicciones. Las rutas del tráfico, meticulosamente identificadas —senderos ocultos, ríos, pistas aéreas clandestinas— fueron interrumpidas simultáneamente. Vehículos que transportaban grandes cantidades de narcóticos fueron interceptados en puntos críticos, y los traficantes fueron detenidos con rapidez y discreción.

En cuestión de horas, la inteligencia detallada de Zermatt llegó a puertos y cruces fronterizos internacionales, destacando a funcionarios corruptos que habían facilitado la entrada de estas mercancías peligrosas a los mercados. Documentos confidenciales y registros de transacciones se entregaron anónimamente a agencias internacionales reguladoras y de aplicación de la ley, desencadenando inmediatamente investigaciones, arrestos y el rápido cierre de puntos de ingreso comprometidos.

El impacto más profundo llegó después, al dirigirse contra los cerebros que controlaban las redes globales de distribución de narcóticos. Zermatt expuso jerarquías criminales hasta entonces invisibles, revelando figuras poderosas que operaban desde hacía mucho tiempo con total impunidad. Cuentas bancarias, empresas fachada, bienes raíces de lujo y bóvedas secretas que contenían grandes cantidades de efectivo fueron sistemáticamente localizadas y reportadas a las autoridades financieras internacionales.

—Congelad todos los activos —ordenó Tosh con firmeza, con una voz marcada por la determinación de una cruzada implacable—. Cortad el flujo de efectivo y asegurad la parálisis completa de su infraestructura financiera.

Los bancos globales, alertados, acataron inmediatamente, congelando cientos de cuentas identificadas mediante evidencia irrefutable como producto del narcotráfico. Activos de lujo —mansiones, yates, jets privados— adquiridos con dinero sucio fueron incautados en distintos continentes, dejando a sus propietarios súbitamente despojados de recursos, influencia y poder.

Simultáneamente, Rainer Sábato dirigió una ofensiva intensiva contra las redes específicas de fentanilo, identificando laboratorios ocultos en instalaciones industriales en China y centros de producción clandestinos dispersos por Norteamérica. Redadas altamente coordinadas ejecutadas simultáneamente por autoridades locales permitieron el decomiso de grandes cantidades de precursores químicos, fentanilo terminado y equipo especializado.

—Cada ruta, cada mensajero, cada financiador: hay que cerrarlos a todos —indicó Rainer, con voz resuelta mientras detalles operativos cifrados fluían hacia las agencias policiales. En cuestión de horas, unidades internacionales antidrogas detuvieron a innumerables correos en aeropuertos, controles fronterizos y centros de distribución. Las redes financieras, minuciosamente mapeadas, que sostenían el tráfico de fentanilo fueron desmanteladas de inmediato, y enormes sumas de dinero lavado fueron congeladas o incautadas.

Mientras la operación avanzaba, Tosh sintió una sombría, pero profunda satisfacción. Esto no era simplemente trabajo policial; era un desmantelamiento sistemático de infraestructuras criminales globales, una postura intransigente contra una epidemia que destruía incontables vidas.

Sin embargo, incluso en medio del triunfo inicial, Tosh permanecía alerta. Comprendía claramente la adaptabilidad y resiliencia de las redes criminales. Apoyándose en la consola, encontró la mirada sobria de Marisol.

—Hoy hemos golpeado profundamente —reconoció con voz baja pero poderosa—. Pero esta batalla no terminará esta noche. Nuestra vigilancia debe permanecer inquebrantable hasta erradicar por completo esta plaga.

Marisol asintió solemnemente, regresando su atención a los flujos de datos en curso. La guerra global contra el narcotráfico había alcanzado un punto histórico, pero la lucha de Zermatt estaba lejos de terminar.

Tráfico humano y explotación infantil

La sala de operaciones de Zermatt vibraba con una sombría intensidad. Marisol Álvarez se encontraba frente a la consola central, con la frustración reflejada en su rostro mientras revisaba la última información de inteligencia proveniente del Sudeste Asiático. Las pantallas, brillando intensamente, proyectaban mapas de geolocalización y comunicaciones cifradas; cada línea de datos dibujaba un panorama cada vez más sombrío.

—El rastro se ha enfriado —informó ella secamente, dirigiendo la mirada hacia Nicolás Tosh—. Nuestras fuentes sobre el terreno confirman que los traficantes están sospechando. Ahora cambian sus rutas varias veces al día; son movimientos improvisados, impredecibles.

Tosh sintió que se le retorcía el estómago, enfrentándose a la ya conocida y desgarradora frustración de perder pistas justo en el momento crítico.

—¿Nuestros drones de vigilancia aún están en posición?

—Cobertura limitada —admitió Marisol con reticencia—. El cambio de claves para proteger los satélites contra NeuraTech está ralentizando el acceso en tiempo real. Cada laguna en la cobertura les da otra oportunidad para escapar.

Cerca, Rainer Sábato se inclinó hacia delante, su habitual compostura eclipsada por la urgencia.

—¿Y las autoridades locales? ¿Siguen colaborando?

Marisol dudó, escogiendo sus palabras con cautela.

—Sí, pero con reservas. Cada incursión que no da resultados pone en riesgo a sus oficiales y a nuestros informantes. La confianza se está desgastando.

Tosh exhaló lentamente, la mirada distante mientras asimilaba las implicaciones. Cada minuto que pasaba reducía la posibilidad de rescate; cada ruta desviada significaba más vidas inocentes escapando de su alcance.

La Dra. Miriam Faber se acercó silenciosamente, su voz estable pero marcada por la determinación.

—No podemos permitirnos perder por completo esta célula. Es crucial mantener la presión mediante la vigilancia; incluso una capacidad reducida podría forzarlos a cometer errores. Necesitamos paciencia, Nicolás. Cualquier movimiento prematuro y se dispersarán por completo.

Rainer asintió sombríamente en señal de acuerdo.

—Miriam tiene razón. Debemos recalibrar, intensificar nuestra vigilancia clandestina y esperar a que cometan un error. Pero tenemos que aceptar la amarga verdad de que, con cada día que pasa, las probabilidades se vuelven más escasas.

La sala de operaciones quedó momentáneamente en silencio; el zumbido de los equipos subrayaba la ansiedad profunda y tácita. Tosh finalmente rompió el silencio, su voz firme a pesar de la profunda tensión emocional.

—Entonces esperamos, observando implacablemente. Pero en el instante en que cometan un error, sin titubeos, atacaremos con todo lo que tenemos.

Se volvió hacia las pantallas, mirando los puntos titilantes que representaban vidas humanas atrapadas en la oscuridad. Una dolorosa comprensión pesaba sobre él: sus esfuerzos, aunque incansables y sinceros, podían resultar insuficientes. Aun así, su determinación permanecía inquebrantable. Tosh sabía que continuarían su persecución, sin importar cuán tenue se volviera el rastro, porque cada pista perdida no era solo un revés: era un llamado a esforzarse más, aferrarse con más fuerza y jamás abandonar la esperanza.

Corrupción a nivel estatal: Plazos inminentes

Dentro de la tenue sala de inteligencia de Zermatt, la tensión era palpable. Nicolás Tosh observaba cómo una cascada de informes entraba por canales diplomáticos confidenciales, cada uno marcado por la urgencia y una creciente desesperación. La presión por parte de pequeñas naciones europeas y africanas se había intensificado repentinamente; sus líderes enviaban amenazas apenas veladas, disfrazadas como súplicas diplomáticas.

Marisol Álvarez proyectó un mapa detallado en la pantalla principal, señalando cada país que solicitaba escaneos discretos de ciertos personajes influyentes.

—Temen perder el respaldo financiero del G-7 si algún escándalo de corrupción se hace público. Estamos recibiendo solicitudes de silencio casi cada hora, todas disfrazadas con vagas promesas de cooperación, pero claramente impulsadas por el pánico.

Tosh caminaba lentamente, profundamente pensativo, evaluando las graves implicaciones.

—Cada petición, en esencia, nos pide comprometer nuestra transparencia, nuestra integridad. Pero rechazarlas podría desestabilizar regiones enteras.

Rainer Sábato se inclinó hacia delante, apretando con fuerza las manos sobre la mesa, con los ojos entrecerrados en contemplación.

—Esto no es simple corrupción: es sistémica. Administraciones completas podrían colapsar si se exponen, hundiendo a millones en el caos. Pero si los protegemos, seremos cómplices.

La Dra. Miriam Faber se encontraba a un lado, su voz suave pero firme, impregnada de determinación ética.

—Los plazos del G-7 son cada vez más ajustados. Si cedemos a estas demandas, socavamos los propios cimientos que construimos. La tecnología CDA nunca estuvo destinada a ser moneda de cambio político.

Tosh asintió gravemente.

—De acuerdo. Pero tampoco podemos permitir que poblaciones enteras sufran por las acciones de élites corruptas. Es una paradoja moral.

Marisol intervino con cautela.

—Quizá exista un término medio: divulgaciones limitadas con supervisión del G-7 sin exponer públicamente a las naciones más vulnerables. Controlamos cuidadosamente la divulgación de información para asegurar la estabilidad.

La expresión de Rainer se endureció.

—Incluso un compromiso limitado establece un precedente peligroso. Una vez que se abre esa puerta, no se vuelve a cerrar. El G-7 seguirá exigiendo más.

La sala quedó sumida en un pesado silencio, cada individuo luchando internamente con el peso de la decisión inminente. Finalmente, Tosh rompió el silencio con una voz resuelta, aunque fatigada por la persistente tensión ética.

—No concederemos acuerdos de silencio. En cambio, ofreceremos asistencia condicional: apoyo anticorrupción a cambio de compromisos de gobierno transparente. Si se niegan, deberán aceptar las consecuencias. Nuestra postura permanece clara: Zermatt protege la dignidad humana, no sistemas corruptos.

Sus palabras quedaron suspendidas en el aire, subrayadas por la continua tensión del reloj que avanzaba rápidamente, reduciendo con cada segundo su margen de maniobra. La tormenta de diplomacia internacional y dilemas éticos estaba lejos de acabar, pero Tosh permanecía firme, decidido a preservar el delicado equilibrio entre justicia y estabilidad.

Tecnología defectuosa y seguridad pública: Otra pieza defectuosa de aerolínea señalada. Tosh tenía al personal trabajando a toda velocidad, pero los recursos eran escasos, eclipsados por la crisis de NeuraTech.

Dentro del bullicioso centro de mando de Zermatt, las pantallas lanzaban alertas urgentes en rápida sucesión. Un monitor, resaltado ominosamente en rojo, mostraba advertencias críticas sobre otra pieza defectuosa de aerolínea que no cumplía con las especificaciones de seguridad. Nicolás Tosh permanecía rígido, con los brazos cruzados con fuerza sobre el pecho, mientras sus ojos absorbían rápidamente cada línea de datos.

—¿Hasta qué punto está extendido este problema? —preguntó Tosh con dureza, girándose rápidamente hacia Marisol Álvarez.

Ella se llevó un dedo al auricular, transmitiendo la información mientras la recibía.

—Al menos cuarenta aviones comerciales de tres aerolíneas internacionales —informó Marisol, su voz tensa por la alarma contenida—. Las pruebas iniciales indican sistemas hidráulicos comprometidos en el tren de aterrizaje. Podría provocar fallos catastróficos durante el aterrizaje.

Tosh exhaló pesadamente, cerrando brevemente los ojos en señal de frustración. Habían prevenido desastres similares anteriormente, pero cada victoria parecía temporal, una venda que cubría una herida cada vez más profunda.

—Necesitamos activar inmediatamente los protocolos para mantener esos aviones en tierra —ordenó con decisión, su voz cortando claramente los murmullos tensos—. Presionad con fuerza a las agencias reguladoras. Ningún avión equipado con estas piezas despegará hasta verificar plenamente su sustitución.

Marisol asintió rápidamente, ya transmitiendo las directrices de emergencia a través de canales seguros. Junto a ella, la Dra. Miriam

Faber supervisaba los análisis predictivos, la ansiedad marcando líneas sutiles en su frente.

—El verdadero problema no son solo estas piezas —intervino Miriam suavemente, sus ojos enfocados intensamente en los cambiantes modelos estadísticos en pantalla—. Es la negligencia sistémica impulsada por la avaricia. Esto no es algo aislado; es síntoma de una podredumbre más profunda.

Tosh sintió profundamente la verdad de sus palabras, un reconocimiento doloroso que presionaba su conciencia. Sus recursos, limitados y cada vez más desviados por la amenaza inminente de NeuraTech, estaban al borde del agotamiento. Cada crisis los desgastaba más, cada fallo en anticipar o interceptar podría tener consecuencias letales.

Desde el otro lado de la sala de mando, Rainer Sábato se inclinó urgentemente desde su estación.

—Las agencias reguladoras están respondiendo más lentamente de lo habitual. Están sobrecargadas verificando el cumplimiento mientras lidian con investigaciones en curso por la última retirada —advirtió—. Ellos también están al límite.

Tosh caminó brevemente, sintiendo el peso casi insoportable de las crisis simultáneas.

—No podemos ceder. Apoyémonos en nuestras redes de denunciantes. Aseguraos de que la prensa tenga los detalles necesarios para aumentar la presión pública. Hay vidas que dependen de una acción inmediata e inequívoca.

Sus palabras quedaron suspendidas en el aire, un potente recordatorio de la gravedad en torno a cada decisión. A pesar de la enorme crisis con NeuraTech, Tosh estaba decidido a que ningún riesgo para la seguridad humana, por más eclipsado que estuviese, fuese ignorado o minimizado. Sin embargo, la cruda realidad presionaba con dureza: ¿cuánto tiempo podrían continuar luchando por contener desastres mientras los recursos se agotaban, ensombrecidos por una amenaza aún más oscura que ascendía sin control?

Sabotaje corporativo e intrusiones de competidores – Los asesores de campaña de Redwood cortejaban discretamente a los gigantes tecnológicos, alimentando el rumor de que, una vez que Redwood fuese elegido, el CDA podría estar «abierto para los negocios».

En un salón elegante y tenuemente iluminado, oculto en los pisos superiores de un hotel de lujo en Washington, los principales asesores de campaña del senador Redwood se mezclaban discretamente con ejecutivos de las compañías tecnológicas más grandes del país. Las copas de cristal tintineaban suavemente, risas discretas salpicaban conversaciones serias, y voces bajas navegaban cuidadosamente alrededor de temas sensibles. Cada asistente había sido meticulosamente examinado, garantizando discreción mientras se transmitía un claro mensaje no verbal: la posibilidad de acceso sin precedentes estaba en el horizonte.

Jonathan Mercer, asesor principal de Redwood, se inclinó hacia el CEO de una destacada firma de inteligencia artificial, su voz baja pero suficientemente clara para transmitir absoluta confianza. —El senador Redwood es muy claro en esto —enfatizó suavemente Mercer, sus palabras medidas con precisión—. Bajo su administración, la transparencia no será solo una promesa; será la realidad operativa. El CDA ya no estará oculto tras fundaciones privadas o acuerdos reservados. En su lugar, imagínenlo como un campo abierto, regulado, por supuesto, pero con amplio espacio para asociaciones innovadoras.

El CEO arqueó una ceja, intrigado pero cauteloso. —¿Sugiere usted acceso corporativo directo al CDA? Incluso una integración parcial transformaría industrias enteras. El potencial de rentabilidad es inmenso, pero éticamente… es algo sin precedentes.

Mercer mostró una sonrisa calculada y tranquilizadora, con un tono aún más suave. —Simplemente hablamos de una democratización responsable de la tecnología. Imaginen análisis predictivos aplicados a pronósticos de mercado, diagnósticos de salud mental, incluso a percepciones del consumidor; con supervisión estricta, naturalmente.

En el extremo opuesto del salón, otra asesora, Elena Brooks, hablaba suavemente con representantes de un conglomerado global conocido por presionar los límites regulatorios. Escogía sus palabras cuidadosamente, buscando el equilibrio entre la plausibilidad y la negación. —Por supuesto, cualquier cooperación se adheriría estrictamente a las pautas éticas —afirmó Elena diplomáticamente—, pero con Redwood, el CDA ya no estará encerrado tras puertas cerradas. Las empresas podrían prosperar bajo una supervisión sensata pero ágil. La transparencia y el beneficio no son excluyentes.

Estas sutiles insinuaciones resonaban profundamente. Los ejecutivos intercambiaban miradas cautelosas; las implicaciones eran emocionantes pero inquietantes. Si Redwood triunfaba, el panorama competitivo podría cambiar radicalmente, redefiniendo la dinámica global del mercado.

Mientras tanto, lejos del brillante paisaje urbano, Nicolás Tosh permanecía tenso dentro de su oficina, inconsciente pero intuitivamente consciente de los susurros estratégicos que socavaban los límites éticos que tanto había luchado por defender. Llegaban reportes, rumores vagos pero persistentes sobre las ambiciosas promesas de Redwood que perturbaban sus pensamientos.

Rainer Sábato, visiblemente preocupado, entró rápidamente en la oficina. —Nicolás, nuestros contactos confirman que el equipo de Redwood está señalando discretamente a las grandes tecnológicas —anunció con urgencia—. Están difundiendo la idea de que el CDA podría volverse ampliamente accesible. Si esta narrativa se consolida, el espionaje corporativo aumentará considerablemente.

Tosh se reclinó lentamente hacia atrás, sintiendo un profundo temor asentarse en su pecho. —Redwood está jugando con fuego. Ve la transparencia como moneda política, ignorando lo rápido que esto podría degenerar en una explotación desenfrenada.

Rainer asintió gravemente. —El mundo corporativo percibe la oportunidad. Se posicionarán agresivamente. Si Redwood gana, las compuertas se abrirán.

Tosh se levantó, observando en silencio el horizonte tranquilo de la ciudad, su determinación afianzándose a pesar de la creciente ansiedad. —Entonces tendremos que luchar en dos frentes —dijo en voz baja pero resuelta—. Neutralizar a NeuraTech y asegurar que Redwood nunca obtenga acceso ilimitado. Nuestra vigilancia debe duplicarse; hay demasiado en juego.

Mientras las sombras de la tarde se alargaban, la tensión entre la supervisión responsable y la transparencia imprudente se hacía más clara. Las discretas promesas de Redwood a las grandes tecnológicas anunciaban un futuro incierto, uno en el que las ganancias podrían eclipsar rápidamente los principios.

La investigación de Maggie Wu

Ya en Zúrich corría el rumor de que merodeaba cerca del núcleo mismo de Experta. Si descubría las exigencias privadas de Redwood o la directiva secreta de la Casa Blanca, el escándalo podría estallar prematuramente.

Las calles empedradas de Zúrich brillaban bajo una llovizna mientras Maggie Wu avanzaba rápidamente entre la multitud matutina, su figura una sombra fugaz entre paraguas y gabardinas. Se dirigía con determinación hacia la sede de la Fundación Experta, sus pasos guiados por el pulso incesante de su instinto por descubrir la verdad. Sus ojos agudos escudriñaron la moderna fachada de vidrio, reflectante pero impenetrable: una metáfora perfecta de los secretos contenidos en su interior.

Horas antes, en la habitación de su hotel, Wu había unido meticulosamente los hilos proporcionados por fuentes dispersas. Sus informantes, antiguos empleados discretamente descontentos y cautelosamente temerosos, habían susurrado indicios tentadores sobre las demandas privadas del senador Redwood: exigencias que amenazaban la integridad de la tecnología que Tosh protegía con tanto celo. Un dato aparte, incluso más explosivo, sugería que la Casa Blanca había emitido una directiva secreta, autorizando explícitamente a Zermatt a utilizar el CDA como arma.

Ahora, a solo unas calles de Experta, el pulso de Wu se aceleraba. Esta historia era más que otro reportaje de investigación; era sísmica, capaz de remodelar realidades geopolíticas de la noche a la mañana. Pero las pruebas permanecían esquivas, intangibles. Necesitaba evidencia concreta: correos electrónicos, memorandos, algún documento extraviado; cualquier cosa capaz de convertir murmullos en hechos irrefutables.

En un pequeño café frente a Experta, Maggie tomó asiento junto a la ventana, fingiendo revisar casualmente su teléfono mientras observaba discretamente el flujo de empleados de la fundación entrando al edificio. Cada rostro, cada interacción, se convirtió en una posible vía hacia la verdad oculta.

Su teléfono vibró suavemente: un mensaje desde un número seguro. Wu miró la pantalla:

«Analista de nivel medio dispuesto a hablar. Detalles sobre la 'transformación en arma' del CDA-325. Encuentro a las 19:00, muelle oeste».

Exhaló lentamente, su mente acelerándose. Las apuestas eran enormes. La retórica de campaña de Redwood sobre la «Transparencia Total» ocultaba ambiciones que amenazaban con destruir el delicado equilibrio ético mantenido por Tosh. Mientras tanto, la directiva de la Casa Blanca insinuaba una desesperación encubierta.

Horas más tarde, bajo el tenue resplandor de las lámparas del muelle, Wu aguardó en silencio. El suave golpe de las olas contra los pilotes marcaba el paso del tiempo, hasta que una figura se acercó: joven, nerviosa, mirando frecuentemente por encima del hombro.

—No puedo quedarme mucho —susurró con urgencia, los ojos inquietos—. Han estado rastreando filtraciones internas.

—¿Qué tienes? —preguntó Wu con firmeza, su grabadora captando discretamente cada respiración.

—Memorandos internos —murmuró el analista, entregándole una pequeña unidad de datos—. Las exigencias de Redwood están detalladas. Quiere que el control total de Experta sea cedido tras su elección, sin reservas. Y hay más. La directiva de O'Sullivan autorizó explícitamente a Tosh a desplegar agresivamente el CDA contra NeuraTech. El uso de mentes como armas ahora está oficialmente sancionado.

Los dedos de Maggie se cerraron fuertemente alrededor de la unidad, sintiendo los latidos acelerados de su corazón. Comprendía claramente: publicar significaba desatar el caos. Pero el silencio significaría traicionar cada principio periodístico que valoraba.

Al regresar a su hotel, Wu abrió su portátil, cargando los explosivos contenidos de la unidad en su servidor cifrado. Sus dedos quedaron suspendidos sobre el teclado, momentáneamente paralizados por el peso del impacto global inminente. La decisión era únicamente suya: publicar inmediatamente, revelando secretos que podrían detener el mal uso clandestino, o esperar, arriesgando una escalada aún más desenfrenada.

Mientras las luces de la ciudad de Zúrich se reflejaban suavemente en el pavimento mojado, Maggie Wu respiró profundamente, afianzándose contra la duda. La verdad, se recordó con firmeza, es una carga, pero el silencio es mucho más pesado.

La última palabra en la Sala de Guerra

Bajo la iluminación austera del búnker de la Casa Blanca, Nicolás Tosh absorbió el profundo silencio tras las declaraciones definitivas del presidente O'Sullivan. Alrededor de la mesa metálica de conferencias, los rostros reflejaban la gravedad del momento.

Refuerzo inmediato

Los equipos de ciberseguridad de Zermatt intensificarían su ritmo, acelerando métodos avanzados de cifrado cuántico diseñados específicamente para frustrar los incesantes intentos de infiltración de NeuraTech. Coordinando discretamente con servicios de inteligencia aliados, Tosh autorizó una expansión mínima de protocolos selectivos de escaneo neuronal, estrictamente limitada a oficiales gubernamentales críticos de alto nivel. Sin embargo, para alivio silencioso de Tosh, el presidente no mencionó explícitamente emplear la peligrosa función «Overwrite» ni autorizó un despliegue masivo del Algoritmo-325.

Una mirada atenta sobre Redwood

Al concluir la reunión oficial, un asesor principal de la Casa Blanca se acercó discretamente a Tosh, inclinándose hacia él con cautelosa urgencia.

—El presidente requiere un paso adicional —murmuró con voz baja—. Redwood y su círculo cercano… necesitamos conocer sus intenciones. Tus escaneos deben extenderse cuidadosamente, lo suficiente para alertarnos de cualquier movimiento que Redwood pueda hacer contra la propia presidencia.

La petición envió un escalofrío a través de Tosh. Era exactamente el tipo de vigilancia sin control contra la que siempre había advertido. Sin embargo, viendo la determinación en los ojos del asesor, reconoció el temor subyacente; el temor de que las amenazas abiertas de Redwood culminaran en un mal uso catastrófico del CDA. Con un gesto reticente, Tosh aceptó esta desagradable realidad, consciente de que sus límites cuidadosamente establecidos ahora se estaban inclinando hacia prácticas inquietantemente cercanas a las de un estado de vigilancia.

Objetivo: la facción rebelde

Antes de que Tosh pudiera retirarse, el presidente O'Sullivan habló nuevamente, su voz baja pero implacable.

—Si surge evidencia clara de que NeuraTech ha logrado infiltrarse en nodos operativos significativos, autorizo ataques encubiertos inmediatos de represalia. Tienes mi plena aprobación para ejecutar incursiones o ciberataques según sea necesario. Neutraliza sus capacidades… como sea que debas hacerlo.

Tosh sintió que estas palabras pesaban profundamente sobre él. El presidente acababa de conceder licencia explícita para emplear armamento mental letal, un paso al que Tosh se había resistido con vehemencia durante años. Sin embargo, la gravedad de la amenaza era innegable. Cada escenario que imaginaba resaltaba posibilidades sombrías: la inacción implicaba un compromiso catastrófico; actuar significaba un riesgo moral profundo.

Finalmente, las puertas del búnker se abrieron suavemente con un leve siseo. Tosh salió al pasillo en silencio, con el corazón cargado por el complejo cálculo entre la moralidad y la necesidad. La fachada cuidadosamente mantenida de la democracia se había vuelto delgada, translúcida y peligrosamente frágil. Las líneas se habían trazado de manera irrevocable: por la ambición de Redwood, por el pragmatismo desesperado del presidente O'Sullivan y, reconoció Tosh en silencio, por su propia aquiescencia reticente.

De pie en la quietud contenida de la Casa Blanca, Tosh sintió una abrumadora sensación de vulnerabilidad. Las decisiones tomadas en aquella habitación estéril bajo los venerados pasillos del poder contenían ramificaciones que se extenderían más allá de su control, potencialmente remodelando el tejido mismo de la gobernanza global y la esencia de la autonomía humana. Las líneas ahora estaban claras, pero Tosh comprendía con amargura que con cada crisis que pasaba, con cada acto decisivo, amenazaban con desdibujarse aún más, hasta que la altura moral que había protegido tan fervientemente pudiera desvanecerse por completo.

Capítulo 8

La invasión de Zermatt

Zermatt, Suiza. El Centro de Datos, 2017

Día 22, 2:00 A.M. CET

Una tenue luz estelar cubría los Alpes suizos, cuyos picos escarpados se recortaban contra el cielo de medianoche. Bajo toneladas de roca y hielo, el Centro de Datos de Zermatt resplandecía con iluminación artificial, vibrando con el silencioso poder del procesamiento cuántico. El silencio nocturno de la montaña ocultaba la tormenta inminente, una que llegaría tanto en el ciberespacio como en el mundo físico.

Dentro de la inmensa y cavernosa instalación, técnicos monitorizaban bancos de servidores cuánticos que pulsaban con una tranquila intensidad, ajenos al caos que pronto desafiaría su meticulosa precisión. Nicolás Tosh, de pie junto a la consola central de operaciones, contemplaba atentamente los flujos de datos cifrados que caían en cascada por una docena de pantallas. Algo no iba bien; los patrones cambiaban sutilmente, como sombras tras un cristal empañado.

—¿Qué sucede? —preguntó Tosh, con voz tensa por la sospecha.

La Dra. Miriam Faber, analizando rápidamente señales cuánticas anómalas, negó con incredulidad.

—Nuestras capas de cifrado están siendo penetradas. Alguien ya está dentro.

Un escalofrío repentino recorrió a Tosh al asimilar la implicación.

—¿NeuraTech?

La expresión de Miriam era sombría.

—Parece que se han infiltrado utilizando una caché latente de Lingtao. Su sistema es… agresivo.

Los monitores destellaron súbitamente con alertas rojas mientras sonaban las alarmas. Los cortafuegos cuánticos de Zermatt temblaron bajo un ataque sin precedentes. Los flujos de datos se fracturaron en violentas ráfagas de actividad.

—¡Bloqueo de emergencia! —ordenó Tosh, esforzándose por mantener la calma en medio del creciente caos.

Las puertas se sellaron al instante con un cierre mecánico definitivo, encerrando al equipo dentro del nodo central. En el exterior, leves temblores de detonaciones, pequeñas explosiones estratégicas, retumbaron en las paredes. El corazón de Tosh se aceleró al darse cuenta de que NeuraTech no solo lanzaba un asedio digital, sino que habían llevado la lucha al mundo real.

—Brecha externa de seguridad —la voz de Rainer Sábato resonó con urgencia por el intercomunicador—. Múltiples intrusos, armados y moviéndose rápido.

—¡Bloqueen los grupos de servidores! —ordenó Tosh, sus ojos moviéndose frenéticamente entre pantallas. Miró a Marisol Álvarez, que coordinaba las defensas.

Marisol asintió con determinación.

—Desplegando contramedidas activas ahora mismo.

Momentos después, drones de seguridad controlados remotamente salieron zumbando desde paneles ocultos, sus formas compactas escaneando los pasillos con precisión infrarroja. En otros puntos, torretas automatizadas surgieron desde carcasas camufladas, con sus sistemas de apuntado preparados.

—¿Cómo atravesaron nuestras defensas perimetrales? —murmuró Tosh, con una mezcla de incredulidad y enfado en la voz.

Miriam señaló con urgencia su pantalla, con dedos que temblaban ligeramente.

—Han descifrado segmentos de nuestro cifrado reconfigurado a través de los nodos en Hong Kong. Están anulando nuestras defensas internas remotamente, evitando por completo las barreras físicas.

Tosh sintió una intensa oleada de temor.

—¡Cortad esas conexiones ahora!

—No podemos —la voz de Miriam tenía un deje de pánico—. Han insertado bucles recursivos de retroalimentación. Si cortamos abruptamente, corremos el riesgo de fallos en cascada en toda nuestra red.

Un estruendo profundo resonó sobre ellos, haciendo caer polvo de los paneles del techo. Tosh intercambió una mirada sombría con Marisol.

—Están intentando irrumpir físicamente. Rainer, ¿estado?

—Son sofisticados y rápidos, probablemente excontratistas militares —respondió Rainer secamente, con evidente tensión—. Usan cargas tácticas moldeadas. Tomará tiempo, pero eventualmente entrarán.

Tosh apretó los puños, buscando frenéticamente soluciones.

—Datos de respaldo: iniciad la transferencia remota a Experta inmediatamente. Si esta instalación cae, la tecnología no puede hacerlo.

Marisol tecleó rápidamente los comandos, activando los protocolos de evacuación de datos. Paquetes cuánticos se precipitaron por canales de emergencia hacia Zúrich; la valiosa información huía antes del avance de los intrusos.

Miriam se volvió hacia Tosh, con ansiedad profundamente marcada en su rostro.

—Si toman el control de los nodos cuánticos principales, tendrán acceso al CDA-325.

—Eso no sucederá —juró Tosh con determinación—. Activa el mecanismo de emergencia del Algoritmo-325.

Miriam vaciló, consciente de la magnitud de lo que Tosh pedía.

—Entiendes las consecuencias: pérdida permanente de datos; años de desarrollo desaparecerán en segundos.

—Es mejor destruirlo que verlo convertido en un arma —respondió Tosh con sombría determinación.

Miriam asintió lentamente, con el dedo suspendido sobre la tecla roja iluminada en su consola. Tosh miró por última vez los monitores, la lucha desesperada desarrollándose tanto en forma digital como física.

—Hazlo.

El mecanismo de emergencia se activó con un suave tintineo, un sonido engañosamente delicado que marcaba la brutal autodestrucción de las estructuras fundamentales del Algoritmo-325. A su alrededor, los servidores cuánticos zumbaban con más fuerza, entonando una elegía por el sacrificio de aquella brillante creación.

Momentos después, la voz de Rainer volvió a resonar, urgente y tensa:

—Están casi dentro. Tosh, tienes que evacuar.

Tosh dudó apenas un instante, luego dio la orden:

—Iniciad la evacuación total del personal. Proteged primero las vidas.

—Entendido —respondió Rainer, breve pero decidido.

Mientras Tosh y su equipo principal avanzaban rápidamente hacia la salida de emergencia oculta, las explosiones reverberaban a sus espaldas; sus ecos estaban cargados de furia y determinación. Habían tomado la decisión más difícil posible, una que protegía a la humanidad, pero sacrificaba años enteros de avances.

Al emerger en la gélida noche alpina, Tosh sintió cómo el aire helado cortaba agudamente sus pulmones. Detrás de él, la instalación ardía, oculta bajo roca y nieve, pero plenamente visible en su memoria. El corazón de Zermatt, su santuario y fortaleza, había sido invadido y devastado.

Sin embargo, en medio del dolor y la furia, una determinación implacable se apoderó de Tosh como fuego helado. NeuraTech había golpeado justo en el núcleo de aquello que había jurado proteger, y ahora era algo personal. La tormenta había llegado, y Tosh sabía perfectamente que esto era apenas el comienzo.

Ataque digital coordinado

Dentro de un centro subterráneo de mando bajo Zermatt, Rainer Sábato permanecía rígido ante un muro de pantallas, cada una parpadeando frenéticamente con líneas de código invasivo. Los flujos de datos, habitualmente serenos, ahora se habían vuelto caóticos, entrelazándose agresivamente en las defensas mientras las alarmas resonaban en pulsos urgentes y repetitivos. Una transmisión de vídeo segura desde el cuartel general del G-7 en Londres crepitó con fuerza por altavoces montados en el techo.

—Intentos sostenidos de infiltración detectados, originados desde múltiples nodos globales; firma confirmada de NeuraTech. Nivel de amenaza crítico.

—Entendido —respondió Rainer bruscamente, con voz firme pese a la tensión que recorría visiblemente su cuerpo. Sus manos volaron expertamente sobre una consola brillante, transmitiendo instantáneamente una alerta de emergencia a toda la instalación.

—Equipos de seguridad, esto no es un simulacro. Tenemos una brecha digital activa. Asumid máxima preparación de combate; activad los protocolos de emergencia ahora.

Su orden resonó por pasillos ocultos y salas fortificadas de seguridad; las puertas se sellaron con un decisivo sonido metálico, bloqueando automáticamente todos los accesos. Drones de seguridad emergieron rápidamente desde compartimentos ocultos, sus formas silenciosas y ominosas escaneando metódicamente los corredores.

Junto al puesto de Rainer, los dedos de la Dra. Miriam Faber se movían frenéticamente sobre su teclado, desplegando contramedidas en tiempo real. Su corazón latía con fuerza mientras observaba el código invasor intentando desmantelar las capas de cifrado de Zermatt, una por una.

—Esto no tiene precedentes —murmuró Miriam, con ojos alarmados que reflejaban las amenazas desplazándose velozmente por las pantallas—. Están usando algoritmos adaptativos; están aprendiendo nuestros patrones defensivos y respondiendo más rápido de lo que podemos contrarrestarlos.

—Van directamente hacia los protocolos neurales centrales —
confirmó Rainer sombríamente, señalando las líneas de código malicioso
que atacaban los nodos de enlace—. Si toman el control, podrían
sobrescribir toda nuestra infraestructura cuántica: satélites, clústeres de
datos seguros, todo.

De pronto, las pantallas destellaron en carmesí simultáneamente.

—Brecha crítica en sector defensivo detectada —advirtió fríamente
una voz automatizada, amplificando la presión.

Miriam tecleaba frenéticamente, redirigiendo algoritmos anti-
intrusión, desesperada por anticipar los próximos movimientos de
NeuraTech.

—Están insertando profundos bucles recursivos en nuestro sistema,
entrelazados con credenciales legítimas. Si cortamos las conexiones
abruptamente, podríamos provocar fallos en cascada en toda la red
global.

Rainer exhaló con tensión.

—Entonces aíslalos incrementalmente en bucles segmentados,
atrápalos; danos tiempo.

Antes de que Miriam pudiera iniciar la orden, otra advertencia sonó
ominosamente. La instalación tembló con un estruendo bajo y resonante
proveniente del exterior, dejando caer partículas finas de polvo de
cemento desde el techo.

—Están penetrando físicamente —Rainer respiró con dureza, tocando
su dispositivo de comunicación—. Tosh, tenemos amenazas físicas
entrantes. Confirmadas brechas tácticas con explosivos. Preparaos para
evacuar inmediatamente.

Rápidamente giró hacia Miriam, la urgencia aguda en su voz.

—Inicia los protocolos de evacuación de datos. Respalda todo lo crítico hacia Experta ahora.

Los dedos de Miriam se deslizaron a toda velocidad sobre la consola, iniciando transferencias cuánticas de emergencia. Los datos se precipitaron por líneas subterráneas seguras, corriendo a la velocidad de la luz hacia Zúrich.

—Necesitamos activar el mecanismo de emergencia del Algoritmo-325 —dijo Rainer, con la voz cargada de presagio.

Miriam hizo una breve pausa, los dedos temblándole ligeramente. Asintió una vez, armándose de valor.

—Entendido. Preparando el mecanismo para activación inmediata. Si lo ejecutamos, perderemos permanentemente todos nuestros avances recientes.

—Mejor borrados que utilizados como armas —respondió Rainer con sombría certeza.

Observó cómo el dedo de Miriam vacilaba apenas un instante antes de pulsar la activación. Una campanada suave y perturbadora resonó en el aire; un sonido inquietantemente apacible que marcaba la destrucción irreversible de los datos. El estómago de Rainer se retorció con fuerza mientras veía años enteros de trabajo profundo desvanecerse instantáneamente en la nada, sacrificados para proteger a la humanidad de un control mental desatado.

La instalación volvió a sacudirse violentamente, las paredes vibrando ante la detonación de otra carga explosiva, más cercana y feroz. Rainer extendió instintivamente el brazo para estabilizar a Miriam mientras las luces parpadeaban momentáneamente.

—Tosh —habló con urgencia por el comunicador—, las fuerzas de NeuraTech están a minutos de irrumpir en el comando central. Tienes que salir ahora mismo.

Otra explosión resonó por los túneles cavernosos, más fuerte, más próxima. Rainer activó rápidamente una baliza de evacuación de emergencia, enviando alertas por toda la instalación.

—Todos los equipos, retiraos inmediatamente a los puntos de extracción. Defended únicamente para asegurar una retirada segura.

Mientras drones de seguridad enfrentaban a los intrusos con ráfagas precisas de fuego, los pasillos se llenaron de un humo denso y chispas crepitantes. El sonido de disparos resonaba en brutales intercambios entre defensas automatizadas y operativos humanos altamente entrenados, que avanzaban implacablemente hacia el interior.

En la entrada del centro de mando, Rainer y Miriam dieron una última mirada dolorosa a sus consolas. Se cruzaron brevemente sus miradas, cada uno reconociendo la gravedad de lo ocurrido: Zermatt había sido irrevocablemente penetrado, sus secretos destruidos o al borde de la captura.

—Tenemos que irnos —urgió Rainer, guiando rápidamente a Miriam hacia los túneles ocultos de evacuación.

Fuera, el aire frío de los Alpes cortó sus rostros. Rainer miró hacia atrás, su respiración formando densas nubes en la oscuridad helada. Bajo la nieve y el granito, la fortaleza ardía silenciosamente, su corazón digital destruido.

Sin embargo, en la fría noche, Rainer sintió cómo su determinación se endurecía profundamente. Este ataque había marcado líneas claras: la humanidad contra la tiranía tecnológica. Esta noche, NeuraTech había asestado un golpe brutal, pero la lucha, Rainer sabía instintivamente, apenas comenzaba.

Incursión física: Redada en las afueras

En lo alto, sobre Zermatt, un accidentado camino de montaña recorría la cresta, su superficie una fina cinta bajo el cielo estrellado. El silencio dominaba el entorno alpino, roto solo por los lejanos susurros del viento entre las ramas de los pinos. De pronto, la tranquilidad fue interrumpida por el bajo rumor de motores, los neumáticos aplastando grava mientras dos SUV completamente oscurecidos se detenían con precisión, sus faros apagados.

Las puertas se abrieron simultáneamente; figuras esbeltas vestidas completamente con equipo táctico oscuro emergieron en silencio. Sus movimientos eran precisos, disciplinados. El líder levantó una mano enguantada, y su equipo se dispersó inmediatamente hacia posiciones preestablecidas. Equipos fueron descargados rápidamente: aparatos compactos de perforación, pequeñas cargas explosivas y sofisticados sensores electrónicos que parpadeaban con señales verdes y apagadas en la oscuridad.

—Dos minutos —susurró el líder del equipo a su micrófono de garganta, las palabras claras y cargadas de urgencia—. Localizad silenciosamente la entrada oculta. Las cargas son solo como último recurso.

Un segundo vehículo se detuvo más abajo en la carretera de montaña; sus miembros del equipo se desplegaron rápidamente en puntos de observación. A través de gafas de visión nocturna de alta potencia, escanearon meticulosamente las pendientes, controlando sus respiraciones a pesar de la altitud y la tensión.

Cerca, parcialmente ocultos por una densa maleza, dos guardias fronterizos suizos patrullaban tranquilamente, ajenos al asalto inminente. Uno de los guardias notó sombras que se movían extrañamente contra el terreno iluminado por la luna. Entrecerrando los ojos con sospecha, alcanzó lentamente su radio, presionando con el pulgar para transmitir:

—Central, quizás tenemos algo…

La transmisión se cortó abruptamente cuando una sombra se lanzó desde la oscuridad, golpeando la radio de su mano. El guardia se tambaleó, instintivamente forcejeando con el atacante. Una lucha rápida y brutal ocurrió, jadeos y gruñidos amortiguados mezclándose mientras el atacante giraba con destreza, inmovilizando al guardia firmemente contra el suelo helado. El segundo guardia, sorprendido, intentó sacar su arma, pero otro operativo se acercó rápidamente, neutralizándolo con despiadada eficiencia. Ambos guardias quedaron inmovilizados, restringidos rápida y silenciosamente.

De regreso en el punto de entrada, los operativos presionaron su equipo contra una formación rocosa aparentemente inofensiva. Los sensores palpitaron suavemente mientras buscaban anomalías estructurales. Una leve vibración resonó bajo las puntas de sus dedos enguantados.

—Aquí —susurró un operativo con confianza, señalando una junta irregular apenas visible en las sombras—. Cortad la cerradura.

Un cortador láser se encendió, su haz atravesando silenciosamente los pernos metálicos ocultos tras la fachada rocosa. La radio del líder del equipo crujió suavemente.

—Perímetro asegurado. Dos guardias neutralizados.

—Confirmado —respondió con brevedad, la mirada fija en su equipo mientras abría con esfuerzo la puerta recién descubierta. La entrada metálica se abrió hacia dentro, revelando un túnel de servicio tenuemente iluminado que descendía abruptamente bajo tierra. El aire en el interior olía estéril, con un ligero toque de ozono.

Mientras el equipo avanzaba, su movimiento activó un sensor infrarrojo casi invisible incrustado en la pared del corredor. A kilómetros de allí, en el centro de control de Zermatt, un guardia de seguridad frunció el ceño cuando un sensor de movimiento emitió un ligero pitido. Recorrió rápidamente las cámaras; una por una, cada pantalla se volvió negra.

El guardia se levantó bruscamente, sintiendo el pánico comprimirle el pecho.

—Hemos perdido visión en el perímetro tres —ladró con urgencia por su comunicador—. Posible intrusión…

Una explosión atronadora desgarró el silencio de la montaña, enviando ondas expansivas que retumbaron hasta el núcleo de la instalación. Polvo de hormigón y esquirlas llovieron desde arriba, nublando corredores y cámaras de seguridad. Los infiltrados abandonaron el sigilo, conscientes de que su aproximación silenciosa había sido descubierta.

—¡Rápido! —gritó el líder del grupo en medio del tumulto, su voz resonando claramente a través del caos—. ¡Neutralizad todas las defensas!

Los operativos avanzaron con determinación, armas desenfundadas. Drones automatizados de defensa emergieron velozmente de compartimientos ocultos, zumbando agresivamente. El corredor estalló en un feroz intercambio de disparos; ráfagas secas y metódicas resonaban, interrumpidas por los agudos gemidos de drones que caían en espiral hacia el suelo, convertidos en chatarra.

Más adentro, en el laberinto subterráneo de Zermatt, Rainer Sábato permanecía rígido, con la mirada clavada en las alarmas destellantes que invadían sus pantallas.

—Seguridad física comprometida —advirtió con urgencia por radio— ¡Iniciad inmediatamente la respuesta defensiva! ¡Evacuad al personal no esencial ahora!

Las puertas de seguridad se cerraron con contundentes ecos metálicos, aislando secciones enteras de la instalación en compartimentos separados. Los intrusos avanzaban metódicamente, utilizando cargas explosivas para destrozar barreras selladas, enviando estruendos destructivos a través de los túneles. El humo se espesó, y el olor acre de cables quemados llenaba cada respiración.

Rainer rápidamente tomó una pistola bajo su consola, señalando a la Dra. Miriam Faber para que lo siguiera hacia el túnel oculto de evacuación. Sus pasos apresurados resonaban al ritmo de los lejanos disparos. Al llegar a la salida, otra explosión retumbó aún más cerca, haciendo añicos las luces superiores.

Al emerger al frío aire de montaña, Rainer se giró brevemente, observando cómo el humo ascendía hacia la noche alpina. Debajo, el corazón de Zermatt ardía silenciosamente bajo capas de granito, sometido a un ataque implacable.

Su mirada se endureció al comprender plenamente las implicaciones de aquella incursión. Esta noche marcaba un punto de inflexión: NeuraTech había revelado claramente su jugada, sin dejar lugar a dudas. Zermatt estaba bajo asedio, pero la batalla por la libertad de la humanidad apenas comenzaba.

Defensa heroica: Respuesta de emergencia y bloqueo total

En los profundos corredores subterráneos, Rainer y un pequeño grupo de seguridad corrieron hacia un improvisado puesto de mando, sus pasos apresurados resonando con fuerza en las paredes reforzadas. Arriba, las luces de emergencia proyectaban sombras carmesíes sobre los rostros tensos, bañando el laberinto con un resplandor inquietante.

—Nos atacan digital y físicamente —ordenó Rainer secamente por el comunicador—. Todo el personal asegure sus estaciones. ¡Preparaos inmediatamente para la incursión desde la superficie!

Múltiples respuestas crujieron por el canal mientras el personal se apresuraba a implementar protocolos entrenados innumerables veces, pero jamás realmente anticipados. Las pantallas mostraban alarmas críticas, indicando brechas en múltiples puntos superficiales.

De repente, el rostro severo de Nicolás Tosh apareció en la pantalla principal mediante un enlace directo y cifrado desde Zúrich. Tenía la mandíbula firmemente apretada y los ojos ardiendo con intensidad.

—Rainer —dijo Tosh, con voz firme pero cargada de urgencia—, debéis resistir. Proteged los servidores cuánticos a toda costa. Cerrad cada ruta de acceso desde la superficie. Estoy en camino, pero tardaré dos horas como mínimo.

En la superficie, las sirenas perforaban la tranquilidad alpina mientras unidades de emergencia suizas se movilizaban con rapidez. Helicópteros de patrulla ascendieron desde el aeródromo cercano, sus potentes reflectores barriendo los picos cubiertos de nieve en arcos agudos. Debajo, figuras sombrías se movían con velocidad deliberada, revelando precisión y disciplina en cada acción.

Junto a los conductos de ventilación, los atacantes colocaron rápidamente cargas dirigidas en las persianas de acero, cuyos temporizadores parpadeaban ominosamente. Cada operativo actuaba con fría eficiencia, ignorando el estruendo de los helicópteros que se aproximaban mientras activaban sus explosivos.

Dentro de la instalación, los sistemas de defensa automatizados entraron inmediatamente en acción. Puertas blindadas se cerraron secuencialmente con contundentes ecos metálicos, sellando una por una las alas críticas de los servidores. Rainer dirigía a los equipos de seguridad, sus ojos alternando rápidamente entre los monitores mientras coordinaba la postura defensiva.

—¡Particiones de seguridad completamente activadas! —gritó un ingeniero desde una terminal cercana, los dedos volando sobre el teclado, con los ojos desorbitados por la adrenalina—. ¡Nadie pasará sin activar todas las alarmas disponibles!

Rainer entrecerró los ojos con determinación. —Redirigid los drones a la superficie. ¡Protegedlos hasta que lleguen las unidades suizas!

En el exterior, drones de defensa salieron rápidamente desde compartimentos ocultos, ascendiendo para enfrentarse a los atacantes. Estos se dispersaron velozmente, alzando rifles compactos equipados con emisores PEM. Ondas electromagnéticas pulsantes atravesaron el aire, haciendo caer a los drones en una lluvia de chispas ardientes.

En los corredores interiores, explosiones sacudieron los cimientos, derramando polvo desde los techos. El intercomunicador crujió: —Intrusos en los conductos superiores de ventilación. ¡Sección 12 comprometida!

Sin dudarlo, Rainer salió corriendo del puesto de mando, seguido de cerca por su equipo de seguridad con las armas en mano. Sus botas tácticas resonaban sobre las rejillas metálicas, respiraciones rápidas y controladas en medio del creciente caos.

Una explosión cercana lanzó escombros sobre el corredor. A través del humo, figuras vestidas de negro avanzaron rápidamente, abriendo fuego de inmediato. Los destellos de los disparos iluminaban tenuemente los pasadizos, y las balas rebotaban salvajemente contra el hormigón reforzado y el acero. Rainer y su equipo tomaron posiciones defensivas, devolviendo fuego con ráfagas precisas, deteniendo momentáneamente el avance de los intrusos.

—¡Posición de repliegue Bravo! —gritó Rainer, apenas audible sobre el estruendo de los disparos. Su equipo maniobró con precisión, manteniendo cobertura mientras retrocedían estratégicamente.

Simultáneamente, en el centro principal de datos, la Dra. Miriam Faber luchaba desesperadamente por reforzar los protocolos del cortafuegos ante la creciente ofensiva digital. Las pantallas mostraban velozmente códigos maliciosos, cada línea una puerta potencial para que los atacantes penetraran los protocolos neurales del CDA de Zermatt.

—¡Estamos perdiendo capas! —exclamó frenéticamente Miriam—. ¡Se adaptan más rápido de lo que podemos responder!

Rainer la escuchó por su auricular, apretando la mandíbula con determinación. —¡Resistid cuanto podáis! ¡Los refuerzos vienen en camino!

Una nueva explosión destruyó el corredor detrás del equipo de Rainer, obligándolos a avanzar más profundamente en el laberinto. El humo saturaba el aire, picando sus pulmones y nublando su visión. Aun así, avanzaron disciplinados e implacables, alcanzando rápidamente el sistema de túneles de emergencia.

Al llegar finalmente al túnel de evacuación reforzado, Rainer introdujo rápidamente una serie de códigos en el panel de seguridad. Pesados pernos se liberaron con un siseo hidráulico, y las gruesas puertas metálicas se separaron lentamente. Al ingresar al túnel, otra explosión conmocionó la estructura, la onda expansiva desequilibrando momentáneamente a varios integrantes del equipo.

Reagrupándose rápidamente, emergieron al aire frío nocturno, apareciendo sobre un camino oculto en las montañas que dominaban Zermatt. Abajo, las llamas parpadeaban entre los escombros dispersos, la instalación parcialmente comprometida, pero resistiendo con fiereza.

Observando la escena, la expresión de Rainer se endureció en fría furia. Zermatt estaba herida, pero lejos de estar derrotada. Esta batalla apenas comenzaba, y la lucha por el futuro de la humanidad era ahora más personal que nunca.

Brecha Parcial: Acceso al CDA-325

En medio del caos que inundaba el centro de mando subterráneo de Zermatt, la Dra. Miriam Faber contemplaba su consola con ojos amplios por la incredulidad. Líneas de código maligno caían en cascada por la pantalla, cada carácter resplandeciendo peligrosamente en rojo sobre el fondo oscuro. Sus dedos temblaban ligeramente mientras tecleaba frenéticamente, intentando interceptar la amenaza.

—Han activado algo nuevo, un troyano multivectorial —gritó con urgencia, su voz cortando las alarmas que aumentaban—. Se ha adherido a uno de nuestros servidores desconectados, un rack que estábamos recodificando.

Rainer Sábato corrió hacia el centro de control, la urgencia plasmada en cada línea de su rostro. Se asomó por encima del hombro de Miriam, entrecerrando los ojos mientras comprendía las implicaciones.

—¿A qué están accediendo exactamente?

La voz de la Dra. Faber estaba tensa, al borde del pánico. —Al viejo repositorio... incluyendo referencias parciales al CDA-325. Están extrayendo nuestros datos.

Un silencio cargado cayó en la sala, roto únicamente por los ecos distantes de explosiones y disparos desde zonas más profundas del complejo. El código del CDA-325 era la piedra angular de los protocolos más sensibles de Zermatt: tecnología Overwrite capaz de reformar recuerdos y percepciones. Incluso fragmentos limitados en manos de NeuraTech podrían significar un desastre.

Rainer se abalanzó hacia la terminal central de control, sus dedos volando rápidamente sobre el teclado.

—Iniciad el apagado de emergencia —ordenó bruscamente a los técnicos cercanos que lo miraban sorprendidos—. ¡Cortad inmediatamente la energía de todo ese rack!

Un técnico cumplió con rapidez, golpeando con la palma una serie de interruptores de corte de emergencia bajo un panel de vidrio. Al instante, filas enteras de luces en los servidores comenzaron a apagarse sistemáticamente, sumiendo partes de la sala de control en una inquietante oscuridad. Las luces superiores parpadearon y se atenuaron, como si el propio centro de datos estuviese herido.

Todas las miradas se clavaron en la pantalla principal, donde el código invasor se retorcía como una serpiente agonizante, con la barra de progreso del ataque detenida a mitad de transferencia. Por un instante, la esperanza invadió la sala de mando.

Entonces, abruptamente, un último estallido de datos entrantes apareció en pantalla: un paquete final y desafiante de código malicioso elevó la barra de infiltración hasta un escalofriante 100 %. Un jadeo colectivo llenó la sala cuando la pantalla se disolvió en un torbellino de estática digital y luego desapareció completamente, dejando un vacío ominoso.

Rainer golpeó con fuerza la consola, apretando la mandíbula. —Maldita sea —murmuró con amargura, respirando profundamente para controlar la tensión—. Han extraído algo. Pero no podemos confirmar qué o cuánto.

La Dra. Faber exhaló con dificultad, su mente acelerada evaluando los posibles daños. Las consecuencias eran catastróficas; incluso fragmentos del CDA-325 permitirían a NeuraTech refinar drásticamente su tecnología invasiva, elevando su capacidad para sobre escribir recuerdos e identidades a niveles aterradores.

A su alrededor, el personal de seguridad se apresuraba en un pánico controlado, revisando protocolos defensivos y reforzando barreras internas. Pero Rainer y Miriam permanecieron inmóviles, enfrentándose a la dura realidad iluminada por el cursor parpadeante en una pantalla oscura.

NeuraTech había atravesado su fortaleza digital, dejando el secreto más protegido de Zermatt peligrosamente vulnerable. La guerra por el control de la mente humana acababa de entrar en su fase más peligrosa hasta el momento.

Sobre el terreno

Un profundo retumbar sacudió la ladera alpina, enviando cascadas de grava suelta cuesta abajo cuando el equipo paramilitar detonó una carga cuidadosamente posicionada en una escotilla de ventilación. El polvo se levantó en el aire frío de la montaña, oscureciendo la visibilidad durante unos segundos cruciales. Los operativos avanzaron rápidamente a través de la neblina, con las armas en alto y las botas pisando urgentemente fragmentos de hormigón destrozado.

El líder operativo se detuvo abruptamente, el haz de su linterna cortando el polvo e iluminando una pared desnuda y reforzada de hormigón donde habían anticipado una entrada abierta. Un gruñido frustrado escapó de sus labios, amplificado con dureza por el micrófono en su garganta. —¡Es un callejón sin salida! ¡Estamos atrapados!

Desde una cresta más abajo, potentes reflectores se encendieron súbitamente, proyectando las sombras de los invasores claramente sobre la roca. El repentino rugido de motores anunció problemas. Tres vehículos de patrulla fronteriza suizos subían agresivamente por el estrecho camino de grava, con las ruedas lanzando piedras al girar frenéticamente.

—¡Retroceded al Punto de Reunión A! ¡Fuerzas suizas en camino! —gritó el líder del equipo, la urgencia tensando su voz. Los operativos pivotaron de inmediato, su precisión táctica transformándose en una desesperación frenética. Su aproximación silenciosa se deshizo en caos cuando ráfagas de disparos atravesaron la noche. Los destellos de las bocas de fuego florecieron violentamente, iluminando brevemente el terreno rocoso en ráfagas intermitentes.

Las balas rebotaban en las piedras, obligando a los operativos a arrojarse tras escasas coberturas de rocas y arbustos. Los agentes suizos saltaron de sus vehículos, tomando posiciones disciplinadas tras las puertas blindadas, devolviendo el fuego en ráfagas precisas. El agudo crujido de armas automáticas resonaba duramente en las montañas, cada disparo retumbando ominosamente a lo largo del valle.

Atrapados bajo fuego, los intrusos respondieron desesperadamente, lanzando fuego de supresión en rápidas ráfagas mientras corrían hacia su punto de extracción. Gritos de dolor atravesaron el tiroteo cuando un operativo fue alcanzado, desplomándose al suelo y agarrándose una pierna herida. Un compañero sujetó rápidamente su chaleco, arrastrándolo velozmente tras el refugio de una roca.

Arriba, un golpeteo rítmico llenó el aire cuando un elegante helicóptero negro mate irrumpió en posición, descendiendo agresivamente, con el viento de sus rotores arremolinando nieve y escombros en un vórtice. Sus puertas laterales se abrieron deslizándose, revelando figuras enmascaradas que extendían con urgencia las manos hacia sus compañeros asediados.

Los operativos paramilitares abandonaron rápidamente el equipo disperso y corrieron hacia su salvación flotante, lanzándose al interior del helicóptero mientras las balas rebotaban peligrosamente cerca. El helicóptero se elevó velozmente, inclinándose bruscamente lejos del valle, dejando atrás a las patrullas suizas que gritaban frenéticamente a través de sus radios, con reflectores siguiendo en vano su ruta en la oscuridad.

En tan solo momentos, la montaña recuperó su inquietante silencio, perturbado únicamente por las dispersas nubes de humo y el persistente olor a cordita. El asalto fallido había dejado atrás preguntas sin responder, equipo abandonado y una amenaza latente en el aire frío de los Alpes.

En el centro de mando

El ambiente en el centro de mando se sentía cargado eléctricamente, puntuado por el penetrante ulular de las alarmas que resonaban contra las paredes reforzadas. Las luces de emergencia bañaban la sala de control con un intenso resplandor carmesí, proyectando sombras inquietas sobre los tensos rostros de los técnicos que corrían entre las consolas, sus dedos bailando frenéticamente sobre los teclados. Las lecturas digitales parpadeaban de manera ominosa, formando una caótica sinfonía de señales de advertencia que resaltaban la fragilidad de sus defensas.

Rainer Sábato se apoyó pesadamente contra una consola central, respirando con dificultad, su corazón latiendo al ritmo de las alarmas. El sudor brillaba en sus sienes y un ligero temblor en sus manos delataba la adrenalina que recorría sus venas. A su alrededor, los técnicos se apresuraban, sus voces agudas pero controladas, intentando restaurar la energía y sellar las vías digitales comprometidas.

—¡Restableced ese cortafuegos secundario! —gritó Rainer, con la urgencia recortando sus palabras—. ¡No podemos permitir otra brecha!

A su izquierda, una pared de pantallas mostraba imágenes de seguridad desde la superficie, cuyas granuladas transmisiones pintaban un panorama sombrío: médicos suizos con equipos reflectantes se inclinaban sobre guardias heridos, luces de emergencia pulsando rítmicamente. Pese al caos, no había cuerpos sin vida tendidos en la nieve; aún no había víctimas mortales, pero el coste para quienes defendían Zermatt era visible y grave.

Un repentino sonido de alerta captó bruscamente su atención. El rostro cansado pero determinado de Nicolás Tosh apareció en la pantalla principal, iluminado tenuemente por las luces interiores del vehículo mientras avanzaba rápidamente por las sinuosas carreteras alpinas, con la urgencia grabada profundamente en sus rasgos.

—¡Actualización, Rainer! —la voz de Tosh estaba tensa, marcada por la gravedad de la situación.

Rainer se irguió, respirando profundamente para estabilizar su voz.

—Se han retirado —informó, mezclando agotamiento y alivio con un temor persistente—. Contuvimos la brecha física, pero… —vaciló, tragando saliva ante una oleada de aprensión—, no antes de que obtuviesen datos parciales del servidor antiguo. Es posible que tengan una fracción de la estructura Overwrite del CDA-325, suficiente para refinar su propia versión. Aún no podemos estar seguros.

El efecto de las palabras de Rainer sobre Tosh fue inmediato y profundo. La mandíbula de Tosh se tensó, sus ojos se entrecerraron ligeramente con furia contenida. Rainer vio claramente la oleada de inquietud cruzar el rostro de Tosh, la comprensión del enorme significado de lo ocurrido golpeándole casi físicamente.

Para Zermatt, el CDA-325 siempre había sido una maravilla tecnológica celosamente protegida, estrictamente controlada mediante complejos sistemas éticos. Era lo único que impedía que sus inmensas capacidades se convirtiesen en una amenaza catastrófica. La posibilidad de que NeuraTech poseyera ahora siquiera un fragmento de esa tecnología, despojada de esos límites éticos, era aterradora. Significaba la diferencia entre una amenaza manejable y un peligro imparable.

—Rainer —Tosh habló con cuidado, cada palabra impregnada de una intensidad contenida—, estoy a veinte minutos de distancia. Asegurad cada rastro que podáis, aislando cualquier código sospechoso. Nos reagruparemos inmediatamente e iniciaremos una evaluación exhaustiva de los daños. Esperad una auditoría digital completa: cada línea de código, cada archivo. Prepara a tu equipo para lo peor.

Rainer asintió con firmeza, aferrándose al borde de la consola como si intentara anclarse a ella.

—Entendido. Ya estamos bloqueando todo, revisando cada byte. Pero, Tosh… si ellos tienen, aunque sea un fragmento…

Tosh lo interrumpió suavemente, pero con firmeza, su voz cargada de responsabilidad y determinación:

—Entonces no tenemos más opción que adaptarnos y contraatacar. Ya antes hemos enfrentado contratiempos y siempre hemos respondido. Encontraremos una manera de neutralizar esta nueva ventaja que tienen. Mantente fuerte, Rainer. Mantén al equipo enfocado y alerta. Ahora todo depende de eso.

La conexión parpadeó brevemente, la imagen de Tosh congelándose momentáneamente antes de estabilizarse otra vez. Sus últimas palabras resonaron con inquietante claridad en el centro de mando.

—Esto lo cambia todo.

Cuando la pantalla se oscureció, Rainer se giró hacia su equipo, reuniendo con renovada determinación a sus integrantes sacudidos por la situación. Las alarmas aún resonaban, los técnicos todavía trabajaban febrilmente, pero una claridad renovada se había instalado en él. Estaban golpeados, pero aún no vencidos. Esto estaba lejos de terminar.

Consecuencias de la invasión

Un silencio sofocante envolvió el centro de datos de Zermatt inmediatamente después de la incursión, interrumpido únicamente por el eco lejano de las sirenas y el distante zumbido de los helicópteros. Los técnicos se movían con rapidez, pero metódicamente, atravesando pasillos oscuros con expresiones tensas, marcadas por el agotamiento y la tensión.

En el exterior, bajo el resplandor de potentes reflectores, las autoridades suizas habían transformado las tranquilas laderas alpinas en una escena de intenso escrutinio. Oficiales examinaban el terreno rocoso palmo a palmo, iluminando cada grieta y sombra. Sin embargo, la frustración aumentaba al no hallar nada concreto; solo enigmáticos restos del sofisticado asalto. Sobre una mesa improvisada en una tienda de campaña de mando instalada rápidamente, especialistas forenses clasificaban el equipo abandonado, recogiendo armamento avanzado y aparatos crípticos en bolsas de pruebas, sacudiendo la cabeza con sombría confusión.

Dentro del centro de datos, Rainer Sábato iba de estación en estación con el rostro pálido pero decidido, evaluando los daños junto con sus ingenieros principales. Secciones enteras de servidores permanecían apagadas, sus luces indicadoras extinguidas, las redes temporalmente silenciadas. Cada sistema apagado aumentaba las demoras acumuladas: operaciones contra amenazas globales, como las redes profundamente arraigadas de tráfico humano, revelaciones sobre corrupción gubernamental y brechas críticas de seguridad —incluidas amenazas urgentes a la aviación— se ralentizaban o detenían por completo.

En el núcleo del servidor comprometido, la Dra. Miriam Faber se arrodilló frente a un servidor parcialmente desmontado, sus manos firmes a pesar del torbellino en sus ojos. Tras ella, múltiples pantallas mostraban líneas de código que fluían rápidamente, mientras los analistas rastreaban vectores de infiltración.

—¿Han accedido al CDA-325? —preguntó Rainer en voz baja, intentando sin éxito ocultar su ansiedad.

La voz de Faber tembló ligeramente, traicionando su calma exterior: —Aún no podemos confirmar cuánto, pero definitivamente tuvieron acceso a fragmentos del marco Overwrite. Incluso una parte del código en sus manos podría ser catastrófica.

Al otro lado de la sala, un monitor cobró vida, arrojando un resplandor áspero sobre los rasgos tensos de Rainer. Nicolás Tosh apareció en pantalla, con expresión sombría, enmarcado por las siluetas difusas de las carreteras suizas pasando velozmente por las ventanas del vehículo en que viajaba.

—Dime cuán grave es —exigió Tosh, la urgencia agudizando su tono.

Rainer tensó la mandíbula: —El daño físico está contenido, pero la intrusión digital está confirmada. Exposición parcial del código CDA-325. Podrían tener lo suficiente para estabilizar su propio proceso Overwrite.

Tosh exhaló lentamente, absorbiendo visiblemente la gravedad de la revelación. La sutil vulnerabilidad que ensombreció sus ojos provocó un escalofrío en Rainer; nunca había visto a su mentor tan afectado.

—Iniciad protocolos de contención inmediatos —ordenó Tosh decisivamente—. Cambiad todas las capas de cifrado, cada protocolo de acceso. Apagad y aisláis todo lo que haya tocado ese troyano hasta que sepamos exactamente qué se llevaron. Llegaré pronto.

A lo largo de la larga noche, el personal restante de Zermatt trabajó incansablemente, dedos volando sobre teclados, ojos escaneando interminables líneas de datos, corazones latiendo con el terrible entendimiento de su nueva realidad. Habían resistido balas, explosiones y un asalto directo, pero el robo insidioso e invisible de su tecnología más protegida los perseguía mucho más profundamente que cualquier daño físico.

Un temor silencioso y opresivo echó raíces, más profundo y oscuro que cualquier amenaza externa: ¿y si los atacantes tenían exactamente lo que necesitaban? ¿Y si, en esas pocas líneas robadas de código, habían desbloqueado el potencial para una devastación sin precedentes?

Al acercarse el amanecer, una quietud inquietante se instaló sobre la instalación; un breve respiro antes de la inevitable escalada. Las defensas de Zermatt habían sido penetradas, sus secretos expuestos. La brecha más pequeña, aparentemente insignificante en medio del caos, podría ahora preparar el escenario para una pesadilla que Tosh y su equipo temían desde hacía mucho tiempo.

Habían defendido con valentía, pero en sus corazones, todos sabían la dura verdad: la guerra por el control del CDA-325 acababa de tomar su giro más peligroso.

Dónde estamos ahora

El frío aire del amanecer susurraba agudamente sobre las cumbres que rodeaban Zermatt, la serenidad de la madrugada enmascarando engañosamente la devastación que había debajo. El humo aún se curvaba tenuemente desde las fisuras ocultas en la ladera de la montaña, dibujando patrones fantasmales contra el cielo azul pálido. A nivel del suelo, los equipos de emergencia trabajaban con premura, sus chalecos reflectantes atrapando los primeros rayos tímidos del sol. La instalación antes secreta se había transformado en una activa escena del crimen, viva con una urgencia ansiosa y controlada.

Rainer Sábato estaba en la entrada superior de la instalación, los dedos apretando con fuerza una taza humeante de café amargo cuyo calor apenas sentía, eclipsado por la fría angustia que le oprimía el pecho. Sus ojos recorrían metódicamente el caótico ballet que se desplegaba bajo él: técnicos luchando por colocar cables y equipos de reparación en posición, oficiales de seguridad patrullando el perímetro con miradas tensas y duras, escudriñando cada sombra como si otro ataque pudiera estallar en cualquier momento.

Del otro lado, cerca de una tienda de campaña improvisada como puesto de mando, Nicolás Tosh bajó de un vehículo blindado, y su sola presencia cambió el ambiente. A pesar del cansancio profundamente marcado en su rostro, Tosh se movía con una determinación implacable, irradiando una autoridad silenciosa que cortaba la confusión reinante. Se acercó directamente a Rainer, sus miradas encontrándose en un reconocimiento tácito de la gravedad que pesaba sobre ambos.

—Debemos asumir que NeuraTech ya se está movilizando —comenzó Tosh, saltándose cualquier formalidad, su voz tranquila pero cargada de una intensidad cortante—. Los fragmentos del CDA-325 que consiguieron no tardarán en ser refinados.

Rainer asintió solemnemente, tomando un sorbo del café amargo por reflejo. El sabor lo anclaba, manteniéndolo estable en medio del torbellino interior.

—Los daños físicos podrán repararse en semanas, pero la brecha digital… esa herida es más profunda. Ni siquiera sabemos aún la extensión total de lo que sustrajeron.

Una técnica forense se acercó apresuradamente, visiblemente agitada por la altitud y la presión. Sujetaba una tableta contra el pecho, y su voz tembló ligeramente al hablar.

—El análisis inicial muestra que se dirigieron a los protocolos de enlace neural. Incluso una pequeña parte del CDA-325 podría permitirles cerrar brechas críticas en su tecnología Overwrite.

Tosh exhaló lentamente, absorbiendo con cautela las implicaciones.

—Entonces su arma evoluciona… pasa del trauma bruto a ataques de precisión. En vez de simplemente borrar recuerdos, podrían pronto reescribir personalidades enteras sin dejar rastros.

El silencio que siguió a las palabras de Tosh pesó sobre ellos, amplificado por los ecos distantes de perforaciones y golpes metálicos. Rainer miró hacia el horizonte, entrecerrando los ojos mientras el sol rompía definitivamente sobre la línea irregular de las montañas, proyectando sombras agudas sobre el terreno dañado. Sintió que era simbólico: una dura iluminación de la brutal realidad que ahora enfrentaban.

Repentinamente, el tenso silencio se quebró cuando un técnico gritó con pánico en su voz:

—¡Tenemos anomalías secundarias en los sensores perimetrales!

Instantáneamente, las fuerzas de seguridad se movilizaron, armas en alto en inmediata preparación. Los técnicos retrocedieron apresuradamente hacia el interior parcialmente comprometido de la instalación, ojos desorbitados y movimientos bruscos y frenéticos. Tosh y Rainer corrieron hacia la tienda de mando, sus pies crujiendo urgentemente sobre la grava congelada.

Dentro, las pantallas parpadeaban rápidamente mostrando datos de sensores, revelando múltiples movimientos en las sombras de las crestas lejanas: formas vagas, borrosas e indistintas, pero inequívocamente reales.

—¡Drones de reconocimiento ahora! —ordenó Tosh tajantemente, inclinándose hacia adelante para estudiar las pantallas intensamente, sus dedos golpeando impacientemente la consola.

Las imágenes de los drones llegaron con rapidez, mostrando instantáneas nítidas del paisaje que segundos antes parecía tranquilo y sin disturbios. Ahora, las pantallas revelaban múltiples figuras humanas moviéndose con agilidad y precisión, vestidas con equipo de camuflaje avanzado, claramente profesionales, sus movimientos eficientes y mortales.

—Siguen aquí —murmuró Rainer, su voz apenas más alta que un susurro, con incredulidad colándose en su tono.

—No se están retirando… se están reagrupando —concluyó Tosh sombríamente, su voz fría ante la revelación—. Preparan otro ataque, forzándonos a responder.

Rainer tomó la radio, con voz urgente pero controlada:

—Todos los equipos, preparados para maniobras defensivas inmediatas. Hostiles confirmados, aproximándose rápidamente desde las crestas norte y este.

La orden resonó al instante en cada auricular, el personal de seguridad adoptando patrones disciplinados y entrenados. Bajo tierra, la instalación se activó en urgencia, puertas reforzadas cerrándose con fuerza, sellando sectores vulnerables; técnicos compitiendo contra el reloj para asegurar las defensas digitales.

Sobre la cresta, los atacantes se movían silenciosamente, pero veloces, cada uno portando equipo especializado: cargas explosivas, rifles de precisión y dispositivos avanzados de interferencia diseñados específicamente para inutilizar los drones defensivos. Se dispersaron metódicamente, fundiendo sus sombras en el paisaje rocoso, volviéndose uno con el terreno mientras se preparaban para otro asalto.

Dentro de la instalación, una determinación tensa y silenciosa se propagaba rápidamente entre los defensores. Habían resistido la primera tormenta, pero ahora sabían que sus adversarios eran implacables, eficientes hasta la crueldad, y peligrosamente cerca de la victoria. Rainer y Tosh intercambiaron una última mirada, cristalizando en sus ojos una determinación compartida.

—No conseguirán otra pieza —juró Tosh suavemente, con un filo de acero en la voz, inquebrantable.

—No —concordó Rainer, con el corazón latiendo con fuerza en su pecho mientras la adrenalina volvía a invadirle—. Esto termina ahora.

Afuera, el amanecer iluminó plenamente las laderas heladas, dejando todo en absoluto relieve. Los defensores sujetaron firmemente sus armas, respirando superficialmente, esperando el próximo movimiento de sus enemigos aún ocultos.

En menos de una hora, Zermatt había resistido un ataque doble: una infiltración digital que había extraído líneas cruciales de código, y una incursión paramilitar que había sacudido el perímetro exterior seguro de la instalación. Ahora, los atacantes se retiraban a las sombras, armados con bloques parciales del CDA-325. Su próximo movimiento podría convertir a NeuraTech, hasta ahora un instrumento mental rudimentario y brutal, en una refinada y devastadora arma.

La pregunta que pesaba sobre cada defensor era clara y estremecedora: ¿Podrían detener a NeuraTech antes de que fuera demasiado tarde, o la humanidad ya estaba perdida en las sombras que se agrupaban en la ladera de la montaña?

La ofensiva final Zermatt, Suiza — Instalación Alpina, 2017

Día 22, 4:35 A.M. CET)

El frío de alta montaña atravesaba cortante el traje térmico de combate del mayor Elliot Ramsey, pero su concentración permanecía intacta. Su Comando Conjunto de Operaciones Especiales estadounidense (JSOC), junto con fuerzas de élite suizas, llevaba semanas rastreando a los operativos paramilitares de NeuraTech, reuniendo inteligencia cuidadosamente, coordinándose estrechamente con la inteligencia suiza y esperando la autorización oficial para intervenir en territorio extranjero. El papeleo burocrático y las delicadas negociaciones diplomáticas habían retrasado la respuesta hasta que la desesperada transmisión de emergencia de Zermatt rompió el estancamiento, activando inmediatamente la intervención conjunta suizo-estadounidense.

La respiración de Ramsey era lenta y constante, condensándose ligeramente en el aire previo al amanecer, con los sentidos afilados al máximo. El terreno abrupto se extendía ominosamente ante él, la luz lunar pintando siluetas irregulares sobre la nieve y el granito. Dio una señal a su unidad, soldados de élite dispersándose silenciosamente en posiciones precisas a lo largo de la cresta. Abajo, la instalación titilaba con esporádicos disparos y luces de seguridad debilitadas, escenario de una feroz batalla ahora preocupantemente silenciosa.

—Comenzamos el avance ahora —susurró Ramsey tajante en su micrófono, con los ojos fijos en la instalación objetivo, enclavada profundamente en la montaña.

—Comando, tenemos confirmación visual —informó Ramsey con voz baja por el comunicador—. Iniciando enfrentamiento con fuerzas hostiles ahora.

Debajo de él, reflectores de precisión destellaban erráticamente alrededor de Zermatt; la instalación llevaba horas bajo asedio, resistiendo desesperadamente un ataque implacable por parte de los operativos paramilitares de NeuraTech. La inteligencia previa había revelado la brutal eficacia de NeuraTech: su robo de datos cruciales, su incursión física y su despiadada determinación para obtener aún más.

Ramsey levantó una mano enguantada, dando una señal silenciosa. Su equipo se desplegó expertamente por la cresta, fundiéndose con las rocas y la nieve, con movimientos fluidos y fantasmales. Sintió un aumento de adrenalina agudizar aún más sus sentidos. Ahora cada detalle importaba, cada momento era crucial.

El equipo de Ramsey avanzó rápidamente por las pendientes, sus movimientos veloces y disciplinados, rifles alzados y apuntados con precisión clínica. El fuego enemigo estalló instantáneamente mientras los operativos de NeuraTech respondían desesperadamente. Las balas silbaron cerca de la posición de Ramsey, golpeando violentamente contra las rocas congeladas alrededor.

Abajo, drones de seguridad emergieron súbitamente en espiral ascendente, con sensores infrarrojos destellando urgentemente. Los atacantes de NeuraTech, con su camuflaje inutilizado por las agresivas tácticas de guerra electrónica del JSOC, respondieron desordenadamente, sorprendidos por este repentino nuevo frente.

—¡Equipos de asalto Alfa y Bravo, brecha y limpieza! —la orden de Ramsey atravesó el aire frío, clara y terminante.

Dos helicópteros de asalto suizos surgieron detrás de una cresta, sus rotores cortando el aire helado con rugidos ensordecedores. Potentes reflectores apuntaron hacia abajo, creando charcos luminosos sobre los operativos de NeuraTech en retirada. Habían despegado simultáneamente desde una base avanzada de operaciones en los valles suizos cercanos, cuidadosamente oculta y preparada para tales contingencias. La repentina iluminación sumió momentáneamente a los operativos de NeuraTech en desorden, con su camuflaje comprometido y su cohesión hecha añicos.

En tierra, Ramsey y sus equipos avanzaron con decisión, descendiendo rápidamente, armas listas, desplazándose con movimientos rápidos y disciplinados. El fuego enemigo se intensificó de inmediato mientras los operativos de NeuraTech respondían frenéticamente. Las balas silbaron cerca de Ramsey, impactando violentamente contra las rocas heladas alrededor.

El tiroteo rápidamente se intensificó desde ambos lados. La noche se convirtió en un campo de batalla con intercambios precisos y letales, los destellos de las armas iluminando expresiones rígidas de determinación. Ramsey avanzó rápidamente, con el pulso retumbando, agachándose tras una roca mientras las balas silbaban por encima.

—¡Francotirador en el tejado, esquina noroeste! —gritó alguien urgentemente por el comunicador.

Un rifle con silenciador disparó suavemente al lado de Ramsey, y vio cómo la figura distante se desplomaba, neutralizada al instante. Con rapidez y método, Ramsey y su escuadra cerraron la brecha, su coordinación impecable.

Ramsey siguió avanzando, moviéndose con fluidez entre la lluvia de disparos. Explosiones resonaron fuertemente desde los picos circundantes mientras granadas tácticas destruían posiciones atrincheradas, lanzando operativos al suelo. La precisión y el impacto del ataque conjunto rápidamente sobrepasaron las defensas enemigas, fragmentando su formación.

—¡Granada lanzada! —una granada giró por el aire, aterrizando entre los atacantes atrincherados. La explosión reverberó en la ladera de la montaña, iluminando momentáneamente el terreno con nitidez. Gritos de dolor y urgencia surgieron del área impactada.

El perímetro defensivo se rompía. Los atacantes perdían cohesión, forzados a retroceder ante el implacable asalto conjunto. Ramsey avanzó con determinación, impulsando a sus fuerzas a aprovechar la ventaja.

—¡Mantengan formación, sigan avanzando! —ordenó Ramsey, escuchando su propio corazón latir violentamente contra sus costillas.

Una intensa refriega surgió cerca de los conductos principales de ventilación de Zermatt. Las unidades suizas se desplegaron rápidamente, ráfagas coordinadas de fuego punteando el caos. Ramsey giró bruscamente hacia el sonido, con la radio crepitando ferozmente en su oído.

—Hostiles retirándose hacia la zona de extracción —reportó una voz con tensión.

La mandíbula de Ramsey se tensó—. ¡Córtenles la ruta! ¡No los dejen escapar!

Desde arriba, una segunda oleada de helicópteros suizos descendió en vuelo bajo, desplegando fuerzas especiales directamente sobre la ruta de escape. Atrapados entre los equipos avanzados de Ramsey y los refuerzos aéreos, los operativos de NeuraTech se vieron acorralados, sus filas disciplinadas fracturándose en desorden.

Ramsey elevó la voz con potencia, resonando en el paisaje helado—. ¡Ríndanse! ¡Suelten sus armas! ¡Están rodeados!

Lenta y renuentemente, los operativos obedecieron. Las armas cayeron al suelo, las manos se elevaron con precaución al aire frío. El equipo de Ramsey avanzó metódicamente, asegurando a cada cautivo con rápida eficiencia.

—Confirmen la seguridad de todos los prisioneros y busquen inmediatamente dispositivos de datos o materiales robados —ordenó Ramsey tajante, entrecerrando los ojos. Encontraron unidades cifradas, equipo y armas, pero nada que identificara claramente fragmentos del CDA-325.

—Instalación asegurada, Comando —reportó Ramsey por el comunicador, con voz calmada pero cargada de tensión no resuelta—. Todos los hostiles están bajo custodia. Material recuperado, pero incapaces de confirmar la posesión de fragmentos del CDA-325.

La confirmación resonó con un breve ruido de estática, alivio prudente moderado por la incertidumbre.

En el interior de la instalación, Nicolás Tosh y Rainer Sábato escucharon en silencio la transmisión de Ramsey. El alivio suavizó momentáneamente sus rostros, pero una mirada compartida transmitió un temor persistente. A pesar de haber capturado a los operativos de NeuraTech, sabían que esta podría ser solo una victoria parcial. Si aunque fuera un fragmento del CDA-325 ya había sido transmitido a los líderes superiores de NeuraTech, la verdadera batalla apenas comenzaba.

Mientras el amanecer se desplegaba plenamente, iluminando la instalación dañada pero resistente, Ramsey observó a técnicos y médicos apresurarse por el terreno. Exhaló profundamente, consciente de que, aunque la amenaza inmediata de hoy estaba contenida, la incertidumbre del mañana acechaba peligrosamente. Zermatt había sobrevivido, herido pero decidido, preparado para la tormenta que se avecinaba.

Capítulo 9

Una Contraofensiva Moral

Zúrich, Suiza — Sala de Crisis de la Fundación Experta, 2017

Día 23, 11:00 A.M. CET)

El silencio estéril de la sala de conferencias resultaba opresivo, amplificando cada sutil pitido y susurro, revelando la tensión palpable dentro de sus pulidas paredes. Nicolás Tosh permanecía rígido en la cabecera de la mesa ovalada, sus ojos intensos bajo cejas fruncidas, con los dedos entrelazados firmemente frente a él. A su lado, Rainer Sábato se sentaba tenso, mandíbula apretada, mirada fija en la continua cascada de datos en las múltiples pantallas alineadas en la sala.

En el otro costado de Tosh, Artemis Wang adoptaba una postura afilada y concentrada, su mirada escudriñando los rostros en las videoconferencias internacionales proyectadas desde Washington, Ginebra y Londres, todos mostrando determinación sombría. Un suave pitido electrónico anunció otra conexión entrante, resonando como una campanada de advertencia. Técnicos se movían discretamente en el fondo, susurrando con urgencia, dedos veloces sobre teclados, garantizando la integridad de las conexiones seguras.

Tosh tomó un profundo aliento, la exhalación controlada no revelando la turbulenta ansiedad que sentía en su interior. —Como todos saben, NeuraTech logró infiltrarse en Zermatt. Aunque la instalación está segura gracias a la rápida intervención conjunta de fuerzas especiales estadounidenses y suizas, la incertidumbre sobre los fragmentos del CDA-325 sigue siendo nuestra mayor preocupación.

Un silencio tenso se instaló momentáneamente hasta que el General Harrison, el veterano enlace estadounidense desde el Pentágono, se inclinó hacia adelante en su pantalla, con rostro duro y mirada penetrante. —¿Alguna actualización sobre si NeuraTech logró transferir esos fragmentos a sus altos mandos?

Rainer respondió con voz cuidadosamente medida, un leve temblor revelando la tensión subyacente. —Hemos analizado cada dispositivo capturado. Unidades cifradas, equipamiento, comunicaciones de campo; todo meticulosamente examinado. Pero nada indica explícitamente si lograron transmitir fragmentos del CDA-325 antes de su captura.

—Entonces debemos asumir que tuvieron éxito —interrumpió Artemis con firmeza, su tono cargado de una urgencia inconfundible—. No podemos permitirnos ser optimistas. Si los líderes de NeuraTech tienen acceso siquiera a una estructura parcial del CDA-325, su capacidad para infligir daño catastrófico se multiplica exponencialmente.

La sala volvió a sumirse en un silencio incómodo tras esas palabras, una sombra de temor extendiéndose por los rostros reunidos. —Estoy de acuerdo —afirmó Tosh firmemente, rompiendo el silencio—. Debemos responder de manera preventiva. Ya no basta solo con defendernos. Debemos lanzar una contraofensiva dirigida, moral y estratégicamente.

Rápidamente intercambiaron miradas entre las pantallas. El embajador Dupont desde Ginebra, normalmente calmado y diplomático, ahora mostraba una expresión seria. —Nicolás, ¿estás sugiriendo un enfrentamiento directo? Eso podría escalar significativamente las cosas.

—Ya hemos pasado el punto de precaución diplomática —replicó Tosh, su voz baja, pero revestida de acero—. El asalto de NeuraTech a Zermatt cruzó todas las líneas imaginables. Si esperamos, su ventaja se solidifica. Es imperativo lanzar una respuesta coordinada que ataque su infraestructura: inutilizar servidores y desarticular comunicaciones.

El General Harrison asintió con gravedad. —Disponemos de inteligencia operativa sobre varios centros clave de NeuraTech: Londres, Shanghái, Nueva York. Podemos ejecutar operaciones cibernéticas y tácticas sincronizadas en las próximas veinticuatro horas.

Rainer cambió ligeramente de postura en su silla, inclinándose hacia adelante con urgencia. —Esto debe ejecutarse perfectamente. Cualquier error podría provocar represalias inmediatas y potencialmente globales.

Tosh asintió solemnemente, sus ojos entrecerrados con convicción. —Entonces nuestra respuesta no solo debe ser precisa, sino también demostrar contención. Incapacitaremos sus capacidades operativas sin causar bajas civiles. Debe ser una contraofensiva moral, delineando claramente nuestra postura ética frente a su crueldad.

—Entendido —dijo Artemis con determinación evidente—. Tenemos equipos preparados. Apenas demos luz verde, ataques cibernéticos simultáneos incapacitarán sus sistemas defensivos y de comunicaciones.

—Contamos con apoyo global —añadió Tosh, mirando a cada aliado en pantalla—. El mundo nos observa. Asegurémonos de que vean claramente quiénes somos y lo que defendemos.

El silencio retornó brevemente, profundo y pensativo, solo roto por el suave murmullo de los técnicos y el pulso electrónico de datos.

Finalmente, el embajador Dupont exhaló lentamente, asintiendo con aprobación.

—Entonces estamos unidos.

Tosh se irguió, irradiando resolución desde cada fibra de su ser.

—Preparen a sus equipos. Atacaremos mañana al amanecer.

La tensión en la sala se transformó perceptiblemente, determinación reemplazando ansiedad mientras líderes alrededor del mundo intercambiaban gestos de solidaridad. Aunque persistía la incertidumbre sobre el destino del CDA-325, tenían clara su misión: luchar no solo por la supervivencia, sino por la humanidad misma.

Mientras las pantallas se apagaban, Tosh se recostó brevemente, permitiéndose una pausa. El suave zumbido de las máquinas llenó el silencio, recordatorio constante de la guerra tecnológica por venir. Sin embargo, pese a la incertidumbre inquietante, algo más fuerte emergía en su interior: esperanza.

Revelación: La agenda de NeuraTech

Desde la suite de comunicaciones seguras del Pentágono, la imagen del general Collins apareció en vivo, incómodo y tenso. Sus anchos hombros, habitualmente firmes, se encorvaban ligeramente bajo el peso de la revelación que estaba a punto de hacer. Su rostro, claramente proyectado, mostraba cada línea de preocupación a quienes se encontraban reunidos en la sala de crisis de la Fundación Experta.

Collins aclaró la garganta con un sonido pesado, reticente, que silenció inmediatamente los murmullos ansiosos.

—Antes de comenzar —dijo— quiero reconocer la exitosa intervención de nuestras fuerzas especiales estadounidenses y suizas en

Zermatt. Lamento profundamente el retraso operativo. Los trámites burocráticos ralentizaron la autorización mucho más de lo previsto. Esto no se repetirá.

Tosh asintió ligeramente, serio pero comprensivo, consciente de las complejidades que el general enfrentaba para movilizar rápidamente la acción internacional.

El general prosiguió con urgencia en su voz:

—La inteligencia desde nuestros canales en Europa Oriental confirma nuestros peores temores: la red extremista detrás de NeuraTech ha declarado abiertamente su intención de «eliminar la corrupción global». —Se detuvo un momento, buscando palabras con dificultad—. Pero su método implica reescribir a la fuerza las mentes de políticos, CEOs e incluso comandos militares enteros. Pretenden crear una «democracia post-humana», libre, según ellos, de los «defectos de la conciencia humana».

Un jadeo incrédulo resonó alrededor de la mesa, mezclado con susurros inquietos e intercambios tensos. Los rostros en múltiples pantallas —Washington, Ginebra, Londres— se contorsionaron con horror y desconcierto, cada reacción claramente visible. Nicolás Tosh apoyó firmemente sus palmas sobre la mesa pulida, sus nudillos blanqueándose mientras la ira se mezclaba con el temor.

—Realmente creen que el fin justifica los medios —dijo Tosh con voz hueca, pero afilada como acero, resonando en la sala silenciosa. Recuerdos surgieron en su mente: imágenes filtradas de un laboratorio comprometido, rostros distorsionados por la agonía, su humanidad brutalmente sobrescrita—. Creen que pueden programar virtudes en la sociedad, eliminando por la fuerza la voluntad libre, arrebatando todo lo que es fundamentalmente humano.

Alejandra, sentada a la izquierda de Tosh, retrocedió visiblemente, conteniendo una respiración aguda. Había llegado hacía pocas horas, exhausta y tensa tras un turbulento vuelo desde Miami, negándose a estar ausente en decisiones de tal magnitud. Su voz tembló levemente, pero mantuvo una fuerza desafiante:

—¿Su idea para salvar al mundo es quitarnos nuestra capacidad de elección? Eso es monstruoso. Es una abominación.

Un momento de absoluto silencio envolvió la sala, roto finalmente por la embajadora Céline Dubois, enlace del G-7, cuya expresión profundamente preocupada se veía claramente a pesar de los miles de kilómetros que la separaban.

—Monstruoso o no —señaló Dubois— no podemos subestimar sus capacidades. Incluso un acceso limitado a fragmentos del CDA-325 les daría suficiente para desestabilizar gobiernos enteros. Si NeuraTech logra reprogramar a un puñado de líderes mundiales clave, el efecto dominó podría ser catastrófico.

Alrededor de la mesa y en cada pantalla, los rostros se tensaron aún más. La palpable comprensión de esta amenaza sin precedentes se asentaba en la tensa atmósfera. Tosh levantó deliberadamente la mirada, estableciendo contacto visual con cada participante, transmitiendo gravedad y determinación.

—Debemos actuar de manera decisiva e inmediata —dijo Tosh, con voz baja, resonando autoridad—. Nuestra postura moral debe contrarrestar claramente la suya. Esto no es solo una lucha por ventajas políticas o estratégicas. Es una lucha por la esencia misma de la dignidad y la libertad humanas.

El general Collins se enderezó, resolviendo la incertidumbre previa con firmeza renovada.

—De acuerdo. La alineación estratégica y moral de todas las fuerzas aliadas es fundamental. Debemos demostrar nuestro compromiso no solo para contrarrestar su amenaza inmediata, sino también para preservar los estándares éticos que nos definen.

Un nuevo silencio se instaló brevemente, mientras la magnitud de su tarea pesaba sobre los líderes reunidos. Ahora tenían clara la situación: esto era más que un conflicto. Era una batalla por el alma misma de la humanidad. Los ojos de Tosh se estrecharon con determinación, una poderosa resolución claramente reflejada en los rostros de sus colegas y aliados alrededor del globo. Habían revelado la profundidad de la ambición de NeuraTech. Ahora, unidos, la enfrentarían.

La única esperanza: lanzar el CDA-325 como una «contravacuna»

Con un tenso silencio cubriendo la sala de crisis de la Fundación Experta, Rainer Sábato introdujo una secuencia en su consola, proyectando en la pantalla central un esquema preciso y detallado del CDA-325. Todas las miradas en la sala se fijaron con ansiedad en el intrincado diagrama, líneas de código entretejidas complejamente, claras pero aterradoras en su propósito.

—Sabemos desde hace meses que el Algoritmo-325 puede hacer mucho más que leer patrones neuronales —comenzó Rainer con voz firme, pero cargada de intensidad contenida—. Su arquitectura nos permite implantar disparadores protectores, creando esencialmente una inoculación neuronal. Podríamos inmunizar las mentes contra intentos no autorizados de sobrescribir.

Un profundo silencio inundó la sala, dejando que las implicaciones quedaran suspendidas en el aire. El plano avanzaba lentamente, casi hipnótico, detallando cómo un pequeño paquete de datos, perfectamente integrado en la estructura de memoria de un sujeto, podría detectar y neutralizar instantáneamente cualquier intento externo de intrusión mental.

Artemis Wang rompió primero el silencio, inclinándose intensamente hacia adelante, su rostro iluminado por los datos que avanzaban en pantalla.

—Un despliegue masivo de esta tecnología implica registrar las firmas neuronales de poblaciones enteras. No existe forma viable de ocultar semejante iniciativa indefinidamente. Una vez descubierta, la reacción pública sería rápida y devastadora.

Nicolás Tosh permanecía inmóvil, las manos entrelazadas, con recuerdos vívidos de la anterior indignación pública por escaneos neuronales selectivos. La magnitud misma de lo que estaban considerando pesaba enormemente sobre él, pero sabía que cualquier vacilación podría acarrear consecuencias catastróficas.

—Soy plenamente consciente del coste —respondió Tosh con voz tranquila, midiendo cada palabra deliberadamente. Su mirada recorrió cada rostro, asegurándose de que comprendieran plenamente su determinación—. Pero si NeuraTech actúa primero, miles, quizás millones, se convertirán en víctimas indefensas. No podemos permitir que esclavicen a la humanidad.

El peso de las palabras de Tosh resonó profundamente. Todos los presentes sintieron la gravedad de aquella elección, una decisión con implicaciones morales de inmenso alcance. La esencia misma de la libertad humana estaba en juego, precariamente equilibrada frente a circunstancias desesperadas.

De pronto, un insistente pitido rompió el solemne silencio. Los técnicos ajustaron rápidamente sus consolas, llenándose las pantallas con flujos rápidos de datos cifrados entrantes. Tosh y Rainer intercambiaron miradas tensas mientras el mensaje interceptado se cristalizaba claramente en la pantalla principal:

«Desplegar Overwrite primaria en el clúster de Europa Oriental. Objetivos: jefes de Estado, ministros de Finanzas, altos mandos militares».

Alejandra dejó escapar un jadeo audible, los ojos muy abiertos por la alarma e incredulidad. Había vencido el cansancio y el miedo viajando desde Miami hasta allí, decidida a no permanecer pasiva mientras el destino se desplegaba frente a ellos. Su voz vibró con urgencia:

—¿Han pasado de pruebas aisladas a una operación a gran escala?

Rainer, con los ojos aún fijos en el mensaje acusador, asintió lentamente y con gravedad.

—Sí. Su cronograma se ha acelerado dramáticamente. Puede que solo tengamos días, o menos, antes de que empiecen con la reprogramación forzada masiva.

Los rostros alrededor de la mesa palidecieron visiblemente, el carácter inmediato de la amenaza atravesando todas sus reservas anteriores.

Tosh se levantó lentamente de su silla, dejando clara la silenciosa fuerza de su resolución mientras contemplaba la sala.

—Entonces nuestra elección está clara. Si dudamos, NeuraTech borrará la libertad misma de la conciencia de poblaciones enteras. Debemos actuar ahora, rápida y decisivamente. El CDA-325 debe desplegarse inmediatamente como nuestra última línea de defensa.

La imagen del general Collins parpadeó ligeramente mientras se inclinaba con urgencia desde la transmisión del Pentágono, su voz cargada de un acuerdo solemne e inequívoco.

—Nicolás tiene razón. El coste ético es inmenso, pero la alternativa es impensable. Debemos defender el libre albedrío, aunque ello implique proteger preventivamente las mentes a una escala sin precedentes.

Uno a uno, alrededor de la mesa física y virtual, se extendieron solemnes asentimientos de acuerdo, unidos en una determinación absoluta.

—Movilizaremos inmediatamente —declaró Tosh con firmeza, su voz llena de renovada fuerza—. Tenemos una sola oportunidad para hacerlo bien. Asegurémonos de que la historia nos recuerde como protectores de la humanidad, no como observadores pasivos de su destrucción.

La sala rápidamente se llenó de actividad, con voces que coordinaban claramente acciones inmediatas. Técnicos y estrategas comenzaron una preparación intensamente enfocada. Tosh cruzó una última mirada con Rainer, intercambiando silenciosas afirmaciones. Habían superado el punto de la duda: esta era la única esperanza de la humanidad, y el fracaso ya no era una opción.

Decisión: despliegue limitado a «objetivos clave»

La sala de conferencias estalló en un feroz debate, la tensión extendiéndose por intercambios acalorados que cortaban el aire. Las voces se superponían, las preocupaciones eran afiladas como cuchillas: inquietudes por las repercusiones diplomáticas del G-7, ansiedad por los probables movimientos de Redwood en los Estados Unidos y temores viscerales sobre el devastador potencial del CDA-325 si se hiciera un mal uso o cayera en las manos equivocadas. La presión de la decisión pendía con fuerza, visible en cada rostro tenso.

Finalmente, Nicolás Tosh se levantó deliberadamente, empujando su silla hacia atrás con controlada determinación, las manos firmemente apoyadas sobre la brillante superficie pulida de la mesa de conferencias. La sala quedó en silencio instantáneamente, todas las miradas dirigidas hacia él, atraídas por la fuerza de su tranquila resolución.

—Avanzaremos, pero con cautela —declaró Tosh, con voz firme y medida, su autoridad inconfundible—. Propongo implementar el CDA-325 selectivamente, estrictamente limitado a individuos estratégicos: jefes de Estado, innovadores influyentes y figuras clave que NeuraTech inevitablemente atacará primero. La operación debe permanecer encubierta, disimulada como evaluaciones rutinarias y estándares de seguridad.

La embajadora Celine Dubois se ajustó las gafas, mirando pensativamente las minuciosas notas frente a ella.

—La alianza del G-7 únicamente apoyará esta estrategia tan delicada si somos absolutamente transparentes con los registros operativos.

Requieren pruebas irrefutables de que el despliegue permanece estrictamente limitado a objetivos esenciales.

Artemis Wang se relajó visiblemente, la tensión abandonando brevemente sus hombros mientras asentía con cautela, aunque la ansiedad todavía brillaba tenuemente tras su semblante controlado.

—Si mantenemos completa discreción, operando de manera silenciosa y sistemática, quizás logremos navegar este campo minado sin desencadenar pánico masivo o una escalada incontrolable. Sin embargo —su voz adquirió un matiz sombrío y ominoso—, si Redwood tan siquiera sospecha un despliegue limitado, podría insistir en que extendamos la inmunización ampliamente, o peor aún, asumir él mismo el control.

La expresión de Alejandra se endureció al instante, el recuerdo del pragmatismo despiadado de Redwood aún fresco en su mente. Su voz sonó firme, teñida de una advertencia aguda.

—Bajo ninguna circunstancia confiéis en Redwood. Si se entera de nuestra capacidad de otorgar inmunidad neuronal masiva, presionará sin descanso para extender su cobertura, sin importar las consecuencias éticas. La usará para asegurar control absoluto, disfrazando sus intenciones bajo la excusa de seguridad nacional.

Tosh sostuvo la mirada directamente con ella, reconociendo la validez de su advertencia con un firme asentimiento.

—De acuerdo. Redwood continúa siendo una amenaza crítica. Pero nuestra prioridad inmediata es contrarrestar el asalto inminente de NeuraTech. Rainer —Tosh se giró decisivamente hacia Sábato, cuya expresión reflejaba una determinación absoluta—, comienza a desarrollar un plan operativo discreto de inmediato. Identifica una lista altamente selectiva de individuos esenciales, máximo entre trescientos y cuatrocientos. Integra el despliegue dentro de procedimientos rutinarios existentes, tales como autorizaciones de seguridad anuales para códigos nucleares o transacciones corporativas de alto perfil. Asegura que el programa permanezca invisible, dejando mínimas huellas digitales y operativas.

La mandíbula de Rainer se tensó, y su determinación brilló claramente en sus ojos al asentir con firmeza.

—Entendido, Nicolás. Integraremos discretamente el CDA-325 en las evaluaciones neurales de seguridad preexistentes. Los vectores de despliegue se activarán en puntos estratégicos específicos de «alta actividad cerebral»: cumbres internacionales importantes, como reuniones del G-7 o las Naciones Unidas, y conferencias económicas y corporativas de élite. Será rápido, silencioso y eficiente.

La tensión de la sala cambió ligeramente, la urgencia palpable transformándose en determinación focalizada. Tosh se irguió aún más, proyectando calma y fuerza, pronunciando cada palabra claramente para asegurar una comprensión absoluta.

—Recordad —advirtió Tosh gravemente, recorriendo con la mirada cada rostro atento en la mesa—, la discreción absoluta es crucial. Nuestro margen de error es inexistente. Esta inmunización selectiva no es solo defensiva; es nuestra única línea viable de defensa. Un solo error, una filtración, y podríamos provocar exactamente el escenario que intentamos desesperadamente evitar.

Una intensidad eléctrica llenó la sala mientras la magnitud de la tarea se clarificaba. Los equipos estratégicos comenzaron inmediatamente las discusiones, sus voces bajas pero cargadas de resolución. Técnicos y analistas iniciaron discretamente comunicaciones seguras, sus acciones metódicas y precisas.

Rainer sostuvo la mirada de Tosh nuevamente, su intercambio silencioso reafirmando el compromiso compartido. Habían elegido su camino: limitado pero poderoso, cauteloso pero decisivo. Ahora avanzarían con precisión implacable, plenamente conscientes de que el futuro del mundo pendía precariamente de un hilo.

Presagio: Un grave compromiso moral

El silencio en la sala de crisis de la Fundación Experta se tornó aún más opresivo, sofocando a los ocupantes bajo el peso de la decisión que se avecinaba. Miriam Faber estaba de pie junto a la pantalla central, cuya superficie iluminada proyectaba una luz dura y artificial sobre sus rasgos tensos. Su delgado dedo apuntaba hacia la ominosa secuencia final en la proyección digital:

SOBRESCRIBIR → INCRUSTAR → INMUNIZAR

Tragó saliva visiblemente, el sonido audible en el silencio sofocante. Su voz temblaba ligeramente, en marcado contraste con su tono clínico habitual y preciso.

—Una vez que crucemos esta línea, no habrá vuelta atrás. Esto no es solo código defensivo, es una intrusión directa e intencionada en la mente humana. Incluso si nuestras intenciones son benévolas, no podemos pasar por alto lo que estamos a punto de hacer.

Todas las miradas en la sala se dirigieron ansiosamente hacia Nicolás Tosh, cuya expresión se había convertido en una cuidadosa máscara que ocultaba un profundo conflicto interior. Sus ojos se encontraron brevemente con los de Alejandra, cuya mirada intensa e inquisitiva planteaba silenciosamente la pregunta que resonaba sin ser pronunciada:

¿Estamos realmente preparados para esto?

Tosh respiró profundamente, recuerdos vívidos inundando su mente: los brutales intentos de infiltración en Zermatt, los asaltos paramilitares, los rostros torturados en las imágenes filtradas del laboratorio de NeuraTech. Veía con claridad la cruda realidad que enfrentaba la humanidad: la esclavización global de las mentes o una intrusión estratégica y controlada para proteger lo poco que aún permanecía libre. ¿Existía realmente una opción?

Obligó a su voz a mantener la calma, cada palabra deliberada y cuidadosamente escogida:

—Avanzaremos con extrema cautela, implementando únicamente la intervención mínima indispensable. Pero entended claramente: fracasar aquí significa un futuro en el que NeuraTech reescribirá por la fuerza gobiernos y ejércitos enteros, creando una pesadilla que no podremos revertir. Sí, este es un compromiso que ninguno de nosotros hubiera deseado tomar. Pero es un compromiso inevitable.

Rainer dio un paso adelante en silencio, apoyando con firmeza una mano solidaria sobre el hombro de Tosh. Sus ojos, normalmente calmados, revelaban ahora una determinación intensa matizada por la compasión, plenamente consciente del peso que recaía sobre la conciencia de Tosh:

—Debemos creer que elegimos el menor de dos males. Si vacilamos ahora, la Sobreescritura de NeuraTech se propagará sin oposición, aniquilando todo rastro de autonomía humana. Nuestra intrusión cuidadosa y mínima es la única salvaguarda que nos queda.

La sala volvió a hundirse en un silencio tenso; cada persona lidiaba silenciosamente con la enormidad de lo que acababa de decidirse. Artemis Wang permanecía apartado, brazos cruzados firmemente, sus ojos ensombrecidos por un conflicto interno. Alguna vez un multimillonario impulsado por una ambición imparable, incluso Wang ahora retrocedía visiblemente ante el precipicio ético que tenían delante.

Tosh se enderezó, su espalda rígida por un propósito renovado, a pesar del abrumador peso moral. Su mirada recorrió lentamente al grupo reunido, deteniéndose brevemente en cada individuo para compartir una promesa silenciosa que los unía a todos en esta determinación común y en una culpa inevitable.

—Procederemos con claridad y moderación —dijo finalmente, con voz baja pero resuelta—. Documentaremos meticulosamente, garantizaremos transparencia hacia nuestros aliados y asumiremos la responsabilidad por cada paso que demos en adelante. No podemos permitirnos convertirnos en aquello contra lo que estamos luchando.

Un solemne asentimiento colectivo se extendió lentamente por la sala, aceptación mezclada amargamente con determinación. El camino que tenían por delante estaba lleno de ambigüedad moral, pero existía una unidad innegable en la silenciosa resolución que se asentó sobre todos ellos. Los ecos inquietantes de aquella reunión de crisis permanecieron, subrayando el paso irreversible que estaban a punto de dar hacia un futuro incierto para la humanidad.

Tráfico humano y explotación infantil

El tiempo se escapaba implacablemente, cada segundo elevando las apuestas mientras la mayor red de tráfico humano y explotación infantil del Sudeste Asiático se acercaba nuevamente a desvanecerse en las sombras. En el frenético centro de mando de la Fundación Experta, las pantallas parpadeaban frenéticamente, mostrando, cada una, flujos de datos en tiempo real e interceptaciones urgentes de comunicaciones. Los analistas se movían con rapidez, la tensión grabada en cada movimiento urgente, sus voces breves y crispadas.

—¡Estamos perdiendo inteligencia crítica de los nodos del Sudeste Asiático! —gritó Ava Nguyen, analista principal, sus dedos volando sobre el teclado en ritmo desesperado. Su voz, normalmente firme, se quebraba bajo la creciente presión—. La recodificación parcial colapsada en Zermatt está estrangulando nuestro flujo entero de datos.

Rainer Sábato se apresuró hacia ella, sus ojos entrecerrándose agudamente al examinar los flujos fragmentados de datos que caían en cascada por las pantallas de Ava. El código digital, habitualmente preciso, ahora estaba errático, temblando descontroladamente; consecuencia directa de las recientes brechas y los urgentes protocolos encriptados.

—¿Podemos redirigir temporalmente por otro centro de datos? —preguntó Rainer, la urgencia tiñendo cada palabra—. No podemos permitirnos demoras.

Ava negó con la cabeza, la frustración visible en cada músculo tenso de su cuerpo: —El esfuerzo de «vacunación» está monopolizando todas nuestras portadoras disponibles. Las transmisiones encubiertas para los despliegues del CDA-325 están saturando todos los canales seguros que tenemos. Estamos alcanzando límites máximos de ancho de banda en todas partes.

Rainer golpeó con fuerza la estación de trabajo, el sonido áspero resonando a través de la concurrida sala: —Encuéntrame, aunque sea una mínima fracción de ancho de banda, Ava. Esta red de tráfico está a punto de desaparecer bajo tierra durante otro año, tal vez más. Si los perdemos ahora, cientos de inocentes más desaparecerán para siempre.

Al otro extremo de la sala, Nicolás Tosh mantenía un feroz debate en susurros con Artemis Wang, sus expresiones sombrías y ojos ensombrecidos por la turbulencia ética. Alejandra los observaba con atención, la tensión a su alrededor palpable, consciente de que el delicado equilibrio entre los despliegues estratégicos urgentes y las crisis humanitarias inmediatas comenzaba a romperse.

Repentinamente, una nueva alerta destelló con urgencia en la pantalla de Ava: una ráfaga de comunicaciones interceptadas, caótica e incompleta, pero devastadoramente clara:

«Traslado de carga acelerándose. Niños reubicados esta noche. Subasta final inminente».

Los ojos de Ava se abrieron desmesuradamente, el horror paralizándola momentáneamente. Su voz temblaba con emoción apenas contenida: —Están trasladando a los niños ahora, esta misma noche. Si no actuamos de inmediato, será demasiado tarde.

Rainer se enderezó bruscamente, girándose hacia Tosh con una determinación feroz ardiendo en su mirada:

—Nicolás, necesito autorización inmediata para desviar ancho de banda de los despliegues del CDA-325. Las operaciones del Sudeste Asiático deben convertirse en la prioridad número uno ahora mismo.

Tosh, visiblemente dividido, intercambió rápidamente una mirada tensa con Artemis, cuya expresión se oscureció en silenciosa resignación. Tosh asintió con firmeza, su voz autoritaria y decisiva: —Autoriza inmediatamente la redistribución del ancho de banda. Toma lo que necesites, Rainer, y hazlo rápido. Salvad a esos niños.

Al instante, el centro de mando estalló en una actividad rápida y disciplinada. El equipo de Ava se movió ágilmente, sus dedos volando sobre los teclados, reasignando velozmente los flujos de datos y combatiendo el caos invasor. Nuevas rutas se abrieron, los canales de información se estabilizaron y la inteligencia comenzó a fluir claramente una vez más.

—Canal del Sudeste Asiático estabilizándose —anunció Ava, recuperando el aliento, un claro alivio iluminando su rostro—. Estamos recuperando inteligencia visual y auditiva.

Rainer se inclinó hacia adelante, observando atentamente las pantallas mientras imágenes satelitales se acercaban con precisión sobre un muelle costero remoto, oculto bajo la densa vegetación selvática. Figuras sombrías se movían apresuradamente, inconscientes de las cámaras de vigilancia ahora enfocadas en cada uno de sus movimientos.

—¡Desplegad inmediatamente los equipos de rescate! —ordenó Rainer con determinación, su voz resonando con firmeza—. Coordinad con fuerzas especiales locales. Tenemos una sola oportunidad, no hay margen para errores.

Mientras las órdenes operativas aparecían rápidamente en las pantallas, Rainer intercambió una mirada sombría pero determinada con Tosh. La sala palpitaba con energía renovada; cada analista y técnico motivado por un propósito único, plenamente consciente del devastador coste humano en caso de fracaso.

Esto no era simplemente una crisis: era la crueldad más oscura de la humanidad expuesta en toda su crudeza. Para cada persona en el centro de mando, detener esta red de explotación ya no era solo una operación: se había vuelto profundamente personal.

Tenían apenas horas, quizá menos. Cada instante contaba. Y nadie descansaría hasta liberar esas vidas inocentes de la pesadilla que amenazaba con consumirlas.

Corrupción a nivel estatal

La elegante y ultramoderna sala de conferencias en Zermatt parecía incómodamente pequeña bajo el denso ambiente que la impregnaba. Múltiples pantallas parpadeaban con mensajes entrantes, sus insistentes pitidos señalando otra oleada de desesperadas súplicas provenientes de funcionarios de pequeñas naciones. Cada mensaje cifrado llevaba consigo el mismo trasfondo sórdido: acuerdos para silenciar escándalos, pagos secretos, pactos ocultos. El flujo incesante era abrumador, persistente en su flagrante desprecio por la gobernanza ética.

De pie, rígido frente al panel de control, la expresión de Tosh se oscurecía con cada nueva alerta. Sus ojos recorrían velozmente las comunicaciones entrantes, cuya persistencia implacable marcaba profundas líneas de tensión en su rostro.

—Otra más del sureste de África —anunció Ava Nguyen, claramente frustrada, pasando una mano por su cabello corto. Su voz revelaba una nota amarga de ira apenas contenida—. Están ofreciendo fondos no revelados a cambio de nuestro silencio sobre operaciones mineras ilegales.

La mandíbula de Tosh se tensó, los músculos flexionándose visiblemente bajo su piel. Sus nudillos palidecieron al aferrar con fuerza el borde de la consola, luchando internamente con el imposible cálculo de prioridades: cada exigencia reclamando su atención, fragmentando sus recursos críticos.

—Esto no para —intervino bruscamente Artemis Wang, su voz rígida de furia apenas contenida, los ojos entrecerrados por el profundo disgusto—. Estos funcionarios corruptos saben que la crisis global del Overwrite eclipsa sus insignificantes tramas. Apuestan a que estaremos distraídos.

Alejandra se acercó silenciosamente, estudiando con abierta aversión los mensajes implacables que llegaban. Su voz, cuando habló, fue tranquila pero poderosa, cortando claramente el aire tenso:

—Si ignoramos estos casos ahora, corremos el riesgo de reforzar la idea de que Zermatt puede ser manipulado, de que la justicia puede ser evitada.

—Sin embargo, ¿podemos realmente permitirnos desviar atención crítica lejos de detener la amenaza del Overwrite de NeuraTech? —preguntó Tosh en voz baja, frustración y angustia luchando claramente en sus palabras. Sus ojos se encontraron con los de Alejandra, buscando profundamente—. Cada instante que dedicamos a esta corrupción nos aparta de una crisis que amenaza la libertad misma.

Desde una esquina, Rainer Sábato observaba en silencio, con los brazos cruzados sobre el pecho. Su mirada oscilaba entre las pantallas, leyendo claramente la desesperación en cada mensaje, reconociendo la urgencia, pero plenamente consciente del peligro mayor al que se enfrentaban.

—Estas naciones son pequeñas, pero vitales —dijo finalmente, avanzando con decisión—. Si sus líderes sucumben completamente a la corrupción, se convierten en objetivos fáciles para la Sobreescritura de NeuraTech. No podemos ignorarlos por completo.

Tosh suspiró profundamente, luchando visiblemente con su propio conflicto interior.

—Entonces intervengamos selectivamente —declaró finalmente, la autoridad solidificándose en su voz—. Elijamos los casos más críticos y flagrantes, aquellos donde la corrupción amenace directamente la estabilidad regional o la vida humana. Transmitid advertencias discretamente y recoged inteligencia.

Ava asintió con determinación, sus dedos volando ya rápidamente sobre el teclado.

—Redirigiré algunos flujos de inteligencia de menor prioridad. Podemos al menos empezar a rastrear movimientos financieros y vigilar discretamente.

Artemis apretó los puños, una feroz determinación encendiendo su mirada:

—Debemos dejar claro a estos actores corruptos, no importa cuán pequeña o aparentemente insignificante sea su nación, que explotar el caos para su beneficio personal ya no permanecerá oculto.

—Exactamente —afirmó Tosh, recuperando la fuerza en su voz—. Enviad advertencias discretas pero firmes a cada funcionario identificado. Dejadlo muy claro: Zermatt los está vigilando. Actuaremos con decisión si es necesario.

Inmediatamente, la sala entró en acción organizada, analistas y operativos implementando rápidamente las instrucciones. Enlaces satelitales titilaron, los canales seguros cobraron vida, y los mensajes comenzaron a fluir al exterior: calmados, pero inequívocamente firmes.

A pesar de esta eficiencia enfocada, una corriente subyacente de inquietud permanecía palpable. Cada miembro del equipo sabía muy bien el delicado equilibrio sobre el cual ahora caminaban, balanceando recursos limitados entre amenazas globales urgentes y la corrosiva corrupción local.

Mientras los mensajes eran enviados, Tosh permaneció inmóvil, con los ojos entrecerrados en una contemplación determinada. Entendía plenamente que, aunque su decisión estaba cargada de riesgo potencial, el silencio costaría mucho más que solo credibilidad. Podría abrir inadvertidamente otro frente, más insidioso, en la guerra global por la libertad humana.

Tecnología defectuosa y seguridad pública

Rainer Sábato permanecía rígido, los ojos fijos en las pantallas intermitentes frente a él, la ansiedad profundamente marcada en sus facciones. El agitado centro de manejo de crisis en Zermatt vibraba con tensión; cada técnico y analista atrapado en sus propias crisis urgentes. Sin embargo, en medio de la tormenta de emergencias superpuestas, una alerta brillaba intensamente en su monitor, recordatorio implacable de que los peligros del mundo iban mucho más allá del insidioso alcance de NeuraTech.

«Urgente—defectos de aviación de Lingtao detectados», parpadeaba la alerta insistentemente, cada pulso alimentando el creciente temor de Rainer.

Lingtao, un conglomerado tecnológico global reconocido por sus iniciativas filantrópicas había estado financiando discretamente sistemas avanzados de aviónica para aeronaves comerciales en todo el mundo. Ahora, oculto bajo su fachada benévola, había emergido un defecto grave: una falla de software profundamente incrustada en sistemas críticos de navegación aérea, potencialmente catastrófica en escala.

La mano de Rainer se tensó sobre el comunicador, su corazón acelerándose mientras asimilaba cada línea de nuevos datos entrantes. La falla en los sistemas de Lingtao ponía en riesgo la seguridad de miles, quizás millones de pasajeros. No obstante, a su alrededor, la atención se encontraba casi totalmente consumida por la creciente crisis global del Overwrite.

—Tenemos reportes confirmados desde Europa y Asia —anunció Ava Nguyen bruscamente desde el otro lado de la sala, su voz tensa por la urgencia contenida—. Las primeras fallas están vinculadas directamente al software de navegación de Lingtao.

Rainer avanzó rápidamente hacia la estación de Ava, sus ojos escaneando velozmente los reportes técnicos entrantes. Fragmentos de código fluían por la pantalla de Ava, errores resaltados en rojo, destellando ominosamente, cada línea detallando peligros crecientes.

—Esto no es solo un fallo aislado —continuó Ava con gravedad, sus ojos encontrándose con los de Rainer con determinación férrea—. Múltiples vuelos comerciales reportan cambios erráticos de altitud y coordenadas inexactas. Si estas fallas se extienden, enfrentaremos potenciales colisiones en el aire o desastres catastróficos.

La garganta de Rainer se contrajo, reconociendo lo insoportable del riesgo. Su mirada recorrió rápidamente el centro de mando hasta aterrizar en Nicolás Tosh, quien se encontraba absorto en un intenso diálogo sobre la infiltración del Overwrite. Durante una fracción de segundo, Rainer vaciló, conflictuado al saber que desviar recursos de la amenaza primaria podría generar vulnerabilidades en otros lugares.

—Nicolás —la voz de Rainer cortó bruscamente las conversaciones superpuestas, llevando una urgencia que atrajo atención inmediata—. El software de navegación de Lingtao está comprometido. Si no intervenimos ahora mismo, veremos incidentes catastróficos en la aviación dentro de horas.

La expresión de Tosh se ensombreció al instante, captando rápidamente la magnitud de las palabras de Rainer. Su respuesta fue inmediata, decisiva.

—Dale prioridad absoluta. Coordinad con el equipo filantrópico de Lingtao; corregid los defectos, dejad en tierra las aeronaves afectadas si es necesario. La seguridad pública no puede esperar.

Rainer asintió bruscamente, con un alivio momentáneo pero profundo. Ava ya estaba transmitiendo directrices, coordinando comunicaciones rápidas con autoridades aeronáuticas en todo el mundo, impulsando el aterrizaje inmediato de las flotas vulnerables.

—Emitid avisos de emergencia —ordenó Rainer con firmeza, la adrenalina afilando su tono—. Coordinad con organismos internacionales de aviación; cada avión afectado aterriza de inmediato. Sin excepciones.

La sala estalló en acción intensificada. Los analistas corrían, las comunicaciones satelitales cobraron vida, transmitiendo órdenes de emergencia a velocidad de vértigo. Rainer supervisaba intensamente la situación, cada nervio tenso por la consciencia del estrecho margen que separaba la seguridad de la catástrofe.

De repente, una alarma resonó, áspera e insistente, indicando una alerta crítica. Un avión comercial sobre el océano Atlántico estaba perdiendo rápidamente altitud; el software defectuoso de Lingtao lo enviaba en una espiral peligrosa.

—¡Protocolo de interceptación, ahora! —ordenó Rainer con voz áspera, sus dedos crispados, los nudillos blancos aferrados a los bordes de la estación de trabajo de Ava—. ¡Enviad inmediatamente los datos corregidos de navegación! ¡Anulad el sistema de Lingtao remotamente!

Técnicos y analistas se movieron frenéticamente, sus dedos volando sobre los teclados; las corrientes de código chocaban y se corregían en ráfagas precisas y frenéticas. Rainer observaba, su corazón latiendo con dolorosa fuerza mientras las lecturas de altitud caían alarmantemente.

—¡Altitud estabilizándose! —exclamó Ava, el alivio inundando su voz—. El piloto confirma que la anulación manual fue exitosa. La aeronave recupera el control.

Un suspiro colectivo recorrió la sala, breve pero profundo. Rainer exhaló intensamente, sus manos temblando casi imperceptiblemente al relajarse momentáneamente la crisis inmediata, aunque su mente permanecía alerta y afilada.

—Mantengan el monitoreo continuo —ordenó con firmeza, sin apartar nunca sus ojos de las pantallas—. Coordinen directamente con Lingtao. Asegúrense de que cada parche sea permanente. Ninguna aeronave despega hasta que la seguridad esté garantizada.

A su alrededor, la actividad persistía con urgencia; los analistas reforzaban defensas, asegurándose de que cada amenaza potencial fuera neutralizada sistemáticamente. Rainer, sintiendo el dolor muscular por la tensión sostenida, se permitió solo un fugaz segundo de alivio antes de prepararse nuevamente para la próxima crisis.

La seguridad pública seguía en un equilibrio precario: cada decisión era vital, cada segundo invaluable. Él conocía íntimamente lo implacable de esta lucha: un solo paso en falso, una amenaza ignorada, podía costar innumerables vidas inocentes.

Sabotaje corporativo e intrusiones de competidores

En una discreta y tenuemente iluminada sala de reuniones, situada en lo alto del corazón bullicioso de Silicon Valley, se habían reunido los principales aliados corporativos de Redwood. La elegante mesa de caoba brillaba bajo una iluminación estratégicamente ubicada, reflejando la tensión profundamente marcada en los rostros de los poderosos ejecutivos. El propio Redwood estaba en la cabecera de la mesa, su formidable presencia proyectando una sombra imponente.

Pantallas incrustadas en las paredes mostraban flujos de inteligencia confidenciales, datos sobre posibles movimientos rivales, y mensajes crípticos intercambiados con entidades corporativas aliadas. Cada destello de información reflejaba cambios estratégicos en el panorama tecnológico global.

—El silencio de Zermatt es revelador —reflexionó Redwood en voz alta, con su profunda voz cuidadosamente controlada, aunque resonando con una impaciencia latente—. Sabemos que están tramando algo. Su enfoque ha cambiado drásticamente. Si tienen una nueva jugada tecnológica, necesitamos saber exactamente cuál es.

Sophia Blake, la formidable CEO de una importante firma tecnológica y la aliada corporativa más cercana de Redwood, se inclinó hacia adelante con intención, los dedos entrelazados en actitud pensativa. Su mirada penetrante revelaba una intensa calculación tras un exterior cuidadosamente neutro.

—Nuestras fuentes sugieren que Zermatt está considerando un despliegue defensivo: una "vacuna" neural, posiblemente utilizando el CDA-325.

Una inmediata oleada de tensión recorrió a los ejecutivos reunidos; las miradas se intercambiaron rápidamente alrededor de la mesa. Los ojos de Redwood se afilaron visiblemente, entendiendo claramente las implicaciones.

—¿Un despliegue limitado? —la voz de Redwood se volvió más cortante, exigiendo claridad.

—Altamente dirigido, estratégico —confirmó Blake con precisión—. Jefes de Estado, innovadores clave. Huella mínima. Les preocupan las represalias, las implicaciones morales.

—¿Preocupados por la moralidad? —la voz de Redwood destilaba desprecio—. La moralidad no salvará a la humanidad del caos. Si tienen una inoculación efectiva contra el Overwrite de NeuraTech, ¿por qué limitarla? Deben expandirla inmediatamente.

—Exactamente —coincidió Blake, con una expresión indescifrable, pero con la voz firme y cargada de determinación estratégica—. Si permitimos que Zermatt proceda encubiertamente, nuestros intereses quedarán vulnerables. Debemos insistir en un despliegue rápido y exhaustivo.

Redwood caminó deliberadamente, irradiando dominio con cada paso calculado.

—Entonces debemos ejercer nuestra influencia, ahora mismo. Dejad claro a Zermatt que un despliegue selectivo no es suficiente. El mundo necesita una inoculación universal. La demanda pública estará de nuestro lado.

Blake asintió rápidamente, haciendo señas a un asistente para que transmitiera mensajes preparados al instante. Redwood observaba atentamente, plenamente consciente del delicado equilibrio de poder que estaba en juego. Un solo paso en falso, un mínimo titubeo, podría debilitar irreparablemente su ventaja corporativa.

Mientras tanto, oculto de la vista en un centro seguro de análisis de datos en Zermatt, Rainer Sábato supervisaba las señales con creciente aprensión. Las pantallas de Ava Nguyen parpadeaban urgentemente, las alertas entrantes pulsando en rojo.

—Los aliados de Redwood se están movilizando agresivamente —informó Ava con brusquedad, su voz marcada por la tensión—. Están presionando para un despliegue global inmediato del CDA-325.

El estómago de Rainer se contrajo dolorosamente. Sus ojos se estrecharon mientras escaneaba rápidamente los comunicados interceptados.

—Han adivinado nuestra estrategia. Si Redwood exige un despliegue masivo, perderemos el control. Un despliegue masivo ahora provocaría pánico generalizado, justo lo que intentamos evitar.

Se dirigió con decisión hacia la estación de comunicaciones, introduciendo rápidamente un mensaje cifrado para Tosh, la urgencia afinando cada uno de sus movimientos.

—Redwood nos ha descubierto. Están preparando presión pública. Debemos reforzar los canales encubiertos y mantener nuestra estrategia original, limitada.

De regreso en Silicon Valley, Redwood estudiaba las confirmaciones cifradas que llegaban, con satisfacción brillando brevemente en sus ojos.

—No tendrán opción —anunció con confianza, girándose hacia sus aliados reunidos—. Nos hemos posicionado estratégicamente: opinión pública, influencia corporativa, respaldo gubernamental. Si Zermatt duda, les obligaremos.

La expresión de Sophia Blake se endureció, sus ojos brillando con tranquila anticipación.

—Controlaremos la narrativa. Presentaremos el despliegue universal como esencial para la seguridad global. La opinión pública exigirá obediencia.

Redwood se permitió una breve sonrisa fría.

—Exactamente. Zermatt cree que puede controlar el ritmo. Nos aseguraremos de que entiendan su error, rápida e inequívocamente.

Al otro lado del mundo, Rainer y Ava observaban ansiosamente mientras los aliados de Redwood iniciaban su maniobra orquestada, las pantallas llenándose de declaraciones meticulosamente coordinadas. Rainer sintió una intensa oleada de temor.

—Preparaos para el impacto —susurró sombríamente, fortaleciéndose frente a la inevitable confrontación que se avecinaba—. Esto no es solo sabotaje: es un asedio estratégico.

Mientras las tensiones escalaban, ambos bandos comprendían claramente: esta batalla corporativa moldearía el tejido mismo del control global y la autonomía humana. Cada acción, cada reacción resonaría mucho más allá de las salas de juntas, definiendo el frágil futuro de la humanidad.

La investigación de Maggie Wu

En la esquina débilmente iluminada de un elegante café de Washington D.C., la periodista investigadora Maggie Wu estaba sentada con la postura de una depredadora al borde de la caza. Sus ojos oscuros, agudos e inquisitivos, apenas parpadeaban mientras estudiaba al joven frente a ella. El sudor brillaba visiblemente en su frente a pesar del aire acondicionado del café, sus dedos golpeando nerviosamente la pulida mesa de roble.

—Entonces —Maggie se inclinó ligeramente hacia delante, con voz baja pero implacable—, repasemos tu papel en Experta.

El empleado de Experta de nivel medio tragó con dificultad, sus ojos desviándose hacia la salida, calculando visiblemente el coste de huir frente al de cooperar. Maggie dejó escapar una sonrisa momentánea, débil pero fríamente tranquilizadora.

—Ya sé más de lo que piensas —presionó suavemente, deslizando una tablet hacia adelante. Mostraba una serie de transacciones financieras y mensajes cifrados, suficientes para confirmar la profundidad de sus fuentes—. Te estoy dando la oportunidad de aclarar las cosas antes de que esto sea público. Háblame de las expansiones de Zermatt.

El empleado inhaló profundamente, ahora susurrando, cargado por la gravedad de la traición.

—Han estado examinando flujos financieros: contratos gubernamentales, defensa, ayuda humanitaria… cualquier entidad que utilice contribuciones políticas para asegurar contratos inmerecidos. Es sistemático. Zermatt está mapeando la corrupción, exponiendo funcionarios cómplices. Están cerca de revelar jugadores importantes.

El pulso de Maggie se aceleró, un brillo depredador iluminando sus ojos.

—¿Nombres?

Él vaciló, el miedo brillando visiblemente.

—Yo... no conozco los específicos. Compartimentan los datos. Pero han rastreado sobrecostes flagrantes, contratos sospechosamente adjudicados, sobornos camuflados como contribuciones de campaña. Han compilado evidencia: detallada, condenatoria.

Maggie se reclinó pensativa, absorbiendo la revelación, uniendo las implicaciones con precisión practicada. Sus dedos temblaron sutilmente, la emoción por la inminente revelación corriendo por sus venas.

Al otro lado de la ciudad, en la oficina satélite de Zermatt en Washington, la computadora de Ava Nguyen mostró una alerta urgente. Escaneó rápidamente los detalles, con los ojos muy abiertos por la alarma. Girándose bruscamente hacia Rainer Sábato, su voz se tensó al instante.

—Tenemos una filtración. Maggie Wu ha acorralado a uno de nuestros empleados. Está a punto de hacerlo público; días, como máximo.

El rostro de Rainer se endureció inmediatamente, cada músculo tenso.

—Identificad la filtración. Contened esto de inmediato. Necesitamos saber exactamente qué información posee.

Los técnicos se movieron rápidamente, monitorizando líneas de comunicación, rastreando la última ubicación conocida del empleado comprometido. Analistas de datos reconstruían frenéticamente cualquier posible exposición de información, las pantallas llenándose de rápidos flujos de inteligencia.

De vuelta en el café, Maggie se puso de pie, guardando decididamente su tablet en su bolso.

—Has sido de gran ayuda. Si yo fuera tú, me mantendría oculto. Las cosas se van a poner turbulentas muy pronto.

Al salir hacia la concurrida calle de D.C., Maggie llamó rápidamente a su editor, con el corazón acelerado por la emoción, la voz firme con autoridad profesional.

—Lo tenemos. Zermatt está rastreando corrupción en contrataciones gubernamentales: defensa, fondos federales, ayuda humanitaria… todo. Una exposición a alto nivel, posiblemente implicando a funcionarios importantes.

A lo largo de la red, la unidad de respuesta rápida de Zermatt entró en acción inmediata. Las notificaciones volaron con urgencia hacia autoridades federales, agencias gubernamentales afectadas y comités selectos de supervisión del Congreso. Expedientes detallados inundaron los canales seguros, exponiendo evidencias de licitaciones amañadas, sobrecostes inflados y pagos políticos encubiertos. Cada documento estaba meticulosamente verificado, contundente e irrefutable.

Sin embargo, pese a sus rápidas medidas defensivas, Rainer y Ava sabían bien el peligro que representaba Maggie Wu. Su capacidad para hilar detalles dispersos en revelaciones coherentes y explosivas era legendaria. Si Wu sacaba la historia a la luz antes de tiempo, la delicada investigación de Zermatt podría colapsar bajo el escrutinio público, quedando expuesta y comprometida su vigilancia encubierta.

La mandíbula de Rainer se tensó con gravedad al dirigirse a Ava con intensa urgencia.

—Debemos actuar más rápido. Contener la fuente de Maggie Wu, confirmar exactamente qué información posee. Toda nuestra operación depende de controlar esta narrativa.

Ava asintió enérgicamente, sus dedos volando sobre la consola para iniciar protocolos de contingencia. Sabía, igual que Rainer, que el reloj avanzaba inexorablemente hacia un ajuste de cuentas decisivo; Zermatt corría para salvaguardar la justicia, Maggie Wu aceleraba para desvelar la verdad. Ambos lados se dirigían inevitablemente hacia una confrontación explosiva que redefiniría el panorama del poder y la corrupción.

La reunión concluyó bajo un pesado manto de silencio, cada participante levantándose lentamente de sus sillas como si estuvieran cargados por pesos invisibles. El brillo estéril de la sala de conferencias ahora parecía opresivo, iluminando duramente los rostros sombríos alrededor de la mesa. Nicolás Tosh permaneció al frente de la mesa ovalada, su habitual aura de determinación inquebrantable ensombrecida por una resignación cansada que marcaba profundamente sus rasgos.

Mientras Artemis Wang recogía silenciosamente sus documentos, con movimientos lentos y deliberados, la tensión en sus hombros revelaba su agitación interna. Rainer Sábato permaneció un instante más, con la mirada distante, fija en las líneas crudas de datos congeladas en la pantalla ya oscurecida frente a él. Alejandra dudó en la puerta, sus ojos buscando los de Tosh con silenciosa empatía, pero no ofreció palabras de consuelo; no existían palabras suficientes para lo que ahora enfrentaban.

Uno por uno, los delegados salieron, sus pasos resonando suavemente contra los pulidos suelos de mármol, el sonido llevando una gravedad definitiva. La embajadora Dubois partió la última, su mirada severa cruzándose con la de Tosh en un asentimiento de grave entendimiento; un silencioso reconocimiento del precipicio moral en el que todos se encontraban.

Dejado a solas, Tosh se hundió en su silla, sus dedos temblando ligeramente mientras los presionaba contra sus sienes, en un vano intento por calmar la tormenta interna. Su mente corría sin tregua sobre la decisión tomada; la opción una vez prohibida, la línea que juraron nunca cruzar ahora parecía el único camino hacia adelante. La herramienta creada para defender a la humanidad se había convertido en su arma involuntaria, una espada que rogaban no cortara demasiado profundo en el tejido de la libertad.

Afuera, el crepúsculo caía silenciosamente sobre Zúrich, los tonos suaves del atardecer proyectando largas sombras a través de las amplias ventanas. Tosh observaba cómo la oscuridad devoraba lentamente la luz diurna, simbolizando su propio descenso hacia un territorio incierto. Cada sombra parecía susurrarle la verdad incómoda que apenas se atrevía a admitir: que el heroísmo y la tiranía estaban peligrosamente cercanos, separados solo por el hilo más fino de la intención.

Un leve golpe en la puerta sacó a Tosh de su contemplación. Ava Nguyen estaba parada silenciosamente en la entrada, su expresión habitualmente aguda ahora suavizada por la preocupación.

—Todos se han marchado —dijo suavemente, entrando cuidadosamente en la habitación, percibiendo la frágil quietud—. ¿Necesitas algo más?

Tosh levantó lentamente la vista, sosteniendo su mirada. En aquel breve silencio, se comunicaron volúmenes: un entendimiento del temor compartido, una determinación tácita de soportar la tormenta que vendría.

—Solo asegúrate de que los protocolos se cumplan estrictamente, Ava. Cada paso monitorizado, cada acción registrada. Sin desviaciones.

Ella asintió solemnemente, comprendiendo plenamente la gravedad de sus instrucciones.

—Por supuesto. Me encargaré personalmente de supervisarlo.

—Bien —susurró Tosh, volviendo su vista una vez más hacia el horizonte oscurecido—. Porque a partir de aquí, ya no hay segundas oportunidades.

Ava salió discretamente, dejando a Tosh nuevamente envuelto en silencio, atormentado por la conciencia de que cada elección ahora llevaba un coste mucho mayor del que jamás habían imaginado. La quietud persistente en la habitación permaneció pesadamente, como testimonio silencioso del profundo compromiso moral que acababan de asumir, marcando el tenue y peligroso límite entre la salvación y la ruina.

Capítulo 10

Enfrentamiento en Ginebra

Ginebra, Suiza — Centro Internacional de Conferencias, 2017

Día 25, 2:00 P.M. CET

Un viento otoñal soplaba con fuerza en el amplio bulevar frente al imponente centro de conferencias en Ginebra, agitando con brusquedad las banderas alineadas a lo largo del paseo, como si estas anticiparan la confrontación inminente en su interior. Los vivos colores de las naciones del G-7 ondeaban junto a los de países más pequeños, cuyos representantes descendían de elegantes vehículos con expresiones reservadas y conversaciones apresuradas en voz baja. Nicolás Tosh salió de un discreto sedán negro, la mandíbula apretada en una determinación silenciosa, seguido de cerca por Rainer Sábato y Artemis Wang, ambos conscientes del peso de lo que les esperaba.

El vestíbulo principal era una colmena de caos controlado, conversaciones en murmullos subrayadas por una tensión palpable. Personal de seguridad se movía rápidamente y con discreción, escudriñando los rostros con miradas penetrantes. En el gran salón de asambleas, líderes mundiales y embajadores ocupaban sus asientos con cautela, intercambiando saludos prudentes. Por encima de ellos, enormes candelabros lanzaban un brillo frío y cristalino que en nada mitigaba la gravedad absoluta que cubría la sala.

Tosh avanzó, flanqueado por sus compañeros, y su presencia atrajo de inmediato miradas penetrantes y un renovado silencio. Podía sentir el peso de incontables ojos—algunos apoyándolo, otros cautelosos, unos pocos abiertamente hostiles—todos midiéndolo en silencio.

Al frente del salón, la Embajadora Dubois mantenía una conversación tensa con el secretario de Estado de Estados Unidos, sus voces bajas, pero claramente urgentes. Ella saludó a Tosh con un serio y breve asentimiento, una sutil seguridad en su expresión severa.

Artemis Wang se dirigió rápidamente hacia una estación de comunicaciones segura al costado del salón, revisando cuidadosamente las capas de encriptación; sus dedos trabajaban hábilmente sobre la consola, cada movimiento reflejando las enormes implicaciones.

Rainer se acercó discretamente a Tosh, hablando en voz baja pero firme.

—Todos aquí sospechan por qué hemos convocado esta reunión. Si NeuraTech cumple su amenaza, las consecuencias serán inimaginables. Debemos controlar la narrativa.

Tosh asintió con tensión, los ojos entrecerrándose ligeramente en una concentración calculada.

—NeuraTech ha mostrado abiertamente sus cartas. Cuentan con nuestro miedo para paralizarnos. Pero no podemos permitir que el miedo dicte nuestra respuesta. Estamos aquí para confrontar, exponer y neutralizar.

Un repentino y agudo sonido de retroalimentación resonó a través de los altavoces, señalando el inicio de la sesión. Las conversaciones cesaron abruptamente cuando un moderador alto y de aspecto severo tomó el podio, su voz resonante con neutralidad ensayada.

—Distinguidos delegados, hoy nos reunimos bajo circunstancias extraordinarias —comenzó con gravedad—. Rumores y amenazas sobre una tecnología capaz de una manipulación mental sin precedentes han obligado esta asamblea urgente. Invitamos a los representantes a abordar estas alegaciones directamente.

Un incómodo silencio cubrió la sala, interrumpido solo por el tenso crujir de papeles y el suave movimiento en los asientos. Tosh se puso deliberadamente de pie, el crujido de su silla audible en el vasto recinto. Se acercó al podio con pasos medidos, cada movimiento irradiando una tranquila autoridad.

—Damas y caballeros —comenzó Tosh con una voz firme pero cuidadosamente controlada, resonando levemente contra las paredes de mármol—, la amenaza que enfrentamos hoy no es meramente tecnológica, sino existencial. Una facción rebelde dentro de NeuraTech busca subvertir la autonomía humana explotando una tecnología innovadora para manipular y controlar la mente.

Murmullos de incredulidad recorrieron la audiencia. Tosh levantó suavemente una mano, calmándolos.

—Sus amenazas no son en vano. Sus intenciones son claras: coerción, exposición y dominación. Pero estamos preparados. Disponemos de evidencias y tenemos medios para contrarrestar esta amenaza.

Una aguda interrupción surgió del delegado británico, con la voz cargada de sospecha.

—¿Y su solución? ¿No es acaso otra forma de manipulación?

Tosh enfrentó la mirada del delegado con firmeza.

—Nuestra medida es protectora, no coercitiva. Inmuniza contra intrusiones no deseadas, salvaguardando la autonomía en lugar de erosionarla. Defendemos con firmeza el libre albedrío.

Una tensión palpable se extendió por el recinto mientras las implicaciones se asentaban profundamente en cada delegado. Artemis hizo una sutil señal a Tosh, indicando que estaban listos. Rainer se movió ligeramente, alerta y atento, mientras el momento decisivo se aproximaba con rapidez.

—Que no quepa duda —concluyó Tosh con firmeza, su mirada recorriendo la asamblea—, nos encontramos en una encrucijada decisiva. Podemos elegir el coraje sobre el miedo, la acción sobre la parálisis. Juntos debemos desmantelar esta amenaza de manera decisiva y rápida. La supervivencia misma de la libertad depende de ello.

Cuando Tosh retrocedió, el salón estalló en una cacofonía de debates urgentes. Las líneas estaban claramente trazadas ahora, las decisiones eran inevitables, y el momento se cargaba con la electricidad de una confrontación inminente—un duelo cuyo desenlace daría forma irrevocable al futuro.

Ajedrez diplomático: G-7 contra negociadores rebeldes

La embajadora Celine Dubois subió al podio con una calma deliberada, la mirada firme y la voz clara y autoritaria.

—Nos enfrentamos a una amenaza sin precedentes de infiltración masiva —declaró, sus palabras resonando poderosamente por todo el amplio salón de conferencias—. Permanecemos unidos en condenar cualquier tecnología diseñada para anular a la fuerza la voluntad humana.

Un aplauso breve, medido, surgió del bloque del G-7, una afirmación cuidadosamente controlada para mostrar unidad sin celebración. La tensión, densa y opresiva, persistía de manera palpable, pesando sobre cada asistente. Las miradas se desplazaban discretamente, calibrando reacciones, captando cada sutil cambio en el lenguaje corporal y en las expresiones.

Al otro extremo del salón, un grupo compacto vestido con trajes oscuros impecablemente confeccionados observaba en silencio, los rostros vacíos de expresión. Los rumores ya circulaban sobre su verdadera afiliación: representantes o asociados de la facción paramilitar de NeuraTech. Transmitían una silenciosa confianza amenazadora; su mera presencia era una clara declaración de intenciones. Detrás de ellos, representantes de varias naciones más pequeñas intercambiaban miradas recelosas y susurros veloces y ansiosos, claramente mostrando su desconfianza hacia las motivaciones ocultas del G-7.

Cuando la sesión se suspendió momentáneamente para una pausa programada, Nicolás Tosh condujo rápidamente a Artemis Wang y Rainer Sábato hacia una sala privada lateral, estrechamente custodiada por las fuerzas de seguridad suizas. Dentro los esperaban la embajadora Dubois, el jefe de seguridad suizo y varios ministros europeos de alto rango. El cuarto, tenuemente iluminado y encerrado en un silencio seguro, se convirtió en refugio de susurros estratégicos llenos de ansiedad.

—Están jugando fuerte —comenzó Tosh de inmediato, con voz grave pero estable—. Los operativos paramilitares en el salón nos han entregado un ultimátum claro: o revelamos plenamente las capacidades clandestinas de Zermatt, o subastarán la tecnología Overwrite al mejor postor. Es un chantaje flagrante y agresivo a escala global.

La ministra Lindholm de Suecia palideció visiblemente, exhalando con fuerza. Su voz normalmente serena tembló ligeramente al hablar:

—Si cedemos a sus exigencias, confirmamos la existencia de las avanzadas capacidades de Zermatt, encendiendo inevitablemente la misma carrera armamentista que hemos luchado por evitar.

Dubois asintió gravemente, los ojos entrecerrados en determinación acerada.

—No podemos permitirnos pestañear primero. Esto no es una simple diplomacia: es una partida de ajedrez de alto riesgo. Cualquier error desestabilizará irrevocablemente el orden global.

Rainer dio un paso adelante, la tensión marcada profundamente en su rostro.

—Están contando con nuestro miedo. Nuestra respuesta debe ser precisa e inequívoca. Si perciben la más mínima duda, la explotarán.

Artemis golpeó suavemente su tableta, desplazándose rápidamente por comunicaciones recientes.

—Su amenaza es creíble. Inteligencia confirma compradores potenciales ya en negociaciones: Estados, actores rebeldes, corporaciones, todos están haciendo fila. Si NeuraTech subasta la tecnología exitosamente, enfrentaremos una proliferación descontrolada.

La expresión de Dubois se endureció, una fría claridad entrando en su voz.

—Entonces debemos actuar decisivamente. Nuestra contrapropuesta debe desacreditar públicamente a NeuraTech y ofrecer al mismo tiempo garantías transparentes. Debemos demostrar una fuerza unificada y una claridad moral.

Tosh sostuvo firmemente su mirada, reflejando acuerdo.

—Exacto. Exponemos públicamente su agenda. El mundo debe verlos como chantajistas, no como visionarios. Nuestro único camino es obligar a NeuraTech a ponerse a la defensiva.

Al asentir en conjunto, cada miembro reconocía la gravedad de su responsabilidad colectiva. La voz de Tosh se endureció con determinación:

—Esto no es solo neutralizar la amenaza de NeuraTech hoy: es proteger el derecho de la humanidad a la autonomía mañana. Aquí es donde defendemos la línea.

Se levantaron juntos, unidos en su determinación; cada paso hacia el salón principal resonaba con renovada resolución. La intrincada partida diplomática de ajedrez había alcanzado un punto crítico, y cada participante sabía que su siguiente movimiento resonaría en la historia.

Batalla Cibernética Simultánea: Despliegue de la «Vacuna» CDA-325

En el estrecho interior de la furgoneta de operaciones de alta tecnología, discretamente estacionada junto al centro internacional de conferencias de Ginebra, Rainer Sábato permanecía rígido, con la vista saltando entre pantallas que se actualizaban rápidamente. El centro de mando móvil zumbaba suavemente, bañado por el brillo inquietante de docenas de monitores pulsando con flujos de datos cifrados. A su lado, un equipo cuidadosamente coordinado de ingenieros y analistas de élite trabajaba febrilmente con auriculares puestos, los dedos volando sobre los teclados y las voces breves, urgentes pero controladas.

—Iniciando protocolos de inyección —murmuró una ingeniera con tensión, los ojos clavados en líneas complejas de código desplazándose rápidamente—. Hemos logrado acceder a infraestructuras críticas: aeropuertos, redes urbanas, satélites de inteligencia… Todos los sistemas confirmados como accesibles.

Rainer asintió una vez, sintiendo su pulso acelerado resonar con la magnitud de su acción clandestina.

—Procedan con precaución. El sigilo es fundamental.

—Inyectando CDA-325 ahora —confirmó otro técnico, sus manos temblando levemente sobre el teclado. Su pantalla parpadeó rápidamente, indicando el silencioso despliegue del secreto mejor guardado de Zermatt: la «vacuna» neural diseñada para proteger las mentes contra la sobreescritura forzada.

—¿Informe de situación? —preguntó Rainer suavemente, notando el sudor resbalar lentamente por su sien, revelando el estrés que intentaba ocultar.

—Estamos activos en nueve redes satelitales principales —informó la ingeniera líder con voz baja, manteniendo una impresionante firmeza— Cobertura confirmada: canales de aviación civil en toda Europa y Norteamérica, alimentación parcial en sectores clave de Asia.

Rainer exhaló profundamente, sintiendo cómo la tensión se acumulaba en él como un resorte comprimido. Cada segundo adicional significaba otra capa de protección desplegada silenciosamente, resguardando a miles de millones de personas de la infiltración mental forzada. Pero la moralidad de su acto pesaba intensamente sobre él: una violación secreta diseñada paradójicamente para preservar la autonomía.

—Miles de millones de firmas neuronales están recibiendo pasivamente el CDA-325 —continuó suavemente el técnico, con voz apenas audible pero llena de comprensión—. Los sujetos permanecen totalmente inconscientes.

Rainer hizo una pausa, cerrando brevemente los ojos mientras el peso ético de sus acciones se asentaba en su conciencia.

—Hemos cruzado el Rubicón —susurró para sí mismo, admitiendo internamente el profundo compromiso moral asumido. Al abrir los ojos nuevamente, estabilizó la voz y se dirigió a su equipo con renovada determinación—. Mantengan absoluto sigilo. Redwood y los paramilitares no pueden detectar nuestras actividades hasta que sea demasiado tarde. Si descubren lo que estamos haciendo...

—Lo sabemos —lo interrumpió suavemente la técnica, intercambiando una breve mirada significativa con Rainer—. Las consecuencias políticas serían catastróficas. Lo mantendremos fuera del radar el máximo tiempo posible.

De repente, una alarma sonó con suavidad, pero urgencia desde la consola más próxima a la puerta. La ingeniera se giró hacia ella, evaluando rápidamente la alerta.

—Tenemos sondeos entrantes en la red. Alguien detectó actividad inusual.

La mandíbula de Rainer se tensó bruscamente.

—Protocolos de distracción, inmediatamente. Desvíen su atención. Creen ruido en redes señuelo.

El equipo entró en acción al instante, moviendo rápidamente los dedos por las consolas y creando distracciones complejas. Los datos fluían velozmente, formando una cortina digital de humo diseñada para confundir y desviar a los exploradores cibernéticos adversarios. Rainer observaba intensamente, respirando superficialmente mientras seguía cada maniobra defensiva.

—Distracción exitosa —confirmó la ingeniera líder tras segundos tensos e interminables, relajando visiblemente los hombros—. Los sondeos se han retirado, por ahora.

—Bien —dijo Rainer secamente, con alivio contenido—. Sigan monitoreando muy de cerca. No hay margen para errores; todo depende de mantener el secreto.

En la furgoneta reinó brevemente el silencio, interrumpido únicamente por el zumbido constante de los equipos electrónicos. Cada técnico comprendía implícitamente que operaban sobre el filo de una navaja, equilibrando riesgos profundos frente a una necesidad crítica.

Rainer volvió hacia los monitores, su reflejo fantasmal sobre el brillo digital.

—Cada momento que mantengamos esta línea es un momento más cerca de neutralizar permanentemente la amenaza de NeuraTech —murmuró, animándose tanto a sí mismo como a su equipo—. Manténganse alerta. Esta batalla aún no termina.

El Clímax: NeuraTech intenta el secuestro mental

Dentro del gran auditorio del centro internacional de conferencias de Ginebra, un extraño silencio cayó sobre la asamblea cuando los delegados se levantaron para el receso programado de la tarde. Nicolás Tosh sintió una vibración en su bolsillo y discretamente sacó su teléfono;

su pulso se aceleró al ver una alerta urgente parpadeando en pantalla. La voz de Rainer llegó a través del discreto auricular, tensa y baja.

—Están activando el interruptor. NeuraTech ha iniciado señales remotas de Overwriting dirigidas ahora mismo contra delegados clave.

El corazón de Tosh latía frenéticamente. Inmediatamente buscó con la mirada a Artemis Wang, quien correspondió a su vistazo con una comprensión igualmente sombría y asintió con brevedad. Con rapidez, Tosh recorrió con la mirada el salón, detectando a varios personajes clave —jefes de estado y embajadores influyentes— ajustando casualmente sus auriculares o mirando sus teléfonos. Permanecían totalmente inconscientes de que invisibles filamentos de código malicioso fluían hacia sus firmas neuronales, intentando reescribir sus conciencias en tiempo real.

Los operativos extremistas permanecían en silencio en la parte trasera del salón, los rostros rígidamente compuestos, pero con ojos brillantes de anticipación depredadora. Esperaban la exhibición pública inminente de su aterradora capacidad, anticipando que estos individuos de alto rango se paralizaran súbitamente, sus mentes secuestradas a la fuerza.

Pero no sucedió nada.

Los delegados objetivo parpadearon confundidos, varios presionando los dedos sobre sus sienes en leve desconcierto, intercambiando miradas perplejas. El secuestro mental esperado —pánico visible, pérdida de control o sumisión inmediata— simplemente no se materializó.

Mientras tanto, inadvertidos por la mayoría en la sala, los efectivos de seguridad suizos cerraban discretamente filas alrededor del perímetro del edificio. Alertados previamente por la infiltración encubierta de Rainer, estrechaban metódicamente la red, preparándose para sellar cualquier posible ruta de escape. Las radios crujían suavemente, transmitiendo órdenes tácticas discretas; agentes tomaban posiciones estratégicas, sus ojos cuidadosamente enfocados en cada entrada y salida.

Wang, aparentemente ajeno a estos movimientos externos, permanecía firme e imperturbable en el estrado. Era una figura solitaria en el epicentro de la tormenta, eligiendo un camino sin precedentes que oscilaba entre la traición y el sacrificio noble. Sus ojos, claros y penetrantes, desafiaban silenciosamente a quienes lo enfrentaban, retándolos a revelar sus verdaderas intenciones.

Tosh lo observaba con atención, el corazón latiéndole con fuerza en el pecho, la incertidumbre minando su determinación. Comprendía claramente que la audaz maniobra de Wang había puesto en marcha fuerzas que no eran completamente predecibles ni fáciles de controlar. Sin embargo, en medio de su ansiedad, Tosh reconocía el valor necesario para pararse en solitario, vulnerable pero inquebrantable, enfrentándose a aliados y enemigos únicamente con integridad y un compromiso firme con la verdad.

El auditorio permanecía suspendido en un tenso silencio, cada segundo prolongándose insoportablemente, con cada persona presente plenamente consciente de que Artemis Wang había cambiado irrevocablemente las reglas del juego. En la quietud profunda, todos aguardaban sin aliento el próximo movimiento; un latido colectivo suspendido entre la esperanza y la catástrofe.

El enfrentamiento final

En medio de la tensión arremolinada dentro del gran auditorio, uno de los negociadores paramilitares avanzó audazmente hacia adelante, su presencia inmediatamente amenazadora, sus ojos oscuros estrechándose con peligro evidente.

—Señor Wang —gruñó con voz cargada de hostilidad apenas contenida—, si realmente quiere evitar una catástrofe inmediata, entregue ahora mismo cada línea de código. Sin excepción.

La expresión de Artemis Wang se tensó, sus rasgos endureciéndose con fría determinación, un destello de desafío parpadeando brevemente en sus ojos. Respiró con calma antes de responder:

—Discutámoslo detrás del escenario.

Su voz transmitía una fuerza controlada, aparentemente imperturbable ante la amenaza descarada. El negociador dudó, sus ojos moviéndose con suspicacia hacia Wang, la incertidumbre cruzando fugazmente su rostro endurecido. Pero la curiosidad y la codicia acabaron superando la prudencia y, con un gesto seco, indicó que aceptaba.

Todas las cámaras giraron urgentemente hacia el drama en desarrollo, capturando la escena con electrizante intensidad. El personal de seguridad separó rápidamente a la multitud, algunos esperando desesperadamente una resolución pacífica, otros instintivamente preparados para la explosión de violencia. Wang encabezó el camino con confianza, su andar resuelto sin revelar ninguna vulnerabilidad. El negociador lo siguió de cerca, sus ojos escudriñando atentamente cualquier indicio de engaño o emboscada.

Sin que los operativos paramilitares lo supieran, la calma apariencia de Wang escondía una trampa estratégica cuidadosamente preparada bajo la fachada de la negociación. Cuando cruzaron la puerta lateral del escenario hacia el pasillo tenuemente iluminado detrás del auditorio, fuerzas especiales suizas —alertadas por la meticulosa preparación de Rainer— inundaron silenciosamente los pasillos laterales, avanzando con precisión coordinada. Sus movimientos eran silenciosos y disciplinados; cada agente permanecía sereno y preparado, esperando la señal para actuar.

El negociador se detuvo abruptamente, percibiendo que algo no cuadraba. Sus ojos se movieron nerviosamente por el estrecho corredor, sus dedos acercándose instintivamente al arma oculta. Pero antes de poder reaccionar plenamente, las sombras explotaron en un movimiento rápido y controlado. Operativos armados se abalanzaron desde todas direcciones con eficiencia implacable.

Estalló una breve pero violenta lucha. El negociador combatió ferozmente, intentando romper el círculo cerrado de las fuerzas especiales, mostrando una evidente desesperación. Sus puños golpeaban con furia, en movimientos frenéticos pero decididos. Los agentes contraatacaron con habilidad, su acción rápida y precisa minimizando cualquier posible daño, inmovilizándolo y desarmándolo rápidamente. Uno a uno, agentes paramilitares adicionales que ingresaban al corredor fueron sometidos de manera similar, sus gritos de sorpresa cortados por rápidos y calculados derribos.

Al comprender finalmente su derrota, el equipo paramilitar, acorralado y superado en número, levantó lentamente las manos en señal de rendición. El estrecho corredor quedó en silencio, con la tensión disipándose lentamente mientras los agentes suizos aseguraban metódicamente a cada individuo, eliminando eficientemente cualquier amenaza residual.

Wang permanecía ligeramente apartado, observando en silencio, sus facciones aún serenas, aunque cargando un peso tácito. Había arriesgado todo en una audaz maniobra, atrayendo estratégicamente a sus adversarios hacia una trampa. Ahora, mientras veía a los últimos agentes siendo escoltados, un alivio fugaz se mezcló con el reconocimiento solemne de las complejidades morales y éticas que había navegado para llegar a este momento.

Desde dentro del auditorio, sonidos amortiguados de confusión y ansiedad continuaban, con delegados y espectadores aún ignorantes de la resolución exacta que ocurría justo fuera de su vista. Artemis Wang intercambió una breve e intensa mirada con Nicolás Tosh, quien había aparecido silenciosamente en la entrada del corredor. Ambos hombres comprendieron implícitamente el estrecho margen por el que se había evitado la catástrofe.

Mientras los negociadores paramilitares, ahora sometidos, eran escoltados discretamente fuera del edificio, Wang respiró profundamente para calmarse, notando cómo su pulso se desaceleraba gradualmente. El enfrentamiento final había concluido con claridad, pero la lucha más amplia estaba lejos de terminar. Esta victoria, aunque significativa, no era más que una batalla clave dentro de una guerra cuyo resultado aún permanecía peligrosamente incierto.

Resolución: La red extremista neutralizada

Durante la siguiente hora, los bulliciosos pasillos y tensas salas del centro de conferencias de Ginebra se vieron interrumpidos intermitentemente por boletines urgentes. Los reporteros se amontonaban alrededor de las pantallas, retransmitiendo las últimas noticias con voces impregnadas de emoción nerviosa: el grupo extremista responsable de la catástrofe inminente había sido capturado de manera definitiva. Las autoridades suizas, cuyos movimientos fueron rápidos y coordinados, habían desactivado meticulosamente dispositivos de sabotaje ocultos peligrosamente cerca de importantes estaciones eléctricas por toda Europa. La temida crisis pública, que hasta entonces había pendido amenazante sobre el continente, se desvanecía silenciosamente, convertida ahora en una pesadilla no realizada.

Los delegados y espectadores, previamente paralizados por el miedo y la incertidumbre, respiraron con un cauteloso alivio, intercambiando miradas dubitativas cargadas tanto de incredulidad como de gratitud. Sin embargo, bajo la frágil superficie de aquel alivio permanecía una profunda e inquietante consciencia sobre el desastre evitado; una tregua fugaz que apenas disipaba las persistentes inquietudes sobre la amenaza tecnológica aun acechando en las sombras.

En ese momento, Artemis Wang emergió del pasillo tras bambalinas, volviendo a situarse bajo la mirada pública. Las cámaras se giraron rápidamente hacia él, enfocándose en su expresión compuesta, aunque visiblemente cansada. Un leve hematoma marcaba su sien, evidencia de la breve pero intensa lucha ocurrida entre bastidores; testimonio silencioso del enfrentamiento físico que había estallado brevemente antes de que sus adversarios se rindieran.

Al otro lado del concurrido salón, Nicolás Tosh permanecía inmóvil, con los ojos fijos en Wang mientras este avanzaba deliberadamente hacia él. Sus miradas se encontraron, intercambiando una compleja gama de emociones no expresadas: un profundo alivio entremezclado con una silenciosa y punzante tristeza. El coste de la victoria pesaba enormemente sobre ambos hombres, la carga moral claramente perceptible en sus solemnes expresiones. Habían logrado superar la crisis con éxito, pero el precio ético de sus acciones clandestinas aún resonaba palpablemente.

A su alrededor, los delegados murmuraban suavemente, la sospecha y la curiosidad evidentes en sus rostros. La mitad de la sala reflejaba en sus miradas una nueva aprensión, percibiendo intuitivamente que los dramáticos acontecimientos de aquel día apenas ocultaban una amenaza tecnológica más profunda y potente. Rápidamente se propagaron especulaciones y teorías susurradas, alimentadas por la inquietante certeza de que poderes ocultos, capaces de infiltrarse y manipular los cimientos mismos de la cognición humana, permanecían peligrosamente cerca.

Cuando Wang finalmente llegó junto a Tosh, ambos permanecieron en silencio en medio del torbellino de voces inciertas, rodeados por el zumbido apagado de preguntas sin respuesta. La red extremista había sido neutralizada, pero el enfrentamiento había revelado verdades inquietantes: sobre ellos mismos, sobre sus adversarios y sobre el precario equilibrio que intentaban mantener. Con todas las lentes aun enfocándolos, tanto Wang como Tosh sintieron la inmensa gravedad de sus actos: la delicada línea entre proteger a la humanidad y ejercer un poder que podía, en cualquier momento, convertirse en algo monstruoso.

Su victoria fugaz, arduamente conquistada y precaria, había dejado una marca permanente. A los ojos de aquellos que observaban atentamente, los límites entre salvador y opresor se habían difuminado peligrosamente, un silencioso recordatorio de que la batalla por el control de la mente humana estaba lejos de terminar.

Secuelas y Preocupaciones Persistentes

Contratistas federales al descubierto: La ofensiva encubierta de Zermatt. A altas horas de la noche, en lo más profundo del centro de datos subterráneo de Zermatt, las pantallas parpadeaban incesantemente, su resplandor proyectando sombras pronunciadas sobre los rostros concentrados de los analistas de investigación. Cada estación de trabajo pulsaba con líneas de datos cifrados que fluían rápidamente mientras los guerreros digitales profundizaban en el turbio laberinto de registros financieros del gobierno estadounidense. Su tarea era clara, pero intimidante: descubrir corrupción sistémica enterrada bajo capas de burocracia gubernamental, oculta a simple vista dentro de contratos multimillonarios.

Un analista veterano, cuyos dedos eran un borrón sobre el teclado, murmuró por el auricular hacia el equipo adyacente: —He detectado una discrepancia: contratista de defensa, sobrecargo masivo incrustado en sus contratos de suministros. Es recurrente, demasiado limpio para ser un error.

Su voz, baja e intensa, atrajo inmediatamente la atención de los supervisores cercanos.

Al otro lado de la sala, otro especialista se unió rápidamente a la investigación, sacando gráficos cruzados de flujos de efectivo e historiales de transacciones. Meticulosamente tejieron una red de engaños: contratistas asegurando repetidamente ofertas con tarifas infladas. Defensa, ayuda en desastres, infraestructura, ciberseguridad… cada sector importante parecía infiltrado por empresas que desviaban sutilmente fondos de los contribuyentes.

Pasaron horas inadvertidas. El equipo desenterró patrones impactantes: prominentes contratistas de defensa facturando millones por equipos inexistentes; compañías de ayuda en desastres explotando calamidades naturales mediante costos inflados en respuestas de emergencia; contratistas de infraestructura obteniendo sistemáticamente contratos a pesar de presentar costos significativamente mayores. Cada contrato lucrativo coincidía sospechosamente con aumentos repentinos en las contribuciones a campañas políticas.

—Aquí hay otro más —susurró una analista joven, con los ojos abiertos por la sorpresa, mientras resaltaba irregularidades en contratos de ayuda en desastres—. Compañías canalizando parte de los cargos exorbitantes directamente hacia las arcas políticas. Esto no puede ser una coincidencia.

La supervisora Helena Navarro se inclinó hacia ella, asimilando la magnitud del descubrimiento. —Vinculad todos los registros financieros directamente con las donaciones políticas. Destacad a cada funcionario implicado.

Su voz sonó firme, decidida; sabía bien las implicaciones explosivas de sus hallazgos.

Un torbellino de actividad invadió el centro de datos. Cada analista conectó meticulosamente las huellas financieras, rastreando pagos a través de cuentas en el extranjero, corporaciones fantasma y donaciones cuidadosamente disfrazadas. Las pruebas pintaban un retrato condenatorio: políticos y burócratas recibían abiertamente sobornos disfrazados de contribuciones legítimas, permitiendo así a los contratistas obtener enormes ganancias a costa del público.

En pocas horas, Zermatt había reunido un informe irrefutable, detallando minuciosamente sobrecostos exagerados, contratos inmerecidos y pagos secretos. El aire en la sala se volvió denso, cargado de adrenalina y expectativa a medida que el reporte tomaba forma, cada línea un golpe demoledor contra la corrupción institucionalizada.

Navarro revisó el documento final, con el corazón acelerado por el peso de la rendición de cuentas inminente. —Enviadlo —ordenó finalmente, con voz clara y decidida—. Autoridades federales, agencias gubernamentales implicadas y directamente al Congreso. Aseguraos de que cada detalle sea irrefutable.

La analista presionó una tecla con determinación. En segundos, transmisiones digitales viajaron a través de canales cifrados, apareciendo instantáneamente en las bandejas seguras de entrada por todo Washington D.C. En pocos momentos, teléfonos se iluminaron en toda la capital; llamadas nocturnas rompieron la quietud de hogares políticos, oficinas gubernamentales y redacciones periodísticas.

Para el amanecer, estalló una tormenta mediática. Alertas noticiosas inundaron las pantallas del país, desatando oleadas de indignación e incredulidad. Los titulares vociferaban acusaciones, nombrando responsables y detallando pruebas condenatorias. Senadores, representantes y oficiales de agencias se movilizaron frenéticamente, enfrentados a pruebas irrefutables de corrupción. Las investigaciones comenzaron durante la madrugada; agentes federales fueron despachados con órdenes judiciales al primer resplandor del día, oficinas fueron clausuradas y ejecutivos detenidos.

En Zermatt, el agotamiento se mezcló con una sombría satisfacción. Habían revelado capas enteras de corrupción, exponiendo el nervio vivo de la codicia infiltrada en la gobernanza. Pero cuando los analistas finalmente se alejaron de sus consolas, sabían que esto era apenas una batalla: una poderosa victoria en una lucha implacable contra una corrupción profundamente arraigada. La pelea por la transparencia había entrado en un nuevo capítulo feroz, iluminado ahora por el brillo crudo e implacable de la verdad.

Trata de personas y explotación infantil

La crisis de Ginebra apenas había comenzado a calmarse cuando el teléfono de Nicolás Tosh vibró con urgencia, su pantalla parpadeando insistentemente en medio de los susurros y tensiones que aún impregnaban la sala de conferencias. Tosh se apartó rápidamente, sintiendo cómo su corazón se tensaba al absorber el breve mensaje que brillaba ominosamente en la pantalla: la red de tráfico humano del sudeste asiático había cambiado nuevamente de ubicación, eludiendo otra vez la detección. Las dañadas y limitadas transmisiones de datos de

Zermatt estaban colapsando bajo presión, dejando su cobertura fragmentada y poco fiable.

En la remota sala de control de Zermatt, los operadores ensamblaban frenéticamente fragmentos digitales e imágenes satelitales; sus pantallas cobraron vida con extractos de comunicaciones interceptadas, fotos borrosas de vigilancia y datos de coordenadas inciertas. La analista Mei Lin se inclinó hacia adelante con urgencia, su voz tensa.

—Se han movido nuevamente. Nuevo escondite confirmado cerca de la frontera entre Myanmar y Tailandia. Al menos treinta nuevas víctimas identificadas, niños y adolescentes. —Sus dedos temblaron levemente al ampliar las imágenes granuladas en la pantalla, revelando rostros borrosos y aterrorizados ocultos en las sombras.

El supervisor Marcus Davies caminaba inquieto detrás de ella, con ojos fijos en las pantallas. Se frotó cansadamente el rostro, sabiendo que la ventana de oportunidad se cerraba rápidamente.

—Transmitidlo todo a Tosh inmediatamente —instruyó con urgencia—. Tenemos que movilizar inmediatamente a las fuerzas locales.

De vuelta en Ginebra, Tosh sintió una oleada visceral de frustración y furia, su mandíbula tensándose ferozmente mientras absorbía las escalofriantes actualizaciones. Sus dedos se movieron rápidamente sobre la pantalla del teléfono, coordinando con agentes cercanos estacionados en Tailandia.

—Despliegue inmediato de rescate —escribió con urgencia, con el pulso acelerado por la adrenalina—. No podemos arriesgarnos a perderlos nuevamente.

En cuestión de minutos, un equipo operativo encubierto —formado por agentes locales de élite informados y respaldados por Zermatt— se movilizó rápidamente a través del denso terreno selvático bajo el manto de la oscuridad. El silencio envolvía sus movimientos, roto solo por órdenes susurradas a través de radios encriptadas, mientras avanzaban disciplinados, veloces e implacables.

En el campamento oculto de los traficantes, la oscuridad era perforada por luces esporádicas de lámparas improvisadas, mientras los captores permanecían ajenos al peligro que se acercaba. En el interior, las víctimas aterrorizadas se agrupaban estrechamente, murmullos de miedo flotando suavemente a través del aire nocturno. De repente, estalló el caos. El equipo de Zermatt penetró el perímetro con precisión coordinada, moviéndose fluidamente entre las sombras, neutralizando a los guardias rápida y silenciosamente, asegurando un daño mínimo para los cautivos aterrados.

Mientras los gritos de pánico y las pisadas de los traficantes resonaban caóticamente, los agentes avanzaron con decisión, localizando y poniendo a salvo a los niños y adolescentes; sus movimientos eran rápidos pero cuidadosos, tranquilizando a las víctimas con palabras suaves y reconfortantes. En cuestión de minutos, el complejo volvió a quedar en silencio, la breve y violenta confrontación resuelta definitivamente.

De regreso en la sala de control de Zermatt, Davies y Mei Lin exhalaron temblorosamente mientras llegaban las confirmaciones, cada mensaje señalando otra víctima rescatada con éxito. El alivio se mezcló amargamente con la tristeza en sus rostros al registrar la cruda realidad de aquellos salvados y los que aún permanecían perdidos. Mei Lin cerró brevemente los ojos, luchando contra lágrimas nacidas de una mezcla de agotamiento y una victoria moderada.

En otro continente, Tosh recibió la confirmación final del rescate exitoso. Se apoyó contra la fría pared del corredor, sintiendo un alivio momentáneo invadirlo. Sin embargo, bajo esa efímera calma persistía una oscura y constante conciencia: esta victoria, aunque crucial, subrayaba lo sobrecargadas que se habían vuelto sus operaciones. Cada éxito parecía ensombrecido por una marea interminable de nuevas amenazas, un recordatorio implacable de que su lucha estaba lejos de terminar.

Mientras Tosh volvía a entrar en la bulliciosa sala de conferencias, sentía profundamente el doble peso del triunfo y la urgencia incesante. La batalla contra la explotación humana nunca cesaba, jamás daba tregua, exigiendo una vigilancia constante. Habían ganado esta escaramuza, pero la guerra continuaba interminable, cada vida rescatada reforzando su férrea determinación de seguir adelante.

Corrupción a nivel estatal

El auditorio estaba ahora casi vacío, y la tensión residual de la crisis de Ginebra se disipaba lentamente en el aire estéril del salón de conferencias. Nicolás Tosh apenas había recuperado el aliento tras el rescate en el Sudeste Asiático, cuando la embajadora Celine Dubois del G-7 se acercó a él con una mirada aguda y determinada. Su voz era baja, pero transmitía una urgencia acerada.

—Tosh, la situación con el grupo extremista está controlada por ahora, pero la agenda anticorrupción no puede esperar. Necesitamos tu compromiso, ahora más que nunca.

Tosh sintió la presión inmediata, su pulso acelerándose por la frustración. El peso de las responsabilidades lo tiraba implacablemente en varias direcciones: la agresiva campaña de Redwood acercándose peligrosamente en Estados Unidos, la interminable batalla contra la explotación humana y ahora las insistentes demandas del G-7 de enfocarse instantáneamente en la corrupción sistémica. Encontró la mirada de Dubois, reconociendo silenciosamente el desafío con un serio asentimiento.

En el centro de control de Zermatt, las pantallas parpadearon vívidamente mientras los analistas cambiaban rápidamente de enfoque, ajustando algoritmos para rastrear redes financieras clandestinas. La sala de operaciones vibraba con una energía tensa y concentrada mientras el equipo pasaba sin interrupción de la gestión de crisis al escrutinio metódico de las huellas financieras internacionales.

El analista principal Aaron Gray navegaba con rapidez a través de capas digitales de información, sus dedos bailando urgentemente sobre el teclado. Corrientes de transacciones financieras cifradas pasaban frente a él, cada una resaltando transferencias sospechosas.

—Ahí está —anunció Gray con decisión, señalando grupos de transacciones dudosas—. Pagos ocultos disfrazados de «honorarios de consultoría» o «inversiones internacionales», todos canalizados repetidamente hacia cuentas vinculadas directamente a funcionarios estatales.

La supervisora Olivia Martínez se acercó más, entrecerrando los ojos al absorber la intrincada red de engaño desplegada en la pantalla.

—Hacedlo explícito. Necesitamos pruebas indiscutibles —ordenó con firmeza.

En cuestión de momentos apareció un gráfico vívido de la corrupción, revelando redes arraigadas de funcionarios gubernamentales de diversos estados recibiendo sobornos disfrazados de transacciones legítimas. Países más pequeños, frecuentemente eclipsados por los escándalos más visibles de naciones poderosas, revelaron vulnerabilidades alarmantes. Funcionarios de estos gobiernos, exigiendo discretamente pagos para aprobar proyectos o ignorar infracciones regulatorias, formaban un patrón profundamente preocupante.

Gray se inclinó intensamente hacia adelante, resaltando transferencias clave.

—Cada una de estas está vinculada a contratos aprobados por los estados, explotación de recursos, acuerdos de infraestructura... cada transacción beneficia directamente a compañías y funcionarios —explicó con urgencia.

Martínez exhaló profundamente, su mirada oscureciéndose por la ira.

De regreso en Ginebra, Tosh recibió una actualización rápida en su dispositivo seguro, sintiendo que su corazón se hundía ante la escala de corrupción detallada. El imperativo moral lo presionaba fuertemente, a pesar de su agotamiento. Rápidamente, transmitió un breve mensaje cifrado de regreso:

—Procedel inmediatamente. Distribuid las pruebas a todos los funcionarios relevantes del G-7, autoridades locales y organismos internacionales de supervisión. Sin excepciones.

En cuestión de horas, dosieres repletos de evidencia irrefutable sobre corrupción inundaron los canales diplomáticos. Escándalos estallaron simultáneamente en varios países; los funcionarios se apresuraban desesperadamente a negar o desviar las acusaciones, pero las pruebas meticulosamente recopiladas por Zermatt dejaban poco espacio para la duda. La indignación pública se encendió con rapidez, y los ciudadanos salieron a las calles exigiendo justicia, transparencia y responsabilidades inmediatas.

En la sala de reuniones del G-7, la embajadora Dubois se reunió nuevamente con Tosh, con una expresión solemne pero satisfecha.

—Has hecho lo correcto —afirmó ella en voz baja.

Tosh, con el agotamiento evidente en sus facciones, asintió lentamente.

—Nunca es suficiente —respondió, su voz teñida de una resignación tranquila—. Pero al menos es un comienzo.

Mientras Tosh se alejaba, sentía la presión implacable de múltiples crisis, un recordatorio constante de la delgada línea entre la justicia y el agotamiento. La lucha contra la corrupción, implacable y esencial, ahora se sumaba a las innumerables batallas que enfrentaba a diario, cada victoria esencial y efímera, cada desafío más profundo y complejo que el anterior.

Tecnología defectuosa y seguridad pública

El corazón de la Dra. Miriam Faber latía con fuerza mientras corría hacia la sala de control secundaria de Zermatt, el apresurado eco de sus tacones resonando claramente sobre los suelos pulidos. Las pantallas brillaban con urgencia, iluminando a un pequeño equipo técnico que intentaba responder a una crisis creciente: una nueva alerta aérea desarrollándose en tiempo real. El enfoque principal de Zermatt había sido absorbido por la confrontación catastrófica con NeuraTech, pero la seguridad pública no podía esperar.

Mientras Faber tomaba su posición, los técnicos la informaron rápidamente: un avión comercial estaba experimentando un fallo crítico en su sistema de navegación sobre los cielos densamente poblados de Europa Central. Los datos del vuelo fluían frenéticamente por la pantalla principal, los indicadores de altitud y velocidad fluctuando peligrosamente.

—¿Qué aerolínea? —preguntó Faber con urgencia, su voz cortante por la tensión mientras ajustaba rápidamente sus auriculares.

—European Skyways, vuelo ES-379 —respondió inmediatamente un técnico, sus ojos fijos en el monitor—. Informan de inconsistencias graves en la navegación, posible sabotaje o mal funcionamiento; aún no está claro.

La mandíbula de Faber se tensó. Conocía inmediatamente las consecuencias: cientos de vidas pendiendo de un hilo, dependientes de su rápida intervención. Se inclinó sobre el panel de control, sus dedos volando con destreza sobre el teclado, iniciando un diagnóstico de emergencia a través de canales remotos.

—Revisad los registros del mantenimiento reciente del avión y todas las integraciones tecnológicas de Lingtao —ordenó con agudeza, sus ojos examinando los datos que inundaban la pantalla.

En segundos, otra analista, aferrándose con urgencia al reposabrazos de su silla, identificó una anomalía.

—El firmware de navegación se actualizó apenas unas horas antes del despegue. Coincide con el patrón de los defectos de Lingtao que hemos rastreado.

Faber asintió rápidamente, con la mente acelerada.

—Confirmad la disponibilidad de controles manuales de respaldo a bordo —ordenó con urgencia. Simultáneamente comenzó a elaborar rápidamente un parche de emergencia, sus dedos precisos a pesar de la presión creciente.

La tensión crepitaba en la sala de control; cada segundo parecía estirado y frágil mientras los técnicos se comunicaban con rapidez con las autoridades aéreas, el control del tráfico aéreo y los pilotos a bordo. Las comunicaciones de los pilotos resonaban a través de los altavoces, sus voces tensas pero controladas, reportando ajustes de altitud y creciente alarma.

—Tengo listo el parche de emergencia —anunció Faber concisamente—. Desplegadlo inmediatamente; canalizadlo mediante el enlace de navegación de emergencia de Zúrich.

Presionó decisivamente la tecla de envío, observando ansiosamente cómo el paquete de datos se dirigía hacia la aeronave en peligro.

Cada respiración se sentía pesada por la ansiedad. El silencio de la sala se profundizó mientras miraban cómo los datos de navegación parpadeaban, esperando, conteniendo la respiración. Entonces, de repente, llegó la estabilización. Los indicadores de altitud y velocidad se nivelaron, y las comunicaciones de los pilotos inundaron el canal nuevamente, aliviadas, aunque cautelosas.

—¡Sistema estabilizado! —La voz del piloto llegó claramente por el audio, espesa por el alivio palpable—. Control del vuelo restablecido. Iniciando aterrizaje inmediato en el aeropuerto más cercano.

Faber exhaló, soltando el aliento que no se había dado cuenta que estaba reteniendo, su pulso empezando a estabilizarse. Se reclinó hacia atrás, pasando una mano temblorosa sobre su frente, cerrando brevemente los ojos aliviada. A su alrededor, la tensión se disipó en murmullos contenidos de celebración prudente.

Pero el alivio fue fugaz. Faber abrió los ojos, escaneando rápidamente al equipo mientras recordaba la cruda realidad: apenas habían evitado una catástrofe, y los problemas tecnológicos subyacentes seguían sin resolverse. Echó un vistazo ansioso hacia las pantallas, plenamente consciente de la próxima crisis inevitable que esperaba justo más allá del horizonte.

—Esta la hemos asegurado, pero permaneced alerta —advirtió Faber en voz baja—. Es solo cuestión de tiempo hasta que surja la siguiente.

Sabotaje corporativo e intrusiones de competidores

Desde una sala de conferencias tenuemente iluminada, con vistas al Capitolio, los aliados de Redwood observaban cómo se desarrollaba la crisis de Ginebra, sus ojos brillantes de anticipación. Monitores parpadeaban con transmisiones en directo y comentarios en voz baja, proyectando sombras largas y ominosas sobre los rostros de influyentes lobistas y ejecutivos corporativos. En la cabecera de la sala permanecía Dominic Redwood, sereno, confiado y calculador. Sus ojos entrecerrados seguían cada informe noticioso, midiendo cada sílaba pronunciada por reporteros exhaustos que detallaban la escalofriante crisis evitada por Zermatt.

Mientras murmullos llenaban la sala, Elaine Carter, estratega principal de Redwood, avanzó con fría determinación.

—Podemos darle un giro magnífico a esto —sugirió con voz suave y firme—. La narrativa se escribe sola: la incompetencia de Zermatt permitió la infiltración de NeuraTech. Una enorme brecha de seguridad casi sumió a Europa en la oscuridad. El público exigirá respuestas.

Redwood sonrió levemente, tocando pensativamente la superficie de caoba pulida.

—Y naturalmente, nosotros las proporcionaremos —comentó, su voz cargada de satisfacción—. Está claro que el control privado de una tecnología tan poderosa es imprudente. Es hora de que la CDA pase a estar bajo estricta supervisión federal.

Carter asintió con entusiasmo, reconociendo la brillantez estratégica.

—Haremos énfasis en la responsabilidad, la seguridad pública y la seguridad nacional. Si enmarcamos esto correctamente, los votantes prácticamente nos suplicarán que tomemos el control.

Cerca de allí, un magnate tecnológico de una de las corporaciones más influyentes de Silicon Valley se inclinó, bajando la voz de manera conspirativa.

—Mis contactos confirman vulnerabilidades persistentes dentro de Zermatt. Están demasiado dispersos, reaccionan tarde. Otra pequeña filtración podría cambiar irreversiblemente la opinión pública.

La mirada de Redwood se agudizó al instante.

—Entonces, aplicaremos presión —declaró con firmeza—. Con discreción. Filtrad a la prensa que los recursos de Zermatt están comprometidos, que están ocultando la verdadera magnitud del riesgo. Aumentad la ansiedad pública. Haced que la CDA sea un tema clave en las elecciones.

Al otro extremo de la mesa, un ejecutivo de una empresa contratista de defensa se movió incómodo, mirando hacia Redwood.

—Pero debemos andar con cuidado. Si nos pillan manipulando amenazas de seguridad…

Redwood lo silenció con un gesto despectivo.

—Caminamos con audacia. Nos presentamos como protectores, asegurando que la tecnología salvaguarde la democracia, en lugar de socavarla.

Un intenso silencio se prolongó momentáneamente antes de que Redwood se levantara con decisión, ajustándose la chaqueta. Su voz resonó con tranquila autoridad, dando una directiva final:

—Activad los equipos de relaciones públicas, introducid las narrativas. Para el día de las elecciones, el público debe exigir el control federal de la CDA… nuestro control.

Mientras los aliados de Redwood se dispersaban, Carter permaneció atrás, girándose hacia él con sutil admiración.

—Esto podría redefinir nuestro poder por décadas —murmuró.

Redwood clavó su mirada afilada hacia fuera, contemplando las luces que parpadeaban sobre el horizonte de Washington.

—Redefinirá todo.

La investigación de Maggie Wu

Maggie Wu permanecía rígida al borde del grupo de prensa, su cámara firmemente sujeta entre sus manos estables. Sus ojos agudos escaneaban la sala de conferencias, capturando movimientos sutiles, intercambios susurrados y miradas titubeantes que otros pasaban por alto. Su pulso se aceleró cuando Artemis Wang avanzó decididamente hacia el podio, apartando a ayudantes cuyos rostros mostraban sorpresa y confusión.

Wu alzó rápidamente su cámara, enfocando el objetivo para captar cada detalle de la perturbada expresión de Wang mientras iniciaba su declaración.

—Soy Artemis Wang —su voz resonó, decidida y controlada, pero cargada de tensión—. Muchos me conocen como empresario tecnológico. Algunos sospechan que estoy involucrado en secretos más profundos. Tienen razón.

Murmullos irrumpieron por la sala, pero Maggie los ignoró, enfocada al máximo en las siguientes palabras de Wang. Su cámara disparó velozmente, preservando cada matiz de su confesión parcial. Sus instintos de investigación se encendieron de inmediato, percibiendo una historia más profunda tras las palabras cuidadosamente seleccionadas por Wang.

Bajó la cámara momentáneamente, su mente acelerada. La revelación de Wang era parcial, deliberadamente vaga, pero indudablemente significativa. Una pieza clave en el complejo mosaico de rumores sobre Zermatt, tecnología de manipulación mental y participación gubernamental clandestina. Sintió la tensión electrizante de un descubrimiento inminente, uno suficientemente poderoso como para derribar el delicado equilibrio de secretos que rodeaban estos acuerdos turbios.

Tras la intervención de Wang, Wu salió rápidamente del grupo de prensa, atravesando los pasillos hasta alcanzar una esquina tranquila. Sus manos temblaban ligeramente, impulsadas por la adrenalina mientras revisaba las imágenes capturadas y anotaba apresuradamente notas en su dispositivo encriptado. La admisión cautelosa de Wang era un hilo del que podía tirar cuidadosamente para desentrañar todo el tapiz oculto.

Maggie Wu respiró profundamente, tratando de calmarse y prepararse para el caos y peligro que sabía llegarían tan pronto su historia golpeara los titulares. Pero no había duda ni vacilación; su trabajo, su pasión, consistía en sacar a la luz verdades que otros querían enterrar. Con renovada determinación, guardó su dispositivo en el bolsillo y avanzó con paso firme hacia la salida. El mundo necesitaba saberlo, y ella se encargaría de revelarlo.

Mientras los delegados abandonaban lentamente el lugar y la adrenalina del día comenzaba a disiparse, Tosh, Wang y Rainer intercambiaron miradas agotadas en una esquina apartada del auditorio que ahora se vaciaba. Tosh pasó una mano por su cabello despeinado, con el cansancio profundamente grabado en sus facciones. Wang se apoyó contra la pared con los brazos cruzados, la mirada distante y pensativa, todavía asimilando el peso de su revelación pública. Rainer, siempre alerta, escudriñaba la multitud cada vez más escasa, con una sospecha persistente brillando en su aguda mirada.

—Los hemos neutralizado, al menos por ahora —dijo Tosh suavemente, su voz cargada con la tensión contenida de los sucesos recientes—. Pero no podemos relajarnos. Fragmentos de nuestro código aún están ahí fuera, dispersos y ocultos.

Rainer asintió con gravedad, entrecerrando los ojos con inquietud.

—Hemos eliminado la amenaza inmediata, pero esos hackers que no pudimos rastrear, los que se nos escaparon entre los dedos… podrían resurgir en cualquier momento.

Sus dedos se crisparon ligeramente, un signo sutil de ansiedad en un hombre que rara vez mostraba vulnerabilidad.

Wang exhaló lentamente, el peso del reciente enfrentamiento visible en la caída de sus hombros.

—Y Redwood está más cerca de la presidencia cada día. No dudará en aprovechar cualquier vulnerabilidad para destruir todo lo que hemos protegido.

Un silencio envolvió al trío, cada uno perdido momentáneamente en sus propios temores y en la responsabilidad compartida. La grandiosidad del auditorio ahora parecía sofocante, los estandartes e insignias reducidos a símbolos sin sentido tras la catástrofe apenas evitada. Tosh alzó la vista hacia el gran reloj digital sobre el estrado, sus números brillantes destacando contra las luces atenuadas, un recordatorio silencioso de que su tregua era solo temporal.

—Esto es solo la punta del iceberg —murmuró Tosh finalmente, encontrándose con las miradas decididas de Wang y Rainer, renovando su determinación—. La verdadera batalla aún está por delante. No podemos permitirnos bajar la guardia.

Intercambiaron solemnes asentimientos, reafirmando en silencio el vínculo que los unía tras superar tantas pruebas y acuerdos tácitos.

Mientras el trío se alejaba de su rincón oculto, cada uno entendía lo precario del equilibrio alcanzado, amenazado por cada revelación, cada rumor susurrado, cada maniobra política. Sus pasos resonaron suavemente, conduciéndolos hacia un futuro incierto, ensombrecido por verdades aún ocultas en la oscuridad.

Capítulo 11

Consecuencias y Ajuste de Cuentas

La calma tras la tormenta

En el ambiente silencioso y cargado de la zona tras bambalinas del Centro Internacional de Conferencias de Ginebra, Nicolás Tosh, Rainer Sábato y Artemis Wang permanecían inmersos en un pesado silencio. Los ecos del reciente enfrentamiento aún resonaban en sus mentes, cada uno absorbiendo en privado la magnitud de lo sucedido. La frenética urgencia del auditorio había dado paso a una quietud desoladora, solo interrumpida por el distante murmullo de conversaciones detrás de las pesadas cortinas.

Artemis Wang fue el primero en romper el silencio, su voz firme pero teñida de una resignación reflexiva.

—No puedo seguir así —comenzó suavemente, la mirada fija en algún punto lejano más allá de la sala—. Este acto constante de equilibrio, estos dilemas éticos, batallas políticas… han agotado todas mis fuerzas.

Nicolás lo observó atentamente con comprensión, pero con una leve inquietud.

—¿Qué estás diciendo, Artemis?

Wang se volvió lentamente, mirándolo directo a los ojos, el peso de su decisión claro e inamovible.

—Me retiro, Nicolás. Por completo. De Lingtao, de la vida pública, de todo. He dado todo lo que podía dar, y ahora es momento de soltar.

Rainer avanzó ligeramente, con una expresión solemne pero comprensiva.

—¿Estás seguro de esto? Una vez que te vayas, no hay vuelta atrás.

Artemis asintió lentamente, la convicción evidente en la firmeza de su mandíbula.

—Ya he firmado los documentos necesarios. Lingtao continuará sin mí. Quizás sea mejor así, que alguien menos cargado pueda liderar ahora.

Un silencio incómodo se instaló entre ellos, cada hombre reflexionando sobre el alto coste personal impuesto por sus recientes acciones. Nicolás exhaló suavemente, sintiendo el peso de las preguntas éticas sin resolver sobre sus hombros.

—Hicimos lo que debíamos hacer —murmuró casi para sí mismo—. Pero el coste…

—Es enorme —terminó Artemis por él, con voz más suave—. Cada uno de nosotros sabe lo que ha sacrificado. Y lo llevaremos con nosotros para siempre.

Rainer carraspeó discretamente, llamando su atención.

—Hay algo más —dijo con cautela, pero urgencia—. Dominic Redwood no está perdiendo el tiempo. He recibido informes; ya ha iniciado movimientos políticos sutiles, pero estratégicos, aprovechando lo sucedido aquí. Enmarcará nuestras acciones como inestabilidad, presionando aún más fuerte para el despliegue universal inmediato.

La mirada de Tosh se oscureció, reflejando la ira y frustración que bullían bajo la superficie.

—Entonces nuestra lucha no ha terminado —murmuró con una resignación apenas contenida—. Hoy hemos ganado una batalla crítica, pero la verdadera guerra, la guerra por el alma de la humanidad, aún está delante de nosotros.

El trío permaneció nuevamente en silencio, unidos por una frágil solidaridad en aquella tranquila consecuencia. Mientras contemplaban el incierto camino por delante, el peso solemne de sus decisiones flotaba palpablemente en el aire, un reconocimiento silencioso del ajuste de cuentas que estaba por venir.

La expansión ejecutiva de Redwood

En la discreción de su despacho privado en Washington D.C., Dominic Redwood permanecía sentado tras su escritorio de caoba pulida, la tenue luz reflejándose sobre la brillante superficie. Su expresión, cuidadosamente compuesta pero levemente triunfante, revelaba poco sobre los ambiciosos cálculos que se agitaban en su interior.

Frente a él, Elaine Carter, su astuta asesora principal, revisaba rápidamente una serie de informes digitales proyectados sobre una elegante tableta, sus ojos analíticos diseccionando capas intrincadas de datos de encuestas.

—El sentimiento público está cambiando exactamente como anticipamos —comentó con frialdad, un brillo satisfecho en su mirada—. El incidente en Ginebra ha sacudido profundamente a la población. Su postura sobre el despliegue universal del CDA-325 está cobrando impulso.

Redwood se recostó ligeramente, con los dedos entrelazados en actitud pensativa.

—Excelente —respondió con voz suave y autoritaria—. Es crucial mantener esta presión. Destaquemos las vacilaciones de Zermatt, presentemos su cautela como incompetencia. Pintemos sus reservas éticas como indecisión peligrosa.

Elaine asintió mientras maniobraba ágilmente sobre la tableta.

—Las filtraciones estratégicas a la prensa ya han fijado la narrativa. La credibilidad de Zermatt se está erosionando con rapidez, y el miedo público resulta invaluable para nuestra agenda.

—Perfecto —afirmó Redwood con calma—. Ahora aceleremos la línea temporal. Redacta de inmediato una orden ejecutiva que amplíe los escaneos obligatorios con CDA-325. Quiero que incluya todas las posiciones gubernamentales de alto nivel. Hagamos énfasis en la seguridad nacional, la transparencia y la responsabilidad.

Elaine dudó brevemente, enfrentándose directamente a la mirada de Redwood.

—¿Y si hay resistencia? Especialmente de aquellos que entienden las implicaciones.

Una sonrisa fina apareció brevemente en los labios de Redwood, fría y confiada.

—Entonces, Elaine, recuérdales en privado lo ocurrido en Ginebra. El miedo es poderoso. Entrarán en razón cuando comprendan el riesgo de oponerse.

Ella sonrió con entendimiento, compartiendo plenamente su visión.

—Tendré la orden ejecutiva lista en menos de una hora.

Redwood asintió con aprobación, girando levemente hacia la ventana para contemplar la bulliciosa panorámica urbana.

—Pronto, Elaine —murmuró con convicción férrea—, el mundo finalmente comprenderá el valor de la transparencia controlada. Nuestra transparencia.

Mientras Elaine se retiraba en silencio para ejecutar su estrategia, la mirada contemplativa de Redwood permaneció fija en el horizonte lejano, asentándose sobre él una seguridad calculadora. Comprendía claramente que el camino estaba trazado, el impulso irreversible. Ginebra le había proporcionado exactamente lo que necesitaba: una crisis, una oportunidad, y el catalizador perfecto para el cambio radical que imaginaba.

Confrontación Moral

Una suave luz lunar se filtraba gentilmente a través de las cortinas translúcidas, proyectando un resplandor plateado en la silenciosa sala de la casa de Nicolás y Alejandra Tosh, en Miami. Nicolás permanecía en silencio junto a las grandes puertas de cristal, contemplando ausente las tranquilas aguas más allá, con una postura tensa, cargada de pensamientos no pronunciados.

El silencio se quebró suavemente con los pasos de Alejandra. Se detuvo en el umbral, observando a Nicolás con detenimiento, mezclando sutilmente compasión y ansiedad en su rostro.

—Nicolás —comenzó suavemente, su voz firme pero cargada con una quieta urgencia.

Él giró lentamente, abandonando su contemplación a regañadientes, encontrando su intensa mirada interrogante.

—No puedo fingir que todo está bien —continuó Alejandra, su voz fortaleciéndose con suave determinación—. Lo que has hecho, lo que hemos justificado es profundamente preocupante. ¿Infiltraciones forzadas en las mentes, Nicolás? ¿Cómo podemos racionalizar una violación tan profunda?

Nicolás exhaló bruscamente, con la tensión evidente en sus hombros tensos.

—Alejandra, conoces los riesgos que enfrentábamos. Nunca fue fácil; nada de esto se hizo a la ligera.

—Conozco tus intenciones —replicó rápidamente, dando un paso adelante con determinación en sus ojos—. Pero las intenciones no borran las consecuencias. Salvaste vidas, sí, pero ¿a qué coste moral? ¿Descartamos tan fácilmente la ética cuando el mundo nos asusta?

Él suspiró profundamente, con frustración y angustia atravesando fugazmente su rostro.

—¿Crees que esto no me atormenta? Cada noche, en cada momento de silencio, recuerdo las líneas que hemos cruzado. Pero la alternativa era peor, una manipulación descontrolada y desenfrenada. Detuvimos una catástrofe, Alejandra.

La mirada de ella se suavizó ligeramente, pero permaneció decidida.

—Y al hacerlo, nos convertimos en parte del problema. Elegimos a quién salvar y a quién sacrificar. Es un poder aterrador, Nicolás, un poder que nadie debería tener.

Un doloroso silencio se extendió entre ambos, cargado de emociones no resueltas y ambigüedad moral. Nicolás apartó la mirada, sus ojos ensombrecidos por la lucha interna, bajando la voz casi hasta un susurro.

—No sé cómo podríamos haber actuado de otra manera. Cada camino era peligroso. Cada decisión tenía consecuencias.

Alejandra extendió suavemente una mano, rozando con delicadeza su brazo, instándole a mirarla nuevamente.

—Entonces debemos enfrentar claramente la verdad ahora. Jamás podemos aceptar esto como algo normal. Prométeme, Nicolás, que nunca permitiremos que el miedo justifique estas acciones nuevamente. Prométeme que lucharás con la misma fuerza para restaurar aquello que hemos comprometido.

Nicolás sostuvo su mirada, mientras el dolor y la resolución se mezclaban profundamente en su interior.

—Lo prometo —murmuró finalmente, el peso de aquella promesa asentándose pesadamente en ambos corazones.

Sin embargo, ambos sabían cuán precaria era esa promesa. Las duras realidades de su mundo ya habían demostrado lo fácil que era que las buenas intenciones se diluyeran en sombras éticas, dejando una pregunta inquietante flotando entre ellos en la tranquila quietud de su hogar.

La partida final de Wang

La sala de juntas corporativa en la cima de la sede central de Lingtao, en Shanghái, estaba inusualmente silenciosa, sus prístinas paredes de cristal mirando sobre el bullicioso horizonte de la ciudad, brillando suavemente bajo el sol del atardecer. Artemis Wang permanecía sentado a la cabecera de la pulida mesa, documentos meticulosamente organizados frente a él. Un pequeño grupo de ejecutivos y abogados observaba en silencio, respetuosos pero inexpresivos, plenamente conscientes de la gravedad del momento.

Sin dudarlo, Wang tomó la pluma del elegante soporte a su lado y firmó el documento final, con la mano firme a pesar de la irrevocabilidad del acto. El suave rasgar de la pluma contra el papel fue el único sonido en la sala, un silencioso y conmovedor eco que subrayaba su decisión.

—Está hecho —dijo simplemente, depositando suavemente la pluma. Su voz era tranquila, pero cargada de profunda fatiga.

Los ejecutivos se pusieron de pie en silencio, intercambiando asentimientos discretos, ofreciendo a Wang gestos respetuosos antes de salir tranquilamente de la sala. Ahora solo, Wang se permitió un breve instante de reflexión, girándose lentamente hacia las enormes ventanas.

Contempló pensativo la vasta metrópolis bajo sus pies, las luces comenzando a brillar suavemente en el ocaso. Su reflejo en el cristal era contemplativo, teñido de melancolía y resignación. Alguna vez había creído firmemente en su capacidad para conducir la tecnología hacia un auténtico progreso y bienestar humano. Pero la incontenible marea del poder y la manipulación había erosionado su idealismo, dejando únicamente un profundo sentido de desilusión.

—Qué rápido se desvanece el poder —susurró hacia su reflejo, sus palabras suaves pero resonantes con amarga verdad—. Qué fugaz es nuestra influencia ante el cambio imparable.

Recuperando la compostura, Wang se levantó firmemente, echando una última mirada alrededor de la sala que había sido testigo de innumerables decisiones cruciales, victorias y compromisos morales. Su partida se sentía menos como una derrota y más como un solemne reconocimiento: una aceptación tranquila de que algunas batallas, una vez emprendidas, solo pueden abandonarse mediante la rendición.

Con serena determinación, salió de la sala de juntas, cerrándose suavemente la puerta tras él. Su salida fue silenciosa, discreta, pero

profundamente simbólica: un final que marcaba no solo una retirada
personal sino una rendición de cuentas más amplia sobre ética,
tecnología y las profundas responsabilidades que acompañan el manejo
de un poder inmenso.

Amenazas persistentes y la investigación de Maggie Wu

En el apartado rincón trasero del Café Luce, Maggie Wu estaba
encorvada sobre su elegante portátil, sus dedos volando sobre el teclado
con precisión experimentada. Su postura era tensa, los ojos enfocados
agudamente en los archivos cifrados que se abrían rápidamente ante ella,
cuya luz proyectaba sombras marcadas sobre sus rasgos decididos.

Su respiración se aceleró ligeramente cuando el alcance completo de
los documentos se desplegó en la pantalla: pruebas detalladas de las
actividades encubiertas de Redwood, el agresivo impulso hacia la
implementación universal del CDA-325 y operaciones secretas de
mapeo neural llevadas a cabo sin el conocimiento público. Las
implicaciones eran escalofriantes, evidencia inequívoca de las crecientes
amenazas que ella había arriesgado todo para destapar.

Hizo una breve pausa, mirando con cautela alrededor del café
tenuemente iluminado, asegurándose de pasar desapercibida. Sus dedos
temblaron levemente mientras abría una ventana segura de mensajería,
tecleando cuidadosamente un breve pero urgente mensaje.

«Jason, archivos confirmados. La agenda de Redwood es peor de lo
que pensábamos. La publicación inmediata es crítica».

Momentos después, su teléfono vibró suavemente. Maggie revisó
rápidamente el mensaje, su corazón latiendo acelerado por alivio y
tensión.

«Estamos listos», llegó la respuesta concisa de Jason Laird. «Zermatt apoya plenamente tu revelación. Procede con cautela».

Exhaló lentamente, transformando sus nervios en una tranquila determinación. El peso de la responsabilidad era inmenso, los riesgos enormes. Sin embargo, debajo de su ansiedad, ardía brillantemente una feroz determinación: un compromiso con la verdad, la transparencia y la justicia.

Cerrando cuidadosamente su portátil, Maggie tomó un respiro estabilizador, sintiendo la pesada y eléctrica anticipación del momento. Se levantó rápidamente, saliendo discretamente por la puerta trasera del café, aferrando su bolso protectoramente contra su costado, plenamente consciente de que, a partir de ese punto, cada paso se extendería en ondas, moldeando irrevocablemente el futuro.

Reorientación estratégica de Zermatt

En las profundidades seguras del Centro de Datos de Zermatt, Nicolás Tosh y Rainer Sábato se encontraban ante un grupo reunido de analistas, ingenieros y asesores estratégicos. La sala de control subterránea estaba tenuemente iluminada por conjuntos de monitores que mostraban intrincadas secuencias de datos y mapas globales de vigilancia, un suave zumbido subrayando la tensa anticipación en la habitación.

Tosh, con la mirada oscura de intensidad, dio un paso adelante para dirigirse al equipo, su voz firme y decidida.

—Redwood ha intensificado sus órdenes ejecutivas. La presión por la implementación universal del CDA-325 se incrementa a cada hora. Nuestra ventana para contrarrestar esta narrativa se está cerrando rápidamente.

Rainer asintió, situándose junto a Nicolás.

—Nuestra postura ética siempre nos ha diferenciado, pero debemos definir claramente y comunicar esta distinción ahora más que nunca. No podemos permitir que el miedo dicte la política.

En ese momento, Alejandra Tosh entró en la sala, su presencia comandando inmediatamente atención. Llevaba consigo una pequeña tableta, cuyo resplandor iluminaba su expresión compuesta y concentrada.

—Hemos desarrollado algo fundamental —comenzó con calma pero firmemente—. En estrecha colaboración con Experta, hemos elaborado un nuevo conjunto de protocolos éticos diseñados específicamente para equilibrar las demandas de seguridad con un respeto absoluto por la autonomía individual y los derechos humanos.

El equipo reunido se inclinó atentamente, interesados por la clara convicción de Alejandra.

Ella continuó, con voz fuerte y resuelta:

—Estos protocolos exigen una transparencia total en las prácticas de monitoreo neural, imponen una supervisión estricta sobre la implementación de la tecnología CDA, y prohíben estrictamente las intervenciones neuronales forzadas sin consentimiento explícito.

Nicolás encontró la mirada de Alejandra, reflejándose claramente en sus ojos un silencioso orgullo y profunda gratitud.

—Este es nuestro camino hacia adelante —afirmó ante la sala—. Debemos adoptar plenamente estos protocolos. Representan no solo nuestras directrices operativas, sino nuestra brújula moral.

Murmullos de aprobación y cauteloso optimismo se extendieron entre el personal reunido. Rainer rápidamente dio un paso adelante para formalizar el momento.

—¿Todos a favor de adoptar inmediatamente estos protocolos éticos como política oficial de Zermatt?

La sala estalló en un acuerdo unánime, un momento de genuina solidaridad llenando el aire. Alejandra, Nicolás y Rainer intercambiaron breves y significativas miradas, comprendiendo la relevancia de su decisión, una que representaba no solo una reorientación estratégica, sino una profunda reafirmación de sus valores fundamentales.

Mientras el grupo se dispersaba con determinación para implementar estas nuevas directrices, Tosh sintió un renovado sentido de determinación. Los desafíos seguían siendo inmensos, pero por primera vez en semanas, el camino por delante parecía claro, guiado inequívocamente por la integridad y la convicción.

Tensión internacional en el Consejo Mundial de Transparencia

El gran salón de asambleas del Centro Internacional de Conferencias de Ginebra bullía con una tensa y cargada expectación. Delegados de todo el mundo permanecían rígidos en sus asientos, con miradas agudas cargadas de aprensión y expectativa. En la mesa central, Nicolás Tosh, la Embajadora Celine Dubois y Rainer Sábato intercambiaron miradas sutiles y conscientes, reconociendo claramente lo que estaba en juego en la inminente discusión.

La Embajadora Dubois llamó al consejo al orden, su voz autoritaria cortando los murmullos susurrantes.

—Delegados, nos encontramos ante una encrucijada sin precedentes. El despliegue universal de la tecnología CDA-325 ha generado preguntas éticas y prácticas urgentes que debemos abordar hoy de forma decisiva.

De inmediato, estalló un encendido debate. Los partidarios argumentaron fervientemente, destacando los imperativos de seguridad y la necesidad de amplias salvaguardas neurales. Los opositores contraatacaron apasionadamente, advirtiendo contra la vigilancia descontrolada, los posibles abusos de poder y la erosión de los derechos humanos fundamentales.

A medida que el debate se hacía cada vez más polémico, Nicolás Tosh se puso de pie, su presencia compuesta comandando inmediatamente la atención. Guiado firmemente por el marco ético cuidadosamente elaborado por Alejandra, habló deliberadamente, su voz medida pero imbuida de una profunda urgencia.

—No podemos permitir que el miedo y el pánico nos lleven hacia una vigilancia descontrolada —declaró Tosh con firmeza, su mirada recorriendo a los delegados—. La transparencia siempre debe equilibrarse con el respeto hacia la autonomía y la dignidad individual. Necesitamos una supervisión rigurosa, normas éticas estrictas y una responsabilidad absoluta si el CDA-325 debe servir a la humanidad en lugar de controlarla.

Sus palabras resonaron claramente, generando una discusión más tranquila y reflexiva entre los delegados. La Embajadora Dubois asintió con agradecimiento, reforzando decisivamente los puntos planteados por Tosh.

Rainer rápidamente dio un paso adelante, subrayando la gravedad de su elección.

—Esta decisión define nuestra identidad moral colectiva. Debemos elegir sabiamente, asegurándonos de proteger las libertades en lugar de desmantelarlas inadvertidamente.

Tras una tensa deliberación, la Embajadora Dubois solicitó una votación formal. Un silencio pesado cayó sobre la sala mientras los delegados emitían sus decisiones, el peso de su elección colectiva palpable en cada respiración silenciosa y cada sutil movimiento.

Cuando los resultados aparecieron en las grandes pantallas superiores, la sala se agitó brevemente con alivio colectivo y una cautelosa resolución: una estrecha mayoría había aprobado la resolución que exigía el despliegue, pero, de manera crucial, estipulaba condiciones estrictas de supervisión y requisitos rigurosos de transparencia.

Nicolás intercambió miradas con Rainer y la Embajadora Dubois, reconociendo silenciosamente el delicado compromiso alcanzado. No era una solución perfecta, pero ofrecía una esperanza frágil, un cauteloso paso adelante en medio de una profunda incertidumbre, marcando claramente el intrincado equilibrio entre la tutela y la posible tiranía que ahora cargaban juntos.

Tranquila rendición de cuentas

En el ambiente contenido del centro de mando subterráneo de Zermatt, Nicolás Tosh, Rainer Sábato y Alejandra Tosh se reunieron en silencio, con la suave iluminación de los monitores y terminales proyectando tenues sombras a su alrededor. La instalación zumbaba suavemente, un pulso constante y tranquilizador bajo sus pies, reflejando el silencio reflexivo del trío.

Nicolás miró hacia las inmensas pantallas digitales que mostraban las directrices finales del Consejo Mundial de Transparencia. La intrincada red de protocolos brillaba suavemente, un resplandor etéreo que simbolizaba su frágil equilibrio entre la tutela ética y la posible extralimitación.

Alejandra se acercó, su voz suave pero decidida, rompiendo el silencio contemplativo.

—Hemos conseguido algo significativo. Estos protocolos ofrecen una transparencia auténtica, una supervisión genuina. Pero la verdadera prueba está por delante: mantener la integridad en medio de las presiones inevitables.

Rainer asintió pensativamente, con ojos distantes pero agudos, consciente de los continuos desafíos.

—La trata de personas, la corrupción estatal, las vulnerabilidades tecnológicas: estos problemas siguen siendo aterradoramente reales. Ahora podemos responder con mayor eficacia, pero cada respuesta debe alinearse con nuestros renovados compromisos éticos.

Nicolás exhaló lentamente, la profundidad de sus responsabilidades reflejada claramente en su mirada firme.

—Las líneas que hemos trazado son claras, pero las tentaciones del poder y del control nunca desaparecerán. Debemos permanecer vigilantes, firmes en nuestros principios.

Se quedaron nuevamente en silencio, unidos en un reconocimiento tácito de los enormes desafíos por delante. Sin embargo, en medio de la incertidumbre, un frágil optimismo echó raíces: una creencia cautelosa en su capacidad para proteger a la humanidad sin comprometer sus libertades fundamentales.

En el suave murmullo del centro de datos, una tranquila rendición de cuentas se asentó sobre ellos: el reconocimiento de su profunda responsabilidad y del delicado equilibrio perpetuo que ahora sostenían. Juntos, enfrentaron el amanecer incierto, resueltos a proteger cuidadosamente frente a las sombras siempre presentes de la tiranía, vigilantes guardianes del futuro de la humanidad.

—Reconocemos que la crisis fue evitada por muy poco, pero ahora debemos abordar la siguiente fase. —Su mirada era penetrante, haciendo contacto visual con cada delegado—. La pregunta sobre la mesa: ¿Debemos avanzar con el despliegue universal del CDA-325 como salvaguardia global?

Sus palabras quedaron suspendidas en el aire, provocando una ráfaga de conversaciones en susurros. Los murmullos rápidamente aumentaron, llenando la habitación con un indistinto zumbido de debate. Representantes de Estados Unidos, Alemania y Japón rápidamente expresaron un fuerte apoyo, argumentando desde el miedo: miedo a otro incidente al estilo NeuraTech, miedo a perder el control, miedo a ser sorprendidos nuevamente por amenazas invisibles.

—Reconocemos que la crisis fue evitada por muy poco, pero ahora debemos abordar la siguiente fase. —Su mirada era penetrante, haciendo contacto visual con cada delegado—. La pregunta sobre la mesa: ¿Debemos avanzar con el despliegue universal del CDA-325 como salvaguardia global?

Sus palabras quedaron suspendidas en el aire, provocando una ráfaga de conversaciones en susurros. Los murmullos rápidamente aumentaron, llenando la habitación con un indistinto zumbido de debate. Representantes de Estados Unidos, Alemania y Japón rápidamente expresaron un fuerte apoyo, argumentando desde el miedo: miedo a otro incidente al estilo NeuraTech, miedo a perder el control, miedo a ser sorprendidos nuevamente por amenazas invisibles.

Frente a ellos, una coalición más cautelosa —que incluía delegados de Canadá, Suecia y varios representantes corporativos— respondía con una emoción igualmente intensa. Advertían sobre el inevitable descenso hacia una vigilancia opresiva, sobre el escalofriante precedente que podría establecer este despliegue universal. La delgada capa de cortesía comenzó a fracturarse, revelando profundas divisiones ideológicas.

Sentado en silencio cerca del extremo de la mesa, Nicolás Tosh observaba los intensos intercambios con una sensación de cansada familiaridad. Su mente regresó brevemente a los sucesos en Ginebra, recordando vívidamente el peso asfixiante de la catástrofe que apenas habían logrado evitar. El extremismo de NeuraTech y la amenaza de una crisis pública eran recordatorios claros de las posibles consecuencias del fracaso.

Sin embargo, Tosh también reconocía el peligro seductor que implicaba expandir el control. Cada nueva medida de seguridad, cada capa adicional de vigilancia, siempre racionalizada en nombre de la seguridad y estabilidad global, apretaba más las cadenas invisibles que ataban la misma libertad que buscaban proteger.

La embajadora Dubois finalmente levantó nuevamente la mano, silenciando el creciente desacuerdo. Su voz era firme, marcada por una tranquila determinación.

—No olvidemos que esta discusión es fundamentalmente sobre la confianza. Confianza entre nosotros mismos, confianza por parte de nuestros ciudadanos. Sea cual sea nuestra decisión, la transparencia y la responsabilidad deben guiarnos.

Rainer Sábato, sentado justo frente a Tosh, carraspeó suavemente, llamando la atención con su tono cuidadoso y deliberado.

—Y la confianza requiere moderación —dijo con voz firme—. Tenemos la tecnología. Hemos visto su efectividad. Pero debemos preguntarnos: solo porque podemos, ¿significa que debamos hacerlo?

Sus palabras volvieron a silenciar la sala, provocando una oleada visible de introspección entre los delegados reunidos. Durante un largo y tenso momento, nadie habló. Las miradas se movían incómodamente de uno a otro, cada persona evaluando silenciosamente las profundas implicaciones de su elección.

Finalmente, la embajadora Dubois asintió solemnemente.

—Tomemos un breve receso. Reflexionen con cuidado. La decisión que tomemos aquí hoy moldeará no solo el futuro de la seguridad global, sino también definirá nuestros valores fundamentales. Recuerden que una vez crucemos ciertas líneas, no podremos regresar.

Mientras los delegados se levantaban lentamente de sus asientos, murmurando y dispersándose en grupos de conversaciones ansiosas y contenidas, Tosh permaneció sentado, sumido en sus pensamientos. Sabía que este debate estaba lejos de concluir. Y también sabía, profundamente, que el resultado repercutiría durante generaciones, mucho después de que todos hubiesen abandonado esta pulida mesa y este convulso momento de la historia.

Tensión renovada: Demanda de aplicación universal

En un tranquilo pasillo lateral adyacente al ala recién construida del Consejo Mundial de Transparencia, Nicolás Tosh se apoyaba pesadamente contra la fría pared de cristal, frotándose las sienes mientras el agotamiento luchaba contra la frustración detrás de sus ojos. A su lado, Rainer Sábato tocaba con urgencia un elegante dispositivo de datos, su ceño frunciéndose aún más con cada movimiento.

La pantalla iluminaba el rostro de Rainer con tonalidades cambiantes, resaltando sus líneas de preocupación y las profundas sombras bajo sus ojos.

—La situación se está agravando de nuevo, Nicolás —murmuró sombríamente, desplazándose rápidamente a través de los reportes que llegaban en tiempo real. Cada línea de texto conllevaba su propio peso, una nueva carga de crisis sin resolver.

—Más exigencias de implementación universal del CDA-325 —continuó Rainer, su voz teñida por el cansancio—. La presión está aumentando desde múltiples frentes: la coalición del G-7, actores corporativos vinculados a Redwood, incluso gobiernos medianos que afirman sentirse vulnerables sin una inmunidad generalizada.

Tosh suspiró profundamente, su aliento empañando brevemente el cristal impecable. A través de la barrera transparente, los delegados avanzaban lentamente por el corredor brillantemente iluminado, sus conversaciones en murmullos interrumpidas por pausas tensas. La iluminación tenue sobre sus cabezas proyectaba un reflejo austero, acentuando la tensión que irradiaba visiblemente de cada figura.

—¿Hasta qué punto está extendido? —preguntó finalmente Tosh, preparándose para la respuesta que tanto temía.

Rainer dudó, su dedo permaneciendo suspendido un instante sobre la pantalla antes de tocarla con decisión.

—Europa, Norteamérica, partes importantes de Asia y América Latina… exigen que el CDA-325 sea integrado plenamente en sus marcos de seguridad nacional. Están citando Ginebra, Nicolás. Alegan que es imprudente no utilizar plenamente una herramienta cuya eficacia ya se demostró.

Tosh se incorporó bruscamente, separándose de la pared como si intentara físicamente contrarrestar la sensación de inevitabilidad que se cernía sobre ellos.

—¿Es que no lo entienden? —exclamó con voz baja pero tensa—. Apenas escapamos de una catástrofe. Si extendemos esta tecnología, multiplicamos cada riesgo que temíamos. Estados de vigilancia, obediencia forzada… exactamente aquello contra lo que luchamos.

Rainer asintió lentamente, sus ojos oscureciéndose.

—Lo entienden, pero el miedo está superando a la razón. Y ahora parece que el equipo de Redwood está maniobrando entre bastidores, alimentando sutilmente el pánico. Están presentando lo sucedido en Ginebra como evidencia de nuestra incapacidad para controlar la tecnología, argumentando que es irresponsable no ponerla bajo una autoridad más amplia: una autoridad federal.

Tosh sintió una aguda punzada de rabia, la sangre latiendo con fuerza en sus oídos. La estrategia de Redwood era transparente: explotar el caos para afianzar el control. Y cuanto más avivaba el miedo la campaña de Redwood, más fuertes se hacían los llamados a un despliegue masivo. Era un círculo vicioso perfectamente orquestado para colocar a Zermatt en una situación imposible.

—¿Y Redwood? —preguntó Tosh con aspereza—. ¿Hasta dónde piensa llevar esto?

—Demasiado lejos —respondió Rainer con amargura, deslizando la pantalla del dispositivo hacia otra página—. Filtraciones a la prensa, susurros en el Congreso. Incluso están informando en privado a los contratistas de defensa, preparándolos para un despliegue masivo del CDA-325 supervisado a nivel federal. Lo presentan como algo inevitable.

Tosh cerró brevemente los ojos, intentando estabilizar sus pensamientos. Ambos guardaron silencio durante unos instantes, el murmullo apagado de voces lejanas enfatizando la gravedad del dilema que enfrentaban. El compromiso moral ahora parecía más grande, más sofocante que nunca.

—Sabíamos que llegaría este momento —murmuró Tosh finalmente, con una voz cargada de resignación—. Pero nunca imaginé que llegaría tan rápido.

Rainer colocó una mano tranquilizadora sobre el hombro de Tosh, percibiendo la tensión que agitaba sus músculos.

—Aún estamos aquí. Aún controlamos el núcleo. Mientras sigamos resistiendo, Nicolás, existe la posibilidad de mantenernos firmes.

Tosh sostuvo la mirada de Rainer con silenciosa intensidad, aferrándose fuertemente a ese delgado hilo de esperanza. Sin embargo, incluso al asentir lentamente, el peso de cada decisión —pasada y presente— cayó sobre él inexorablemente.

—Volvamos al consejo —dijo Tosh en voz baja, reuniendo fuerzas desde lo más profundo—. Debemos recordarles que proteger a la humanidad no implica sacrificar todo lo humano que hay en nosotros.

Uno al lado del otro, Tosh y Rainer se alejaron del corredor, sus pasos resonando suavemente sobre el mármol pulido, el frágil eco de la determinación en un mundo que se inclinaba peligrosamente hacia lo desconocido.

Tráfico humano y explotación infantil

La inteligencia indicaba que la red del Sudeste Asiático se había trasladado nuevamente. La cobertura de Zermatt estaba al límite, eclipsada por las exigencias de Redwood de escanear nuevos objetivos domésticos.

En los recovecos en penumbra del centro de datos subterráneo de Zermatt, Nicolás Tosh recorría la sala de control tenuemente iluminada con una agitación inquieta, cada paso resonando suavemente contra el acero pulido y el cristal reforzado. Las pantallas que rodeaban la sala pulsaban con transmisiones de vigilancia en tiempo real, hileras de comunicaciones interceptadas parpadeando con urgencia.

—¿Dónde están ahora? —exigió Tosh, con una tensión que crispaba su voz, deteniéndose abruptamente detrás de una técnica. Los dedos de la joven volaban sobre su teclado, gotas de sudor apareciendo en su frente bajo el peso de la tarea.

—En el sur de Filipinas —respondió rápidamente, con los ojos fijos en el flujo rápido de datos que descendía por la pantalla—. Un complejo oculto en una isla cerca de Mindanao. Las imágenes satelitales confirman movimientos, vehículos… camiones llegando cada hora.

Tosh se inclinó más cerca, su mandíbula tensándose al ver imágenes granuladas de siluetas infrarrojas: figuras pequeñas agrupadas y obligadas a formaciones apretadas.

—Niños, —murmuró, con una angustia apenas contenida.

A su lado, Rainer Sábato permanecía rígido, con los puños cerrados, su atención dividida entre otra pantalla que detallaba las últimas exigencias de Redwood y la crisis que se desarrollaba al otro lado del mundo.

—Necesitamos más cobertura satelital —insistió Rainer con aspereza, la frustración filtrándose en su voz—. Si no actuamos rápido, volverán a desaparecer.

La técnica dudó, mirando nerviosamente entre las pantallas.

—Señor, los satélites que cubrían esa área se reasignaron esta mañana. El equipo de Redwood exigió barridos inmediatos de vigilancia sobre objetivos domésticos. Alegaron que la seguridad nacional tenía prioridad.

Tosh golpeó con fuerza la consola, el crujido resonando en la sala y silenciando momentáneamente a los técnicos. Su voz estaba tensa por una furia apenas contenida.

—La obsesión de Redwood nos está costando vidas. No podemos perder de vista lo que realmente importa.

—Entonces redirigid la cobertura —intervino Rainer con decisión—. Asumo toda la responsabilidad. Reactivad esos satélites sobre Mindanao, ahora.

Los técnicos introdujeron apresuradamente comandos, tratando de anular las órdenes anteriores. En cuestión de segundos, las transmisiones satelitales se realinearon, mostrando claramente el sitio del tráfico: camiones, hombres armados, un perímetro fuertemente fortificado.

Tosh exhaló lentamente, con la urgencia presionando contra su pecho.

—Alertad inmediatamente a las autoridades locales. Movilizad la fuerza regional de INTERPOL. Necesitamos ojos y oídos en esa isla antes de que vuelvan a desaparecer.

Un oficial de comunicaciones asintió, transmitiendo la orden en tono cortante y urgente. La sala volvió a vibrar con energía renovada mientras coordenadas e inteligencia fluían rápidamente hacia sus contrapartes en todo el mundo. Tosh dio un paso atrás, con el corazón latiendo mientras observaba el reloj digital que contaba los minutos.

—Señor —exclamó con claridad la técnica, con voz tensa—. Los contactos locales lo confirman: se están movilizando, pero será difícil. Los traficantes tienen lanchas rápidas preparadas. Va a ser una carrera contra el tiempo.

—Entonces aseguraos de que ganemos —respondió Tosh con firmeza, con los ojos fijos en las pantallas brillantes, donde vidas inocentes pendían precariamente de un hilo—. Mantened los canales abiertos. Cada segundo cuenta.

Permaneció rígidamente junto a Rainer, cada pulso de datos era otro latido tenso. En medio de las maniobras políticas de Redwood y las crecientes amenazas de las jugadas globales por el poder, Tosh sabía exactamente dónde se libraba la verdadera batalla: en las sombras, contra fuerzas que explotaban a los más vulnerables. Hoy, Zermatt debía superar sus limitaciones, negándose a ceder terreno ante el compromiso o la distracción.

Mientras los minutos pasaban con una lentitud agonizante, Tosh permaneció inmóvil en su lugar, prometiéndose en silencio que, sin importar lo presionados o eclipsados que estuvieran, Zermatt nunca dejaría de luchar, jamás abandonaría a aquellos que más lo necesitaban.

Corrupción a nivel estatal

Naciones pequeñas inundaban a Tosh con peticiones discretas para «arreglar» sus problemas de gobernabilidad mediante sobreescrituras silenciosas. ¿Hasta dónde podía llegar antes de que esto reflejara la misma tiranía contra la que acababan de luchar?

En una oficina aislada e insonorizada en lo más profundo del centro de datos de Zermatt, Nicolás Tosh permanecía rígido, su postura era una imagen de tensión controlada mientras miraba fijamente la pantalla tenuemente iluminada. Decenas de mensajes encriptados parpadeaban sin cesar: súplicas urgentes, amenazas veladas, cada una más insistente que la anterior.

—No dejarán de llegar —murmuró Rainer Sábato, acercándose junto a Tosh, con un tono teñido de agotamiento—. Cada mensaje es otro líder pidiéndonos que sobrescribamos silenciosamente las mentes, para eliminar a su oposición política o reformar instantáneamente a funcionarios corruptos.

Tosh exhaló bruscamente, un sonido áspero en el silencio estéril de la sala. Deslizó la pantalla por otro lote de mensajes, cuyo brillo digital se reflejaba intensamente en sus ojos entrecerrados.

—Esto es exactamente lo que luchamos por evitar —murmuró con amargura—. Quieren la misma tiranía contra la que acabamos de combatir.

Rainer se ajustó las gafas, revisando la tableta en sus manos, donde nuevas peticiones se multiplicaban más rápido de lo que podían procesarlas.

—Embajadores, ministros, incluso jefes de estado… Todos ven al CDA-325 como un atajo conveniente. Una manera de silenciar a sus críticos o arreglar la corrupción sin escrutinio público.

—¿Y al hacerlo serían peores que las amenazas que hemos neutralizado? —replicó Tosh con aspereza, caminando por el pequeño espacio con pasos rápidos y frustrados—. Es una pendiente resbaladiza. ¿Dónde acaba esto? ¿Una pequeña sobrescritura hoy, una dictadura total mañana?

Rainer dejó la tableta suavemente sobre la superficie pulida de la consola cercana.

—Están desesperados. Alegan que se trata de estabilidad, de preservar la democracia… Pero lo que realmente desean es poder.

Tosh se detuvo, girándose bruscamente hacia él.

—El poder corrompe —dijo con voz acerada—. Si les otorgamos estos «favores», nos convertimos en cómplices, no en guardianes.

De repente, un pitido agudo rompió el tenso silencio: otra comunicación urgente. Tosh se movió rápidamente hacia la consola, sus dedos tecleando con rapidez mientras el mensaje se descifraba solo, apareciendo claramente en letras blancas y duras:

SOLICITUD URGENTE DE LÍDER DE ÁFRICA ORIENTAL: SOBRESCRITURA INMEDIATA NECESARIA PARA FIGURA OPOSITORA.

Tosh miró fríamente la pantalla, mandíbula apretada.

—No —afirmó con firmeza—. No podemos permitir que esto continúe. Deja claro que Zermatt no sirve a venganzas personales ni conveniencias políticas.

—Entendido —respondió Rainer con idéntica determinación, escribiendo ya la negativa seca e inequívoca. Sus dedos dudaron brevemente antes de enviar la orden final—. ¿Y si toman represalias?

—Que lo hagan —respondió Tosh, sus palabras afiladas como acero—. Si intentan represalias, expondremos cada petición que han hecho, cada propuesta corrupta. La transparencia es nuestro escudo.

Rainer asintió solemnemente, pulsando el botón de envío. El mensaje parpadeó confirmando y desapareció en el ciberespacio, dejando atrás un pesado silencio.

—No somos tiranos —susurró Tosh con fiereza, como si intentara asegurarse a sí mismo—. No somos sus verdugos. Estamos aquí para proteger el libre albedrío, no para borrarlo.

Rainer observaba en silencio, entendiendo plenamente el enorme peso sobre los hombros de Tosh. Ahora cada elección tenía profundas implicaciones. Cada rechazo podría desencadenar otra crisis, cada acuerdo arriesgaba el colapso moral.

Juntos, en aquella cámara aislada bajo los Alpes suizos, reafirmaron en silencio su compromiso: nunca convertirse en aquello contra lo que habían prometido luchar, aunque el mundo a su alrededor se tambalease al borde de la oscuridad.

Tecnología defectuosa y seguridad pública

Otra alerta de emergencia mostró potenciales defectos en una importante aerolínea de carga. El reducido equipo de la Dra. Faber verificaba apresuradamente los datos, consciente de que las discusiones sobre el despliegue masivo eclipsaban estos peligros urgentes.

El resplandor rojo de las alertas de emergencia parpadeaba insistentemente en las pantallas superiores dentro de la abarrotada sala de control. La Dra. Miriam Faber permanecía rígida frente a una extensa serie de terminales, con el rostro pálido bajo la dura luz de los monitores. A su alrededor, un reducido grupo de ingenieros exhaustos se movía apresuradamente de una estación de trabajo a otra, intercambiando murmullos rápidos que llenaban el ambiente de una tensa urgencia.

—¡Informe de diagnósticos, ahora! —ordenó Miriam, con la voz tensa por la urgencia contenida.

—Ya lo hemos confirmado dos veces, doctora —respondió sin aliento un joven analista, cuyos dedos volaban sobre el teclado—. La flota más reciente de aviones de carga tiene un software de aviónica defectuoso. Existe la posibilidad de fallos fatales en pleno vuelo.

Miriam apretó los puños, con los ojos fijos en los datos que se desplazaban a una velocidad vertiginosa frente a ella. Cada línea confirmaba un escenario de pesadilla: fallos en el piloto automático, errores de navegación, averías catastróficas en pleno vuelo. Y todo esto pasaba desapercibido mientras la atención global seguía centrada en el reciente desastre de Ginebra y la presión para el despliegue masivo del CDA-325.

—Identifiquen cada avión afectado —exigió bruscamente, girando rápidamente hacia otra terminal—. Háganlos aterrizar inmediatamente. Coordinen con el control aéreo internacional.

Un técnico cercano negó con la cabeza, con ansiedad.

—Demasiado tarde, Dra. Faber. Al menos cuatro aviones ya están en el aire: dos cruzando el Atlántico, uno acercándose a Mumbai y otro sobre zonas altamente pobladas en Europa del Este.

Su pulso se aceleró, la adrenalina recorrió sus venas al enfrentarse a la cruda realidad.

—¡Inicien diagnósticos y anulaciones remotas inmediatas! Utilicen cada conexión satelital disponible. ¡Quiero actualizaciones en tiempo real, segundo a segundo!

El equipo entró en acción, elevando sus voces mientras cada ingeniero buscaba desesperadamente pistas, revisaba códigos y parcheaba vulnerabilidades. Miriam se inclinó sobre su estación, escribiendo frenéticamente, sus ojos recorriendo rápidamente interminables líneas de código. Cada dígito contaba. Cada segundo importaba.

Un ingeniero al otro lado de la sala gritó por encima del bullicio:

—¡Parche de aviónica iniciado en el avión hacia Mumbai; los sistemas están respondiendo!

Otra voz le siguió rápidamente, más ansiosa:

—Sin éxito con los vuelos del Atlántico. ¡Perdimos contacto con uno!

La garganta de Miriam se cerró, su mente acelerándose.

—¡Cambien satélites! Utilicen las redes militares si es necesario. ¡Coordinen con las estaciones locales de radar; necesitamos rastreo manual!

La tensión en la sala aumentó, interrumpida por gritos intermitentes y frenéticas pulsaciones de teclados. Los segundos parecían insoportablemente largos, cada tic-tac resonando como una cuenta regresiva hacia una posible catástrofe.

Entonces, finalmente, una voz se elevó agudamente, marcada por el alivio:

—¡Recuperamos contacto! El avión responde. Subiendo parche de anulación ahora.

—Vuelo de Europa del Este asegurado también —confirmó otro técnico instantes después, con voz temblorosa por la subida de adrenalina.

Miriam soltó una respiración aguda, forzando su pulso a calmarse.

—Mantengan un monitoreo cercano. Quiero informes de cada avión, cada minuto, hasta que aterricen a salvo.

Mientras el caos lentamente se reducía a una urgencia controlada, Miriam se apartó de su consola, su mirada cargada de agotamiento y temor persistente. Aunque apenas habían evitado el desastre, una inquietante idea corroía su determinación. Con la atención global centrada en la turbulencia política y los despliegues masivos, ¿cuántas emergencias más pasaban inadvertidas, eclipsadas por la implacable presión de la crisis de NeuraTech?

Se apartó un mechón de cabello húmedo de la frente, fortaleciéndose internamente. Habían logrado evitar la tragedia hoy—¿pero mañana? Temía que quizás no tuvieran tanta suerte.

Sabotaje corporativo e intrusiones de competidores

Los aliados de Redwood, recientemente envalentonados, comenzaron a presionar por un enfoque más liberal hacia el CDA, uno que «compartiera» la tecnología con corporaciones favorecidas.

La elegante sala de conferencias con paneles de vidrio que dominaba Manhattan vibraba con una intensidad agresiva, iluminada fuertemente por el sol del atardecer que entraba a través de ventanas de suelo a techo. Alrededor de la mesa de caoba pulida se sentaban ejecutivos de importantes conglomerados tecnológicos, cada uno vestido impecablemente, pero inquieto, inclinándose hacia delante como preparados para el combate.

—Damas y caballeros —anunció Alexander Cole, principal enlace corporativo de Redwood, con su voz cortando claramente el tenso silencio—. Todos ustedes han presenciado el caos derivado de la incapacidad de Zermatt para controlar su preciada tecnología CDA. Ginebra nos demostró claramente que centralizar tanto poder en manos poco fiables es insostenible.

Varias cabezas asintieron rápidamente, ojos entrecerrados en firme acuerdo. Frente a Cole, Vanessa Harcourt, la feroz CEO de Luminous Tech, tamborileaba sus dedos perfectamente arreglados sobre la madera pulida, ojos afilados como acero.

—Está claro que Zermatt no puede manejar las presiones ni las amenazas inherentes a la protección de una tecnología tan revolucionaria

—comentó Vanessa con firmeza—. La transparencia exige descentralización, comenzando por permitir acceso inmediato a corporaciones responsables. Nosotros tenemos infraestructuras lo suficientemente robustas para garantizar la seguridad que claramente le falta a Zermatt.

Murmullos de vigorosa aprobación recorrieron la mesa. Cole permitió una leve sonrisa, sintiendo cómo la corriente giraba firmemente a su favor.

Un joven ejecutivo de Nova Cyber Solutions se aclaró la garganta con autoridad.

—Este fiasco con NeuraTech demuestra que no podemos dejar esto exclusivamente en instalaciones respaldadas por el gobierno. Si Redwood gana, debe priorizar la transferencia del control al sector privado, donde realmente prosperan la innovación, la responsabilidad y la seguridad.

Cole asintió pensativamente, dejando que cada declaración resonara, creando impulso.

—Precisamente por eso Redwood me ha autorizado a iniciar discretas conversaciones preliminares. Pero entiendan claramente: esto no se trata solo de entregar unas pocas líneas de código. Esto requerirá un respaldo financiero significativo y un frente unificado.

—¿Y el precio de Redwood? —preguntó Vanessa directamente, sin titubear.

—Apoyo, tanto financiero como político. Redwood necesita victorias claras ahora más que nunca —respondió Cole con pragmatismo frío, recorriendo la mesa con la mirada—. Y una vez elegido, se asegurará de que la tecnología CDA se ponga en manos corporativas confiables: las suyas.

La atmósfera cambió de una discusión estratégica a un cálculo cauteloso. Cada ejecutivo sopesó la promesa de beneficios monumentales frente al riesgo de exposición o escándalo político.

—¿Y qué pasa con Zermatt? Aún tienen influencia —intervino una voz vacilante desde el extremo opuesto de la mesa.

La sonrisa de Cole se amplió ligeramente, depredadora y confiada.

—Zermatt ya ha tropezado. La narrativa de Redwood es sólida: la crisis de hoy demostró su incompetencia ante el mundo. Sus reclamos de neutralidad están debilitados. El público y el Congreso exigirán cambios inmediatos, y eso es exactamente lo que les daremos.

Vanessa intercambió miradas significativas con varios ejecutivos, luego miró directamente a Cole.

—Entonces procedamos. Pero entienda, Alexander: vamos a responsabilizar a Redwood por su promesa. Ante la más mínima señal de vacilación o doble juego, retiraremos hasta el último céntimo y todo nuestro respaldo.

—Entendido —reconoció Cole con nítida certeza—. Entonces consideren nuestra alianza consolidada.

La reunión concluyó abruptamente. Los ejecutivos se dispersaron con rapidez, cada uno elaborando silenciosamente sus próximos movimientos. Cole permaneció solo un momento, observando cómo el horizonte de Manhattan oscurecía, confiado pero calculador. Sabía que cada paso a partir de aquí estaría lleno de peligro. Un solo error y el sueño de transparencia total de Redwood —y su visión colectiva de ganancias y control— colapsaría espectacularmente.

Se apartó de las ventanas, sintiendo una oleada de anticipación y ansiedad en igual medida. Esto era solo el comienzo.

La investigación de Maggie Wu

Los dedos de Maggie Wu temblaron levemente mientras deslizaba rápidamente archivos cifrados en su elegante portátil plateado, el débil resplandor de la pantalla iluminaba la intensidad enfocada en sus ojos. Estaba sentada en el estrecho rincón trasero del Café Luce, una tranquila cafetería de iluminación tenue en el centro de Seattle, su refugio favorito cuando las cosas se ponían peligrosamente tensas. Esta noche, sin embargo, cada sombra parecía más profunda, cada mirada casual de otros clientes se sentía cargada de sospecha.

Su corazón se aceleró al absorber la información que se desplegaba frente a ella. Cada documento contenía detalles meticulosos que conectaban la campaña presidencial del senador Jonathan Redwood con expansiones secretas de la tecnología de escaneo mental: CDA-325. Redwood había defendido públicamente la transparencia, pero estos registros ocultos revelaban una agenda totalmente distinta, una envuelta en secreto y manipulación.

Wu inhaló profundamente, con el pecho apretado mientras revisaba registros de vigilancia de procedimientos encubiertos de mapeo neuronal realizados sin consentimiento público. Los documentos estaban autenticados, filtrados por un informante dentro de la propia campaña de Redwood. Nombres, fechas, lugares; todo estaba allí. Sus dedos se detuvieron brevemente, contemplando la gravedad de lo que había descubierto. Un solo clic, y esta información provocaría una tormenta global.

Un movimiento repentino cerca de la entrada del café hizo que su pulso se acelerara aún más. Dos hombres con trajes oscuros entraron rápidamente, examinando la cafetería con un desapego profesional. Maggie reconoció su postura de inmediato: agentes federales, discretos, pero inequívocamente alerta. Una sacudida de adrenalina corrió por sus venas mientras cerraba rápidamente su portátil, con el corazón latiendo con fuerza en sus oídos.

Su teléfono vibró con urgencia. Un solo mensaje cifrado apareció en la pantalla:

«Están sobre ti. Sal ahora. –J.»

No perdió tiempo, deslizando el portátil en su bolso mensajero y colgándolo casualmente sobre su hombro. Maggie salió de su cabina, manteniendo una calma externa a pesar de su pulso acelerado. Moviéndose rápidamente, pero sin prisa, avanzó hacia el estrecho pasillo trasero que conducía a la salida de emergencia.

—¡Señorita Wu! —resonó una voz aguda detrás de ella.

Maggie no giró, acelerando en cambio el paso. Las pisadas se apresuraron detrás de ella, resonando ominosamente sobre el suelo pulido de hormigón. Justo cuando alcanzaba la puerta de salida, una mano fuerte se cerró sobre su hombro, haciéndola girar bruscamente.

Ella miró desafiante a los ojos helados del agente.

—¿Puedo ayudarle en algo? —exigió con voz firme, ocultando el miedo que bullía justo debajo.

—Nos gustaría conversar —respondió él con un tono duro como el hierro, lanzando brevemente una mirada hacia su bolso—. En privado.

—Lo siento —replicó ella fríamente, sacudiendo su mano con sorprendente fuerza—. Tengo una cita.

La presión en su brazo se intensificó dolorosamente, y la expresión del hombre se endureció aún más.

—Cancélela.

Con una oleada de desesperación, Maggie giró bruscamente, liberó su brazo y empujó con todo su peso contra la puerta de emergencia. El estridente sonido de la alarma destrozó la quietud del café mientras salía corriendo hacia el callejón exterior, con el corazón latiendo aceleradamente mientras la lluvia golpeaba su rostro. Esquivó contenedores y coches aparcados; los pasos resonaban con fuerza detrás de ella, recordándole de manera escalofriante que aún no estaba a salvo.

Delante, los faros cortaron la noche tormentosa. Un elegante sedán negro frenó bruscamente, abriendo urgentemente la puerta del pasajero.

—¡Sube! —gritó una voz familiar.

Sin vacilar, Maggie se lanzó dentro del vehículo que esperaba. Los neumáticos chirriaron mientras el coche aceleraba, dejando atrás a las figuras perseguidoras en la penumbra.

Giró, sin aliento y empapada, para enfrentarse a Jason Laird, su contacto de Zermatt.

—¿Tienes los archivos? —preguntó él, lanzando una rápida mirada hacia su bolso.

Maggie asintió, recuperando gradualmente la respiración.

—Todo está listo. Harán lo que sea para enterrar esto, Jason. La gente de Redwood, las autoridades federales… todos están implicados.

La mandíbula de Jason se tensó, su expresión sombría pero resuelta mientras avanzaban por las calles resbaladizas, cada segundo sumergiéndolos más profundamente en la incertidumbre.

—Entonces tenemos que publicar inmediatamente —dijo con firmeza, los ojos llenos de determinación—. Antes de que nos silencien a todos.

Maggie se recostó en el asiento, aferrando fuertemente su bolso. La decisión estaba tomada, las consecuencias eran inimaginables.

—De acuerdo —susurró, observando cómo las luces de neón de la ciudad pasaban rápidamente, sabiendo que su próximo movimiento cambiaría el mundo—, de una manera u otra.

Al borde

Alertas rojas descendían implacablemente sobre la superficie iluminada del elegante y ultra seguro dispositivo de datos de Rainer Sábato, cada una un símbolo evidente de la tensión global en aumento. La sala de control, en lo profundo de las instalaciones subterráneas de Zermatt, estaba bañada en tonos urgentes de rojo y ámbar, proyectando largas sombras de ansiedad sobre el rostro exhausto de Rainer. Exhaló lentamente, con pesadez, sintiendo el peso de incontables noches sin dormir sobre sus anchos hombros.

— Todos exigen una aplicación universal —dijo finalmente Rainer, con voz teñida de resignación mientras estudiaba las alertas que se acumulaban. Sus dedos se movieron rápidamente, aislando un mensaje particularmente preocupante de la campaña de Redwood—. Redwood, los gigantes corporativos, incluso algunos aliados del G-7; dicen que no podemos arriesgarnos a otro fiasco como el de Ginebra.

A su lado, Nicolás Tosh permanecía rígido, con la mandíbula tan apretada que los músculos se marcaban visiblemente bajo su piel. Miraba intensamente al monitor central más grande, donde transmisiones en directo mostraban los llamamientos cada vez más insistentes por la implementación global de la tecnología CDA-325. Cada frase pronunciada por líderes influyentes y directores ejecutivos resonaba ominosamente en su interior.

—Luchamos demasiado para mantener esta tecnología limitada —murmuró Tosh, como recordándose a sí mismo los principios desgastados por la batalla. Su voz estaba tensa, impregnada de ira y frustración reprimidas—. Si la desplegamos globalmente, nos convertiremos en la amenaza que tratamos de prevenir.

—Ya no se trata solamente de seguridad —continuó Rainer con amargura, lanzando una mirada penetrante hacia Tosh—. Es política impulsada por el miedo, Nicolás. El pánico es contagioso. Redwood está explotando el caos que apenas logramos contener.

Tosh dio un paso adelante, con las manos apretadas en puños a sus costados. Su pulso se aceleró por la frustración.

—Entonces recuérdaselo, Rainer. Ginebra no se detuvo por una aplicación universal. Se detuvo por inteligencia, moderación y precisión, no por vigilancia generalizada.

De repente, las puertas de la sala de control se abrieron con un silbido, interrumpiendo la intensidad de su enfrentamiento. Alejandra entró apresuradamente, los ojos muy abiertos por la urgencia, sus rizos oscuros húmedos por el sudor.

—La votación de emergencia del G-7 acaba de concluir —anunció sin aliento, sosteniendo una tableta con nuevos titulares. Sus dedos temblaron ligeramente mientras entregaba el dispositivo a Tosh—. Exigen la integración inmediata y global del CDA-325. La resolución ha pasado por unanimidad; la presión llega ahora desde todos lados.

Tosh tomó la tableta, revisando rápidamente las palabras contundentes. Cada frase intensificaba su ira, frustración… y miedo.

—Esto no es proteger a la humanidad —gruñó Tosh con los dientes apretados, la voz temblando por la furia apenas reprimida—. Es una puerta abierta hacia la tiranía global. Redwood lo aprovechará. Las corporaciones lo aprovecharán. ¿Cuántas libertades deberán eliminarse antes de que lo entiendan?

—Tienen miedo, Nicolás —intervino Alejandra suavemente, acercándose un paso, su tono firme pero templado con empatía—. Tras lo de Ginebra, el miedo supera la razón. Es instintivo, una cuestión de supervivencia.

—El instinto puede manipularse —replicó Tosh bruscamente, sus ojos ardiendo con resolución apasionada—. Debemos mostrarles la verdad, antes de que el alarmismo de Redwood ahogue por completo la lógica.

Una alarma sonó con fuerza desde la tableta de Rainer, devolviendo bruscamente la atención a las pantallas. Una videoconferencia en directo apareció con urgencia: el propio Redwood, dirigiéndose a millones en todo el mundo, su voz impregnada de una tranquilidad autoritaria pero cargada de una amenaza sutil.

—Mis conciudadanos —habló Redwood, su voz suave pero llena de autoridad—. Ya no podemos permitirnos ser vulnerables ante otra brecha catastrófica. El CDA-325 debe ser nuestro escudo, desplegado universalmente, un guardián para todos. Las vacilaciones de Zermatt, aunque quizás bien intencionadas, están arriesgando vidas con cada segundo que demoran.

Las manos de Tosh temblaban visiblemente, la intensidad de las palabras de Redwood cortándolo como una cuchilla. Su mirada se fijó en Rainer, reflejando claramente su temor compartido.

—No podemos permitir que controle la narrativa —dijo Tosh finalmente, una feroz determinación consolidándose en su interior—. El mundo debe ver la verdad antes de que sea demasiado tarde.

Rainer asintió sombríamente, preparándose.

—Entonces luchemos, como siempre lo hemos hecho.

Con renovada urgencia, Tosh se dirigió rápidamente hacia la consola de comunicación, sus dedos volando sobre las teclas, preparado para lanzar su contra mensaje a un mundo tambaleándose peligrosamente en el filo entre la protección y la tiranía.

Al borde de la protección o la tiranía

Entrada ya la noche, Nicolás Tosh permanecía solo en el corazón del Centro de Datos de Zermatt, envuelto por un profundo silencio interrumpido únicamente por el constante y rítmico murmullo de incontables servidores cuánticos. Su suave vibración resonaba a través de las suelas de sus zapatos, un recordatorio constante del colosal poder que palpitaba bajo sus pies.

Miró hacia arriba, hacia la pantalla central, una enorme superficie luminosa que dominaba la vasta cámara tenuemente iluminada. Letras frías y claras brillaban intensamente en la oscuridad: «Cobertura de Red Neural: 98.4%». La cifra colgaba ominosamente, una cuenta regresiva implacable hacia la cobertura global total. Tosh contempló la estadística, sintiendo cómo la gravedad de sus implicaciones apretaba su pecho. Casi todas las regiones habitadas de la Tierra ahora estaban silenciosamente vigiladas, entretejidas en una red neuronal inevitable, cortesía del CDA-325. Cada día que pasaba, cada expansión deliberada impulsada por Redwood y sus aliados en el consejo, los acercaba a un control absoluto e irrevocable.

Su mirada se desplazó hacia otra pantalla que se deslizaba rápidamente por interminables transmisiones de infiltración. El monitor proyectaba sombras parpadeantes sobre las facciones tensas de Tosh, iluminando sus ojos agotados, perseguidos por el peso ético que cargaba. Observó cómo destellaban los hilos digitales: algunos detallaban operaciones ejecutadas meticulosamente para interceptar criminales o frustrar catástrofes inminentes. Pero otros, marcados claramente, aunque de forma inquietante, como «vacunaciones» forzadas, documentaban mentes reescritas silenciosamente sin consentimiento.

La ironía era aplastante. Tosh recordaba perfectamente el juramento inquebrantable que había pronunciado hacía mucho tiempo, cada palabra grabada vívidamente en su conciencia: «Jamás reescribiremos mentes por la fuerza». Sin embargo, las evidencias desfilaban inexorablemente ante él, frías e innegablemente reales. Tragó con dificultad, persistiendo un sabor amargo mientras una voz tranquila e insistente en su interior susurraba verdades sombrías: «Ya lo hemos hecho, aunque solo para evitarles un destino peor».

Con un pesado suspiro, se desplazó hacia otra terminal, sus dedos rozando con desgana la elegante pantalla táctil. De inmediato, aparecieron nuevos boletines: pistas sobre tráfico infantil parpadeando desesperadamente con el «Estado: frío» junto a sus entradas, advertencias urgentes sobre seguridad aérea centelleando en rojo, pero eclipsadas por crisis consideradas más prioritarias. Tosh sintió crecer en él una oleada de furia silenciosa, frustración nacida de la impotencia.

¿Cuántos inocentes se les escapaban entre los dedos, su destino sellado por esta persecución ciega? ¿Cuántas amenazas genuinas quedaban latentes, ignoradas y sin resolver, mientras la obsesión del consejo por prevenir el secuestro mental absorbía cada gramo de atención y recursos?

Sus manos se apretaron fuertemente en puños a los costados, las uñas clavándose dolorosamente en sus palmas. La habitación oscurecida se sentía sofocante, presionándolo con un peso opresivo. Tosh se apartó abruptamente de los abrumadores datos, caminando inquieto por el suelo de acero pulido. Cada paso resonaba con fuerza, reflejo audible de su creciente conflicto interno.

Deteniéndose repentinamente, devolvió la mirada a la inmensa estadística luminosa, ese 98,4% que parecía crecer con cada momento, con cada latido. El límite entre la protección y la tiranía parecía ahora peligrosamente delgado, casi invisible. Cerró los ojos, inhalando profundamente, tratando de estabilizarse mientras enfrentaba el abismo que se abría ante ellos.

Con renovada determinación grabada en su rostro, Tosh volvió a abrir los ojos, mirando resueltamente hacia la pantalla luminosa. Las decisiones venideras moldearían el futuro de la humanidad de manera irreversible. Comprendía claramente que, en la búsqueda de la seguridad absoluta, corrían el riesgo de perder todo aquello que los definía como humanos.

—No mientras yo esté aquí —susurró Tosh con fiereza a la silenciosa oscuridad que lo rodeaba, un voto solemne resonando desafiante en el corazón mismo de Zermatt, atreviéndose a desafiar la marea de tiranía inminente.

El precio de la protección

Rainer Sábato avanzó lentamente, sus pasos resonando suavemente en la vasta extensión del centro de mando subterráneo de Zermatt. La tenue iluminación proyectaba una luz sutil y fantasmal sobre su solemne rostro, acentuando las líneas de fatiga e incertidumbre profundamente marcadas por infinitas crisis. Sus ojos, oscurecidos por miedos no expresados, se encontraron con los de Nicolás Tosh, compartiendo en silencio la carga en la que se había convertido su existencia.

—Hemos llegado tan lejos, Nicolás —habló Rainer con suavidad, su voz apenas un susurro, llena de una mezcla dolorosa de orgullo y arrepentimiento—. Hemos salvado innumerables vidas, pero ¿a qué precio?

Tosh sintió cómo se intensificaba el peso en su pecho, un dolor casi físico acrecentado por una incertidumbre implacable. Sus pensamientos chocaban caóticamente: las imparables expansiones de Redwood propagándose sin control, Wang desvaneciéndose en silencio en el trasfondo, oscurecido por maniobras políticas y olvidado en medio de amenazas mayores. Y Alejandra—podía ver claramente la mirada atormentada en sus ojos, el pesado coste cobrado por cada decisión que se habían visto obligados a tomar.

Giró lentamente, señalando hacia la inmensa pantalla que dominaba la sala, brillando con datos crudos e inquietantes: cobertura casi total de la red neural alcanzada. Su voz tembló ligeramente al hablar, tranquila pero cargada de urgencia.

—Míralo, Rainer. Con una cobertura casi total, podemos leer—quizá incluso moldear—casi cualquier mente en la Tierra —la voz de Tosh se volvió más firme, un trasfondo de miedo mezclándose con su profunda preocupación—. ¿Somos realmente protectores, o nos hemos convertido en los guardianes de cada secreto, de cada pensamiento?

La mandíbula de Rainer se tensó visiblemente, pero ninguna respuesta inmediata surgió. Su silencio fue profundo, casi tangible, una admisión silenciosa de que el camino que recorrían era imposible de equilibrar. Tosh extendió la mano, sus dedos rozando suavemente la consola. Presionó decisivamente un comando, e instantáneamente la enorme pantalla se oscureció, las sombras recuperando su dominio sobre la habitación, interrumpidas únicamente por la tenue luz parpadeante de emergencia reflejada suavemente en el suelo de acero pulido.

Con corazones pesados, ambos hombres se dieron la vuelta, sus pasos resonando suavemente mientras avanzaban hacia el túnel de salida. El distante y continuo murmullo de los servidores cuánticos, constante como un latido, se desvanecía gradualmente tras ellos, resaltando la enormidad de los poderes que ahora tenían en sus manos.

En la entrada del túnel, Tosh se detuvo, lanzando una última mirada por encima de su hombro. La extensa sala yacía envuelta en sombras, sus monitores silenciosos y pantallas inactivas enmascarando una aterradora verdad de la que no podía escapar. Un escalofrío recorrió su cuerpo, cargado con el peso de temores no expresados.

—¿Un mundo sin secretos... o sin libertad? —susurró Tosh en la quietud, su pregunta persistiendo ominosamente como un eco fantasmal, resonando en los pasillos vacíos mientras se alejaban—, guardianes inciertos de haber cruzado el umbral para convertirse en tiranos.

Un amanecer frágil

En la silenciosa penumbra del centro de mando subterráneo bajo los Alpes suizos, un amanecer pálido y fantasmal se filtraba a través de las estrechas claraboyas muy por encima, proyectando suaves cintas de luz grisácea sobre filas de consolas apagadas y monitores silenciosos. Nicolás Tosh permanecía inmóvil en el centro del vasto espacio, su presencia apenas perturbando la profunda quietud. Sus ojos, ensombrecidos por noches sin dormir, estaban fijos sin titubear en la pantalla central del terminal—una señal digital clara y pulsante que decía claramente: «Integración Global del Algoritmo-325: 99,9% Completa».

Tosh sintió cómo un escalofrío recorría su columna, reconociendo la profunda importancia de ese momento. Habían pasado meses, pero el límite que recorrían—la línea invisible entre una protección vigilante y una tiranía silenciosa—permanecía peligrosamente delgado. Podía sentirlo en cada latido, en cada respiración. El Algoritmo-325 ahora se extendía casi a todas partes, un centinela omnipresente cuyo inmenso poder, temía, ya no podría ser contenido plenamente.

Con un dedo tembloroso, deslizó la pantalla para revisar las alertas críticas recientes. Cada titular era un recordatorio brusco y perturbador de su nueva realidad. «Red de tráfico infantil evade vigilancia», destellaba furiosamente, seguida de inmediato por «Desastre aéreo en línea de carga evitado por poco». Apretó la mandíbula con fuerza cuando apareció la tercera, clara e implacable:

«Redwood Exige la Expansión Inmediata del Monitoreo Neural».

Tosh exhaló bruscamente, la ansiedad oprimiendo su pecho. Cada crisis parecía ahora magnificarse, trayendo consigo el riesgo constante de que el Algoritmo-325, en su desesperado intento de proteger a la humanidad, erosionara silenciosamente la esencia misma de la libertad. Lanzó una mirada hacia los monitores adyacentes—líneas de código encriptado se desplazaban interminablemente, hilos de datos que contenían el poder de rastrear, proteger o manipular casi cualquier mente humana.

De repente, unos pasos resonaron con urgencia por el corredor. Tosh giró bruscamente cuando Rainer irrumpió en la sala de control, respirando agitadamente, con los ojos muy abiertos por la urgencia.

—Nicolás —dijo Rainer entrecortadamente, levantando una tableta que destellaba con un flujo de mensajes frenéticos—. Nueva crisis. Los aliados de Redwood se están moviendo agresivamente. Están presionando por la integración inmediata del último 0,1%—sin salvaguardas, sin supervisión.

El corazón de Tosh latía fuertemente en sus oídos. La realidad que tanto habían temido ya no era distante; se alzaba directamente ante ellos, cruda e inevitable. Extendió la mano, sujetando firmemente el brazo de Rainer.

—No podemos permitir que esto ocurra —gruñó Tosh con fiereza—. Si cruzamos esta línea final, ya no habrá vuelta atrás. Lo perderemos todo.

—Pero Nicolás —la voz de Rainer bajó de tono, cargada de tensión, —¿qué alternativa tenemos? El mundo lo exige ahora, clama por protección total. El consejo es unánime; temen más a otra catástrofe que a la tiranía.

Tosh se volvió abruptamente, caminando inquieto frente a las pantallas oscurecidas, cada paso cargado con un conflicto interno. La habitación parecía estrecharse, las sombras espesándose mientras el amanecer luchaba inútilmente contra la oscuridad.

—Construimos el Algoritmo-325 para salvar a la humanidad —susurró Tosh con dureza, su voz temblando por la angustia—. Pero si obtiene poder absoluto, ¿quién salvará a la humanidad del Algoritmo-325?

Un tenso silencio se extendió entre ambos, roto solo por el leve y constante zumbido de los servidores bajo sus pies. Finalmente, Tosh se detuvo, enfrentando directamente a Rainer, su voz resuelta con renovada determinación.

—Moviliza a Alejandra y a nuestro equipo —instruyó Tosh con dureza—. Contraatacaremos con fuerza. Exigiremos transparencia. Si este paso final ocurre, que sea abiertamente, bajo escrutinio. No permitiremos que Redwood ni nadie más controle esta narrativa.

Rainer asintió con decisión, los ojos reflejando una determinación renovada. Se giró rápidamente, sus pasos resonando con urgencia mientras regresaba por el corredor, dejando nuevamente solo a Tosh en medio del amanecer que avanzaba.

Tosh contempló fijamente la brillante pantalla, sintiendo el inmenso peso de un futuro que se equilibraba precariamente, con un destino incierto, tan frágil como la primera luz del amanecer que se filtraba débilmente a través de las grietas de una fortaleza impenetrable.

En ese amanecer frágil, cada crisis adquiría una importancia sin precedentes, cada decisión era una peligrosa apuesta con las posesiones más sagradas de la humanidad: la libre voluntad, la privacidad y la inviolabilidad de la mente.

Centro de Datos Zermatt – Tres meses después de Ginebra

Los corredores subterráneos bajo Zermatt vibraban suavemente, bañados por una luminiscencia verde tenue que emanaba de las ordenadas filas de servidores cuánticos. Cada estantería metálica permanecía vigilante, pulsando levemente como si respirara con regularidad, una vibración rítmica que se sentía más que escucharse. Nicolás Tosh permanecía aislado en una estrecha bahía de observación, su delgada figura recortada nítidamente contra el resplandor fantasmal de múltiples pantallas superiores. Cada una mostraba flujos de datos que parpadeaban con urgencia, detallando la cobertura global casi total del Algoritmo-325.

El silencio de medianoche solo era roto por el suave y constante susurro de los ventiladores de enfriamiento, un zumbido tranquilizador que ocultaba el torbellino interno que agitaba a Tosh. Sus ojos, intensos y cansados, examinaban atentamente las pantallas, absorbiendo información que temía ver. Meses después de los eventos casi catastróficos de Ginebra, la Casa Blanca de Redwood se había movido rápidamente, consolidando una extensa e invasiva red de escaneo con inquietante eficiencia. Grupos enteros de empleados gubernamentales, sutilmente coaccionados o voluntariamente obedientes, estaban ahora marcados como «compatibles con CDA», sus patrones neuronales integrados silenciosamente en el sistema general. La expansión había sido rápida, discreta, imparable.

Tosh suspiró profundamente, sus hombros hundiéndose bajo cargas invisibles. Recordó la mirada atormentada en los ojos de Alejandra durante su último encuentro en Miami, su súplica silenciosa resonando en su mente: ¿En qué nos hemos convertido?

Un repentino y discreto aviso interrumpió sus pensamientos, cortando limpiamente la opresiva quietud. La mirada de Tosh se desplazó hacia abajo, hacia una consola cercana. La pantalla táctil pulsaba suavemente, indicando un comunicado entrante. Se acercó, frunciendo ligeramente el ceño mientras activaba la pantalla con un preciso deslizamiento. De inmediato, apareció una transmisión de vídeo granulada y urgente, revelando las tensas facciones de Rainer Sábato, iluminadas por una dura luz artificial. Rainer se encontraba a miles de kilómetros de distancia, en la recién construida subestación de Zermatt, muy por debajo del corazón bullicioso de Singapur.

—Nicolás —la voz de Rainer crujió ligeramente a través de la transmisión encriptada, sus ojos ensombrecidos por el evidente agotamiento, pero agudos por la urgencia—. Hemos detectado algo preocupante. Los aliados de Redwood están avanzando agresivamente en Oriente: Singapur, Yakarta, Tokio. Las demandas de mapeo neuronal se han disparado durante la noche. Están ignorando los protocolos estándar.

La mandíbula de Tosh se tensó inmediatamente, sus músculos flexionándose visiblemente mientras su mente trabajaba a toda velocidad.

—¿Hasta dónde han llegado?

—Lo suficientemente lejos —respondió Rainer sombríamente, su voz teñida de ira y ansiedad—. Están accediendo a flujos de datos que antes estaban prohibidos, Nicolás. Registros neuronales completos de figuras políticas, líderes opositores, activistas…

—Ya no lo ocultan —interrumpió Tosh, con la voz tensa por una furia apenas contenida—. Esto es exactamente lo que luchamos por prevenir.

—Necesitamos actuar ahora —insistió Rainer, la urgencia afilando cada palabra—. Nuestra ventana para contrarrestar esto se está cerrando rápidamente. La gente de Redwood controla la narrativa; cada movimiento se presenta como medidas de seguridad necesarias.

Tosh miró en silencio la pantalla, absorbiendo las duras advertencias de Rainer. Sus dedos se apretaron con fuerza, los nudillos tornándose blancos. Las decisiones que enfrentaba pesaban enormemente, amenazando con hundirlo bajo dilemas éticos y realidades amargas.

—Asegura tus canales —ordenó Tosh finalmente, con voz firme y resuelta—. Contacta inmediatamente con Alejandra y la Dra. Faber. Convocaremos una sesión de emergencia.

—Entendido —respondió Rainer, asintiendo con decisión. La pantalla parpadeó brevemente, luego se oscureció, sumergiendo nuevamente a Tosh en el inquietante resplandor de los servidores cuánticos.

Nicolás Tosh permaneció inmóvil un momento prolongado, el silencio pesado presionando contra él como una fuerza física. Sabía, en lo más profundo de sus huesos, que los próximos movimientos reformarían irrevocablemente el mundo, guiando a la humanidad por caminos hacia una vigilancia protectora o hacia una silenciosa e insidiosa tiranía.

Con determinación feroz, giró bruscamente, avanzando decididamente hacia la cámara de control central. Cada paso resonó con resolución, marcando el inicio de una batalla que sabía que no podía permitirse perder.

Anomalías en el Código

El suave y rítmico zumbido de los servidores cuánticos de Zermatt resonaba por la sala de consolas personal de Nicolás Tosh, un pulso constante bajo la punta de sus dedos mientras navegaba rápidamente por flujos de datos cifrados. Su ceño estaba fruncido por la concentración, sus ojos moviéndose intensamente sobre las líneas detalladas de código que caían en cascada por múltiples pantallas.

Una transmisión segura emitió discretamente un aviso en su pantalla principal. Tosh la activó al instante, trayendo al enfoque nítido el rostro tenso y cansado de Rainer Sábato, bañado por el pálido resplandor de un monitor secundario de ubicación. La conexión cifrada crujió sutilmente, insinuando las vastas distancias salvadas instantáneamente a través de canales cuánticos seguros.

—Nicolás —comenzó suavemente Rainer, su voz cargada con una preocupación cautelosa—, las últimas actualizaciones de codificación tras nuestro cambio de claves han regresado con anomalías. Mayor latencia. Ráfagas aleatorias de datos que no podemos explicar del todo.

Los ojos de Tosh se estrecharon inmediatamente, los músculos alrededor de su mandíbula tensándose de forma refleja. Su pulso se aceleró ante las implicaciones.

—¿Más intentos de infiltración?

Rainer dudó visiblemente, su mirada desplazándose momentáneamente hacia un segundo monitor, fuera del alcance de la pantalla, cuyo resplandor rojo de alerta iluminaba su rostro. La breve pausa intensificó la inquietud de Tosh. Finalmente, Rainer habló, bajando aún más la voz, con un matiz punzante de incomodidad.

—Es más sutil que eso, como si alguien estuviera escuchando en los nuevos canales de Redwood, creando registros de todo. No logramos rastrear la fuente.

El estómago de Tosh se retorció bruscamente, una reacción instintiva nacida de incontables noches en vela y batallas implacables contra amenazas invisibles.

—Suena como el esqueleto de otra amenaza de sobreescritura.

La expresión de Rainer se oscureció, sus ojos entrecerrándose mientras compartían un mutuo instante de temor e incertidumbre.

—Posiblemente —admitió sombríamente—. O algo peor.

Las profundas implicaciones pendieron ominosamente entre ambos, sin necesidad de expresar las duras realidades que enfrentaban. Los dedos de Tosh se curvaron con fuerza, nudillos blancos, mientras su mente aceleraba, buscando desesperadamente opciones viables, soluciones o incluso ilusiones esperanzadoras. Antes de que pudiera responder, la transmisión se cortó abruptamente, la pantalla sumergiéndose en la oscuridad, dejándolo contemplando su propio reflejo tenso.

En el silencio que siguió, Tosh permaneció inmóvil, el escalofriante eco de las palabras de Rainer reverberando dentro de él, mezclándose con el incesante zumbido de los servidores—cada pulso un recordatorio de que, en algún lugar, oculto dentro de sus propios sistemas, una nueva y peligrosa amenaza estaba tomando forma silenciosamente.

Washington, D.C. – Complejo del Capitolio

Última Hora de la Noche

El complejo del Capitolio bullía sutilmente con una urgencia nocturna, sus pasillos de mármol resonando suavemente con conversaciones apresuradas y en voz baja entre cabilderos, asesores del Congreso y ejecutivos corporativos vestidos impecablemente, maniobrando en negociaciones susurradas. Las sombras bailaban bajo la iluminación tenue, creando espacios de secreto en cada rincón.

En una oficina lateral apartada, el presidente Jonathan Redwood permanecía rígido contra un escritorio de madera pulida, sus anchos hombros recortados por la tenue luz de una lámpara. Sus ojos— penetrantes y enfocados—recorrían rápidamente los documentos clasificados que sostenía. Una página en particular llevaba un encabezado marcado en negrita, inconfundible: «Resumen Ejecutivo: Implementación a Plena Capacidad del CDA.»

A su lado, su principal asesor, un hombre de rostro severo con cabello gris acero perfectamente arreglado, hablaba en voz baja pero firme, exponiendo meticulosamente los detalles de su estrategia.

—Señor, podemos finalizar el escaneo universal con una resistencia mínima, siempre que el centro de datos coopere plenamente. La protesta pública sigue siendo baja, especialmente tras suprimir cuidadosamente la amenaza de Overwriting en Ginebra.

Redwood absorbió las palabras en silencio, su mirada pasando rápidamente sobre puntos cuidadosamente seleccionados que detallaban cómo expansiones sutiles y aparentemente voluntarias podrían abarcar metódicamente a grupos demográficos enteros. Su dedo tamborileaba rítmicamente sobre la página, cristalizando sus pensamientos.

—Tosh podría resistirse a llegar tan lejos; supongo que tendremos que presionarle.

El asesor dudó brevemente, aclarando la garganta con cierta incomodidad.

—Sí, señor. Sin embargo, nuestra inteligencia sugiere que algunos miembros del propio equipo de Tosh podrían ahora apoyar una mayor transparencia. La sombra de los escenarios extremistas de sobreescribir es un motivador increíblemente poderoso.

Una leve y consciente media sonrisa se formó sutilmente en la comisura de la boca de Redwood. Perfecto.

Pero de pronto, un discreto pitido destrozó el instante de su calculado triunfo. Los ojos de Redwood se desviaron rápidamente hacia su teléfono privado, cuya pantalla parpadeaba insistentemente. Accedió inmediatamente al canal codificado etiquetado inequívocamente como «URGENTE».

Los ojos de Redwood se estrecharon bruscamente al leer:

Registros de infiltración de IA incompletos. Patrones sospechosos de código en los escaneos iniciados por Redwood. Posible presencia clandestina capturando datos. Investigar inmediatamente.

Su cuidadosamente cultivada confianza se fracturó, la media sonrisa desapareciendo instantáneamente, reemplazada por una tensión rígida. Cerró el teléfono bruscamente con una urgencia controlada, la aguda concentración dominando nuevamente su expresión.

—Organice una llamada con Tosh —ordenó con brusquedad, su voz cortante, autoritaria, sin admitir ninguna duda—. Ahora.

Sin decir una palabra más, Redwood avanzó rápidamente hacia la pesada puerta de roble, sus zapatos pulidos resonando con decisión sobre los suelos de mármol. Sabía claramente lo que estaba en juego: si una presencia clandestina se había infiltrado en la red del CDA bajo su iniciativa, las consecuencias serían catastróficas.

El asesor, tomando apresuradamente su tableta, se apresuró a cumplir la orden, dejando a Redwood momentáneamente solo en el eco del silencio. El presidente se detuvo brevemente en el umbral, el corazón latiéndole rápidamente bajo su traje hecho a medida. El delicado equilibrio de poder se había desplazado abruptamente, dejándolo plenamente consciente de que este próximo movimiento —esta llamada inmediata y crítica— podría determinarlo todo.

Con una determinación de acero reflejada en su rostro, Redwood avanzó decididamente hacia la incertidumbre, listo para confrontar directamente a Nicolás Tosh, preparado para usar todas las herramientas a su disposición para asegurar que la tecnología más poderosa del mundo permaneciera firmemente bajo su control.

Singapur – Subestación Zermatt

La subestación Zermatt de Singapur vibraba discretamente, bañada en el blanco estéril que emanaba de filas de estaciones de monitoreo. Cada terminal local permanecía parpadeando suavemente, lista para actuar, capaz de realizar escaneos a miles de kilómetros a la redonda o desplegar el crucial algoritmo de «vacuna» en un instante. Rainer Sábato permanecía inmóvil, con los ojos entrecerrados mientras terminaba su conversación cifrada con Nicolás Tosh. Lentamente se apartó de la consola, su mirada entrenada deslizándose metódicamente sobre los reconfortantes patrones luminosos, latidos silenciosos de vigilancia tecnológica.

Entonces se detuvo en seco.

Entre la sincronizada iluminación, una de las terminales parpadeaba de manera errática: un ritmo irregular e inquietante. El pulso de Rainer se aceleró, cada nervio repentinamente despierto con aguda conciencia.

—¿Una falla del sistema? —preguntó titubeante su joven asistente desde una terminal cercana, su voz apenas un susurro.

Rainer mordió su labio inferior, los ojos fijos intensamente en la anomalía. Su instinto le decía otra cosa.

—No es una falla —murmuró con tensión.

El parpadeo se intensificó, los patrones emergiendo con escalofriante claridad: una sutil señal de reconocimiento desde un nodo no autorizado. Un frío entendimiento invadió a Rainer: alguien estaba explotando hábilmente los canales oficiales de monitoreo de Redwood, incrustado silenciosamente en lo profundo de su red de confianza.

—Nos están vigilando —musitó Rainer, una oleada de tensión atravesándolo—. Alguien que sabe exactamente cómo ocultarse en la arquitectura residual de sobreescritura.

Sintió que se le apretaba el pecho, el peso de la intrusión cayendo sobre él con fuerza. Los recuerdos volvieron abruptamente: laboratorios paramilitares, su tecnología invasiva de secuestro neural, batallas implacables libradas y sacrificios hechos. No todos los operativos de NeuraTech habían sido localizados; fragmentos del código de sobreescritura habían desaparecido en el éter digital después de la brecha. Esos remanentes, comprendió sombríamente, podrían haber sembrado fácilmente algo catastrófico.

O peor, pensó sombríamente Rainer, sintiendo miedo en la boca del estómago. Su mente corrió urgentemente, calculando los próximos movimientos. Giró rápidamente hacia su asistente, con voz firme y urgente.

—Realicen diagnósticos inmediatos en todas las terminales —ordenó Rainer, recuperando rápidamente la firmeza en su tono—. Quiero rastreos de cada señal anómala. Y activen cifrado reforzado: nadie más entra ni sale de este sistema sin mi autorización directa.

—Sí, señor —respondió rápidamente ella, sus dedos volando ya sobre el teclado mientras los protocolos de alerta roja inundaban la sala.

Rainer permaneció rígido, respirando superficialmente, con adrenalina fluyendo mientras observaba al equipo actuar con rapidez. La amenaza silenciosa ya estaba entre ellos: sutil, peligrosa y lista para atacar. Esto no era una simple falla; era una intrusión calculada y mortal, y Rainer sabía que sus siguientes acciones podrían significar la diferencia entre neutralizar la amenaza o perder completamente el control.

Zúrich – Sala de Juntas de la Fundación Experta

La sala de juntas estaba envuelta en una tenue y sombría iluminación, con el silencio pesando profundamente sobre las elegantes superficies pulidas y las lujosas sillas de cuero. Artemis Wang estaba sentado solo ante la amplia mesa de caoba, cuya superficie reflejaba el tenue resplandor de una única lámpara en el centro. Observaba con intensidad el acuerdo de confidencialidad extendido ante él, cada línea un claro recordatorio de su compromiso: un documento que lo había mantenido fuera de prisión, pero que lo había atado firmemente con cadenas invisibles.

Los ojos de Wang recorrieron nuevamente el texto familiar, sintiendo amargura apretarse en su pecho. La libertad había llegado a un precio terrible. Ahora era un mero espectador, observando impotente cómo el gobierno del presidente Redwood y los poderosos miembros del G-7 insertaban silenciosamente la tecnología de escaneo mental en la misma estructura de las operaciones gubernamentales. La ironía lo atormentaba sin cesar: este vasto y omnipresente imperio de vigilancia reflejaba precisamente aquello que él mismo había imaginado alguna vez y casi conseguido, ahora arrancado firmemente de sus manos y controlado por aquellos a quienes inadvertidamente había empoderado.

—Les diste las llaves, imbécil —susurró Wang con dureza hacia su distorsionado reflejo en la madera brillante. El arrepentimiento en su voz era palpable, penetrando profundamente en el silencio—. Todos lo hicimos. Y esto apenas está comenzando.

De pronto, su teléfono vibró bruscamente contra la mesa, rompiendo su oscura reflexión. Con el corazón latiendo con fuerza, levantó el dispositivo con cautela. La pantalla se iluminó mostrando un mensaje críptico de un remitente desconocido:

No hemos terminado todavía. Somos más de los que crees.

Un escalofrío descendió lentamente por la columna de Wang, erizándole la piel. Su respiración se entrecortó al reconocer inmediatamente el prefijo telefónico del remitente: Europa del Este. Recuerdos violentos lo invadieron: operaciones clandestinas de

NeuraTech, oscuros agentes paramilitares, los días sombríos de siniestro poder que alguna vez había dirigido. Un pensamiento inquietante se cristalizó instantáneamente: ¿Era esto una advertencia, una amenaza, o algo aún más peligroso?

Sus dedos se tensaron involuntariamente alrededor del teléfono, sus nudillos palideciendo. ¿Podrían restos de células extremistas de NeuraTech seguir activos, intentando reclutarlo o amenazarlo para devolverlo a la complicidad? Peor aún, ¿había ahora una nueva fuerza más insidiosa usando el código, aprovechando hábilmente su poder para una nueva agenda implacable?

El pulso de Wang se aceleró mientras las implicaciones tomaban forma vívidamente en su mente. El silencio en la sala se profundizó, opresivo y sofocante, sintiendo el peso de ojos invisibles presionándolo desde la oscuridad. Fuese lo que fuese que significara este mensaje, algo le quedaba claro: el pasado de Artemis Wang ya no estaba enterrado, había regresado, peligrosamente vivo y exigiendo cuentas.

Centro de Datos de Zermatt – Bahía de observación

La bahía de observación permanecía inmóvil bajo los vastos y silenciosos Alpes, sus paredes impecables tenuemente iluminadas por el suave brillo constante de las consolas de monitoreo. Nicolás Tosh estaba inmóvil, con los ojos clavados en la pantalla de alta definición que proyectaba una brillantez dura y artificial sobre sus rasgos tensos. Al otro lado del canal seguro, la imagen del presidente Redwood fluctuaba ligeramente, su voz cortante y autoritaria.

—Tosh, hay informes sobre señales clandestinas infiltradas en canales oficiales —espetó Redwood, su tono no dejando espacio para dudas—.

Mis asesores de seguridad sospechan de código residual de Overwriting refinado por ex elementos de NeuraTech… o algo más sofisticado. Necesitamos conformidad inmediata de Zermatt para expandir la cobertura. El público no debe enterarse, pero tenemos que actuar. ¿Entendido?

Tosh inhaló lentamente, profundamente, recordando vívidamente el colapso en Ginebra. Habían ganado aquella batalla por poco, pero el conflicto mayor nunca había cesado realmente. Las exigencias de Redwood amenazaban con una invasiva expansión global, pero la alternativa —ignorar el posible resurgimiento de la amenaza de la sobreescritura— planteaba un riesgo igualmente grave.

Se mantuvo firme, con voz calma pero decidida:

—Convocaré a mi equipo principal, pero no actuaré a ciegas. Necesitamos más detalles.

Redwood frunció el ceño, su frustración palpable incluso a través de la pantalla.

—Ya pasamos el punto de los detalles, Tosh. Si no actúas ahora, una nueva oleada de infiltraciones podría comprometer agencias enteras. No permitiré que mi administración colapse solo porque seas demasiado aprensivo.

Un denso y tenso silencio llenó la bahía de observación. Tosh sostuvo directamente la mirada de Redwood, viendo reflejado claramente su propio agotamiento profundo, el precio pagado por su interminable batalla. Pero bajo el cansancio ardía una peligrosa disposición —una aceptación para llevar el Algoritmo-325 más allá de sus límites previstos, hacia la vigilancia universal y la autoridad sin control.

El corazón de Tosh se apretó. ¿Es así como comienza? ¿Otro paso adelante, otro deslizamiento hacia una tiranía imparable?

Sin más intercambios, la pantalla se oscureció abruptamente, sumiendo la habitación en una semi-oscuridad inquietante, rota solo por las débiles luces de las consolas. Tosh permaneció en silencio, el peso de las decisiones inminentes presionando pesadamente sobre él, consciente de que las próximas horas podrían definir el futuro de la humanidad —guardianes o tiranos.

Miami – Residencia Tosh

Alejandra cerró suavemente la puerta del cuarto de sus hijos, permaneciendo brevemente mientras observaba sus pequeñas formas bajo las suaves mantas. Incluso dormidos, sus frentes estaban ligeramente fruncidas, con los pequeños dedos aferrándose a las sábanas con fuerza, como buscando consuelo frente a ansiedades invisibles. Ellos lo habían sentido —la tensión pesada y palpable que se había infiltrado en su hogar, las constantes llamadas telefónicas apagadas, las discusiones susurradas pero cortantes resonando por los pasillos sobre los planes de vigilancia en constante expansión de Redwood.

Exhalando lentamente, Alejandra salió al pasillo tenuemente iluminado, su mano instintivamente alcanzando el teléfono mientras vibraba con urgencia en su bolsillo. Su corazón dio un vuelco, el temor creciendo. Leyó rápidamente el mensaje, su respiración entrecortándose ante la familiar frase concisa de Tosh: «Situación. Quizá no llegue pronto a casa. Te amo».

Alejandra cerró los ojos con fuerza, sintiendo un dolor agudo en el pecho mientras lágrimas se acumulaban tras sus párpados. Siempre una nueva crisis. Siempre una fuerza imparable arrastrando a Tosh lejos de casa, lejos de ellos. Su frustración creció, y por un momento no deseó nada más que gritarle a la noche: basta.

Pero abrió lentamente los ojos, recorriendo el pasillo, deteniéndose en las fotos familiares enmarcadas, sonriendo, momentos congelados en el tiempo —cumpleaños, vacaciones, días pacíficos juntos—. Recuerdos de catástrofes casi ocurridas volvieron vívidamente, cada crisis evitada por poco, grabada indeleblemente en su conciencia. Su corazón se ablandó, cargado de un entendimiento renuente pero firme.

Quizás esto realmente nunca termina, pensó Alejandra, sintiendo su determinación y su fuerza puestas a prueba una vez más. Tomó una respiración lenta y profunda, mientras la silenciosa casa resonaba suavemente a su alrededor, llenándola con una determinación nacida no solo del miedo, sino de un amor profundo e inquebrantable.

Un nuevo amanecer —o una sombra más profunda

En el silencio congelado de la noche alpina, el centro de datos de Zermatt brillaba suavemente bajo un manto de estrellas, resplandeciendo tenuemente como un secreto oculto profundamente en las montañas. Las demandas implacables de Redwood, las enigmáticas señales de infiltración y las heridas apenas cicatrizadas de Ginebra habían colocado nuevamente a la humanidad al borde de un futuro incierto.

Un pulso urgente de color azul pálido iluminó la consola de Nicolás Tosh, penetrando la soledad de su oficina. Se inclinó rápidamente hacia adelante, con el corazón acelerado mientras leía otro mensaje clandestino y cifrado de Rainer:

«Nicolás, estoy detectando un código similar a inteligencia artificial... evoluciona más rápido de lo que podemos rastrear. Esto podría ser más grande que Redwood o que nosotros mismos. Vamos a necesitar un nuevo plan —y rápido.»

Tosh sintió una oleada de adrenalina recorrer su cuerpo, una mezcla aguda de temor y determinación. Otro enemigo invisible, otra crisis intangible amenazaba con salirse rápidamente de su control. El Algoritmo-325 ya había demostrado los peligros de cruzar ciertos límites; sin embargo, ahora enfrentaban la inquietante realidad de que tal vez se vieran obligados a cruzarlos todos.

Se levantó bruscamente, con el corazón cargado por el peso de decisiones inminentes, sus pasos resonando suavemente por el corredor desierto hacia el mismo corazón del centro de datos. Cada paso resonaba con la gravedad de las decisiones aún por llegar, cada eco era un recordatorio inequívoco de la inmensa responsabilidad que ahora descansaba directamente sobre sus hombros.

De pie ante las vastas matrices centrales de servidores, Tosh miró fijamente hacia el corazón palpitante de su creación. El siguiente capítulo —el Algoritmo-326— se cernía ominosamente, como un desafío silencioso grabado en cada rincón en sombras de aquella cámara. La delicada línea entre la vigilancia protectora y el control absoluto nunca se había sentido tan delgada o tan peligrosa.

Mientras permanecía allí, contemplando el futuro, Tosh supo con dolorosa claridad que tener el poder de moldear o proteger cada mente en la Tierra conllevaba una verdad devastadora: la decisión más difícil siempre sería saber cuándo —o si alguna vez— debería soltarlo todo.

Cuando decidí continuar la historia que comenzó con Algorithm-323, la idea de explorar una tecnología capaz de penetrar e incluso alterar la mente humana ya era, de por sí, inquietante. Pero al escribir Algorithm-325 descubrí que los mayores desafíos no residían en imaginar el inmenso poder de la lectura mental o de los algoritmos de sobreescritura (Overwriting), sino en enfrentar sus inevitables repercusiones morales y sociales.

En esta secuela, el mundo se expande más allá de conspiraciones clandestinas. Vemos cómo gobiernos enteros, corporaciones multinacionales e incluso instituciones filantrópicas quedan atrapados en una guerra encubierta sobre el territorio más privado que conocemos: nuestros propios pensamientos y recuerdos. La suite original CDA ya resultaba suficientemente perturbadora, pero cuando la trama evolucionó para incluir el Algorithm-325 —capaz no solo de leer, sino de reescribir sutilmente nuestros paisajes mentales—, las apuestas éticas aumentaron exponencialmente.

Cada decisión a la que se enfrentan Nicolás Tosh y sus aliados resuena con preguntas que resultan familiares en nuestros debates reales sobre privacidad de datos, vigilancia y el alcance progresivo de la tecnología. En una época de hiperconectividad parece un pequeño salto pasar de escanear registros telefónicos a escanear la mente humana. Lo que surge es una advertencia sobre lo fácil que es que las buenas intenciones deriven en abuso, y cómo incluso los guardianes más nobles pueden deslizarse hacia una silenciosa tiranía cuando se les confía un poder casi omnisciente.

A lo largo de Algorithm-325, vemos a estos personajes salvar vidas, desmantelar conspiraciones monstruosas y prevenir catástrofes a gran escala. Sin embargo, cada acto heroico cobra un precio moral. Al llegar a la última página, se hace evidente que ninguna victoria está libre de coste. La línea entre asegurar al mundo contra amenazas indescriptibles y erosionar libertades fundamentales es peligrosamente delgada.

Si Algorithm-323 se enfocó en revelar la existencia de la tecnología CDA, Algorithm-325 muestra sus implicaciones más amplias —personales, políticas y globales—. Subraya que, una vez que la humanidad cruza el umbral de la manipulación mental, la pregunta no es simplemente cómo usar dicho poder, sino si podremos resistir la seductora llamada del control total.

Mi esperanza es que esta secuela te deje tanto emocionado por el dramatismo de los eventos como inquieto por los dilemas éticos a los que se enfrentan Nicolás Tosh y su círculo. Aunque ficticios, estos dilemas reflejan nuestras ansiedades reales sobre privacidad, autoridad y las huellas digitales que dejamos atrás. A medida que avanzamos más profundamente en interfaces neuronales, vigilancia impulsada por inteligencia artificial y las fronteras inexploradas de la biotecnología, te invito a reflexionar sobre lo que Algorithm-325 finalmente plantea: si pudiéramos realmente ver y moldear cada pensamiento, ¿quién de

nosotros podría resistir la tentación de jugar a ser Dios? Y, al final, ¿en
qué nos convertiría eso?

Gracias por acompañarme en este viaje. Que estas reflexiones perduren
mientras entramos en una realidad que cambia rápidamente, donde la
tecnología y la moralidad chocan más cerca cada día.

TABLA DE CONTENIDOS

SOBRE EL AUTOR

Erasmus Cromwell-Smith es un escritor, dramaturgo, poeta y pedagogo estadounidense. Ha publicado 32 libros de autoayuda, poesía, literatura juvenil, educación y ciencia ficción.